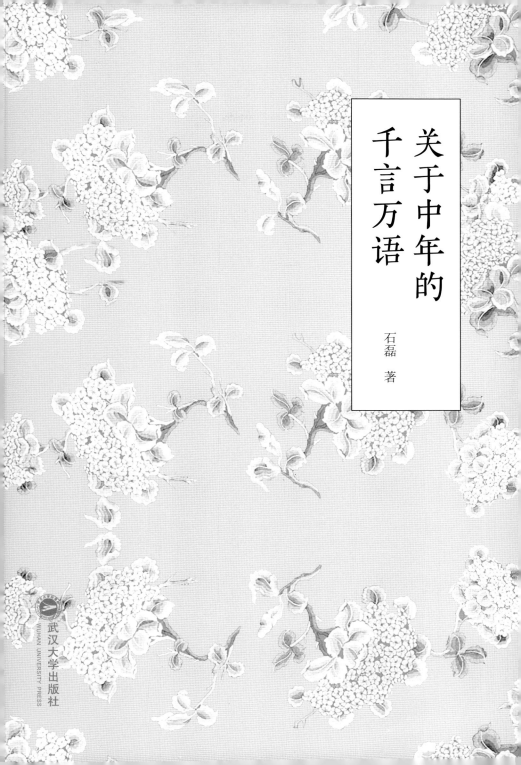

关于中年的千言万语

石磊 著

武汉大学出版社
WUHAN UNIVERSITY PRESS

图书在版编目(CIP)数据

关于中年的千言万语/石磊著 . —武汉：武汉大学出版社,2020.1
六书坊
ISBN 978-7-307-20994-7

Ⅰ.关…　Ⅱ.石…　Ⅲ.随笔—作品集—中国—当代　Ⅳ.I267.1

中国版本图书馆 CIP 数据核字(2019)第 132232 号

责任编辑:郭　静　　　责任校对:李孟潇　　　版式设计:韩闻锦

出版发行：**武汉大学出版社**　　(430072　武昌　珞珈山)
　　　　　（电子邮箱：cbs22@ whu.edu.cn　网址：www.wdp.com.cn)
印刷：湖北恒泰印务有限公司
开本：880×1230　　1/32　　印张：9.375　　字数：209 千字　　插页：3
版次：2020 年 1 月第 1 版　　2020 年 1 月第 1 次印刷
ISBN 978-7-307-20994-7　　　　定价：36.00 元

自　序

　　十分见不得，中年人的忙，男人女人，忙得扑进扑出，不知生趣何在？一忙，难免不乱，乱纷纷乱哄哄乱糟糟那种乱，兵荒马乱那种乱。吃顿家常茶饭，紧赶慢赶总要油光满面赶赴几个局子，弄得风尘仆仆狂蜂浪蝶一般。人声鼎沸的酒宴上，匆匆忙忙抓完这杯抓那杯，岁月潦草，斯文扫地。这些都还罢了，要紧的倒是，如此慌乱匆忙，弄得人心里，那点残存的安宁心神，至此彻底丧失殆尽。何其可惜，这么好的中年，弄成狼狈兼狼藉。原该，从容读一卷书，对一个人，凝视一堂山水，慢慢咀嚼这些人生里的好。然而，一忙起来，这种种的好人好事，统统成了不重要与不可能。

　　常常是，呆立在丰盛中年的边缘，默默观看城中各位俊彦，头角峥嵘地忙来忙去，伟业霸业，兴完一件再兴一件，名缰利锁，心甘情愿，一一捆满全身。似乎满城就剩了我一枚闲人，游手好闲地，于如此热气腾腾的盛世，无端荒废着大好中年。而我，终是十分地厌气，满满一代中年，兴致勃勃疯忙成那个样子，说真的，混蛋的

1

意思，都略略有了。

中年难搞，还没有来到中年之前，大致，是很难懂得的。

中年顶顶难搞，是一个干干净净。一张清粉的脸，一点清白的家底，一段清静的心肠，一身清俊的骨骼，以及一幅清高的眼光。千军万马流血流泪闯到中年，早已千疮百孔不堪入目，还能有这点拿得出手的干干净净，真真是，至难的。

自然有，不甘心如此一清见底的，烫金亦想，镶玉亦想，想得辗转反侧夜不成眠，无非是要更上一层楼的意思。其实何苦？中年以降，略做减法，方是心胸抱负。中年岁月，一个人，独自坐下来，要有纤手破新橙那种清明爽朗。天下纷扰，屋里无非一床一椅，中年要有这点一尘不惊。中年如新，岁月如旧，长日永昼，日复一日，便是叹不尽的锦绣人生。何须簇拥得密密麻麻，何必解释得唇焦舌敝，何苦撑持得满打满算。累赘一一减去，名利这种东西，穿双布鞋默默踩到脚底，天高云淡，便十足地好了。

中年，有一件东西，倒是不可或缺。中年，总要有点癖好，越冷门，越佳。小小讲究的，细细刁钻的，沉静心思，玩点什么。玩球玩酒玩玉茶玩字画，算是最为喜闻乐见的中年游冶。古往今来，再重的权臣，一朝散淡下来，无非亦就是把玩这些东西。玩什么，倒是不要紧，要紧的，是玩心之浓，玩意之雅。癖好这东西，跟马和骆驼终究是不一样的，骑上了，就是一辈子的事情，再也下不来了。老话讲，不为无益之事，何遣有涯之生？中年务虚，人生立刻便似锦了，不信，Darling 你试试。

中年总是这里那里会出点问题的年纪，健康、婚姻、事业、处处有雷，一脚不慎，半辈子的功德，便全军覆灭了，想想是彻骨寒冷的。不过我还是乐意看见中年英雄，出生入死，毫无惧色地趟雷，那种老而弥坚的聪明锋利，胜过青年熟年百倍。中年有破有立，格局依然朗阔。中年最无趣，是日子越过越窄，甚或干脆贪生起来，提前放弃人生，变成草包一枚。那倒真是，可惜极了。

千言万语，讲点中年，谢谢各位耐心，请翻下页。

石 磊

2019 年 10 月于沪上

目　录

1

一些纷乱的吃

关于中年的千言万语

出门就好

春天是用来虚度的

梅　边

　　于溽湿的南方，囫囵过了半个汗流浃背的年，回到上海，便心痒痒，想念一堂硬净冷峭的景致，比如踏雪寻梅那种。雪不可求，梅大致有。问问友人，顺嘴说了几个梅景，就随便择个林屋梅海，依傍于太湖边上的老梅园。友人体贴，絮絮关照穿暖些，便遵嘱穿了丝绵袄去。

　　车至太湖，人迹皆无，无语立于湖边，风极高，浑黄一碗，水拍天的样子，一幅寒风大将旗的萧索。如此性情的太湖，倒是头一回见，常见常有的，是江南湖里，一灯蓬底听模糊的玲珑。亦好，与这样的太湖相见，凌厉之外，如一种前朝旧梦，亦如一种宣纸霉变之后的仓惶，以及离乱之余的难以安慰。热血冷血，一眼看尽看饱，很赚的说。

　　辗转寻到林屋，一堂寒梅，冷凄凄的，开了大约两三成。友人担心孤寒扫兴，我倒是求之不得。花事最忌狼藉，满开的繁盛，荼蘼累赘，离无趣亦就不远。如此节制清远地缓缓呈现，高贵，孤独，不闹，最是称我心意，亦是最具寒梅品格。可惜的是，磅礴梅海，

3

梅树大多年轻无知，伸展着嫩手嫩脚，不足观看。想看两株铿锵沧桑的老梅，兜兜转转，竟遍寻不得。晃进后院，看见园丁歇息吃茶，特地进去相问，答是最老的梅，有七八十年，多的是近年才栽的。哦哦两声，就退出来，不敢扰了人家的吃茶光阴。所谓如花人去几经秋，从前的花事，望尘莫及，低头抬头，亦就不想放下了。

一朵，一朵，缓缓细看，梅是真的安好。悄然立于树下，寒风一起，梅香四溢，十分耸动我的灵魂。至爱这种随风而起的冷香，如刘克庄说的，欢事中年如水薄，那种薄，那种稍纵即逝，可遇不可求，那种有身常有闲愁的漠漠怅惘。

寻梅之余，不免寻一点食，太湖三白，如今皆不堪饮食，惊喜莫存。饭至一半，唤店家妇人煮一碗甜食鸡头米来，一忽忽端进来，竟然疯狂一海碗。两个人，便一碗连一碗，当了饭来吃。那么畅肆的食鸡头米，真真绝顶难忘的豪阔经验。吃完出来，店家老男人独坐门边，慢腾腾吃茶，仔细看了一眼伊的茶食，竟是开心果。苏州老男人，怎么不吃长生果呢？我又暗暗怅惘了一下。

出了林屋，街边老妇卖西山土产。碧螺春无甚稀奇，倒是看上伊一点墨绿发青团得密紧的茶叶，说是山上的野茶。看在没有农药的面子上，带了一握回家。连夜煮水泡一碗，兑着京里庆林春的小叶茉莉。这个茶，饮一口，便惊倒。野茶，果然野得霸道，把至香至醇的小叶茉莉，压得滋味荡然香息皆无。深宵里，一碗饮完，嗒然若失。原来，茶亦如人，不可貌相，狠是狠在骨子里。这便又受了一教。

梅边琐屑，就这些了。

小病身在浅风里

一夜之间，就病了。

身体就是这么霸道，朝夕相处了半辈子，没有恩情，亦算有亲情。可是，人家说翻脸，就翻脸了。

真真无情无义的，从来不是他人，是自己跟自己。

一身的煎痛，说也说不得。想听点音乐，翻唱片的气力都欠缺，拧开无线电算了。李云迪在无线电里弹萧邦，闭上眼睛听一下，李才子真真腰细，把个萧邦弹得飞快，抱头鼠窜地快，快得我五脏六腑都抽紧。如今的钢琴才子，都乐此不疲，喜欢炫一把飞车技，阿飞兮兮地，把萧邦的波兰味道灭得干干净净，简直流里流气。病人哪里听得这种东西？偷懒不成，还是支撑着下床，搜半天唱片，在一寸厚的积尘里，翻出一枚 Richard Galliano，手风琴拉巴赫，浑厚坚忍，排闼而来，不可思议的凝然，十分符合小病之人此时此刻的煎熬心绪。

半日的雨，落落停停，按摩师傅赶了来，进门就啧啧摇头，哦哟哦哟，怎么弄成这样子了？被伊讲得，一幅见不得人的惨淡光景。

师傅下手总是无情，病骨疼得腰细，尖叫连尖叫，呻吟复呻吟。临走，再四叮嘱，喝水，睡觉。我是嗯一句亦无力。

外婆在微信里殷殷地问，寒热退了没？知冷知热要靠自家的啊。

不胜委屈地跟外婆微，大概，天生是孤客的命？

外婆微，人生呢，孤独是天生本质，阖家欢乐，是刻意做成的亲亲昵昵。妹妹有天疼，有地爱。外婆现在有外公，以后要是一个人了，也要好好过，过到自己不能洗澡的那一天。

在枕上看得眼泪汪汪，不免又微过去一句，羡慕外婆有白头偕老的伴，修来的吧。

外婆微回来，妹妹，你怎么也会信白头偕老这种事？多少人，是被白头的？

看完这一句，再也不敢微外婆了，眼睛干一会儿湿一会儿，心里疼得，不足与君说。

夜里周身骨痛，恹恹无眠，抓了 Lawrence Block 的闲书来看，一打开，竟是《繁华将尽》，真真切题不过。翻一会儿，来了精神，干脆下床找唱片，这样的杀人如麻的闲书，该当配张杀气腾腾的大提琴来听听。翻到马友友，亦翻到杜普蕾。放下马才子，拎起杜美人。墨色长夜里，埃尔加一弓下去，杜普蕾的放纵不羁，奔腾而出，比马友友那种优等生，实在解渴多了。

一碗石榴汁，一枚杜普蕾，一册繁华尽，亦是寂寂一夜。

初夏碎珠

　　之一，米容来，去嘉定晃晃。

　　先看一眼古猗园开残的牡丹。花这个东西，最难是败象要好，果真是难。古人勉力歌颂的残荷，算是花败之后仍有余韵的翘楚。想想做人亦是，败象要好，至难。秋霞圃如今晃去，并不为赏那个园子，多是为了那家草拖鞋的手工作坊。伊家的草拖鞋，确是人间美物。惟一的编织妇人，每年去，每年跟你滔滔不绝诉一河流的苦，手很痛，没钱赚，等等，嘉定如果评选怨妇，这位太太稳得桂冠。南翔古镇亦亲脚晃一遍，小笼没一家可吃的，汤团煮得软烂散了神，白切羊肉端上来居然是冰的。跟米容莞尔，呵呵，今天吃福彻底的没有哈。而老伍，亦是重门深锁着，怅惘良久，无法可想。倒是跟旁边的保安爷叔闲话几句，探问老街附近，哪家可吃。爷叔虚怀若谷，本地闲话笑微微讲，这里的馆子么，都弗哪能的。米容听了感佩，弗哪能，好客气，好体面，老法闲话，啧啧，漂亮。

　　心潮澎湃晃去嘉定图书馆，瞻仰 2013 年全球最佳公共图书馆。车一开进去，保安前呼后拥飞奔过来，不行不行，地下车库不能停，那是我们内部职工用的。于是停地面，密密切切围绕图书馆，停满一圈花花绿绿的车，最美建筑最佳图书馆，至此，风致碎一地。晃进去，很惊人，每一个书架，起码一半，是空的，而《华盛顿邮报》和《泰晤士报》，是半个月之前的。以下省略一万字。

夜里去美琪看戏，新疆艺术剧院献演音舞诗画《木卡姆印象》，托一带一路的福，才能看到这种东西。米容愉悦，赞扬一生一遇，即便亲脚奔去新疆，亦未见得看得到这种歌舞，比柏林爱乐值钱。上海的日常有趣，时时是在这种拐弯抹角的地方。如此一堂华丽歌舞，仅演两场，想想成本无算，而我们，只贡献了黄牛票每张50元人民币，内心小惭愧，深夜困不着。

之二，鲁迅纪念馆馆长亚妹妹主持一堂鲁迅作品朗读会，于黄昏中横穿一座城，奔去聆听。暮色里，从山阴路鲁迅故居走过，低头想想，还是绕去对面光头面馆吃了一碗素面面。隔壁的山阴爷叔十分有个性，香菇面筋面，不要香菇，我不吃香菇的。鲁迅若是听见他的芳邻这样讲，不知会写一篇阿Q还是阿三？

朗读会温暖，端庄，如在周家客厅书房盘桓，人烟袅袅，灯火莹莹，令人大起隔世之叹。Darling，温暖和端庄，这两件事情，要弄齐全，于我国我城，通常是很难的。举例说明，比如温暖的广场舞，要端庄起来，基本是妄想。夏磊声泪俱下献读《伤逝》片段，手风琴奏着《忧郁摩天轮》，香颂兮兮，如巴黎舞娘的裙裾翻飞不尽，相当销魂。鲁迅笔下民不聊生的涓生，仿佛蒙马特高地上穷哈哈的毕加索。一样的困顿，不一样的世故。

古往今来，惟有日子，是每天要过下去的，爱情么，就另说了。

春天是用来虚度的

残　局

　　喜欢做的杂事里，有一件，叫做，收拾残局。

　　每日晨起，静静从卧房蹒跚走入起居客厅，于微茫晨曦里，呆看两眼客厅内一整屋的隔夜残局，人生乱糟糟的停格，繁花开败之后的万籁俱寂，一大把的寥落，一长串的句号。其实，一日之计，从这样空空如也的废墟上脉脉展开，真也不坏，谁规定的，一定要每一天，都是明晃晃的朝阳四起？

　　煮一壶茶，搁一枚蒋月泉，然后，慢慢收拾这一房子的残局。

　　满地满桌的杂书，翻到哪里算哪里，低头瞄一眼，犹想得起昨夜未分输赢的激辩。某夜来的客，把厨房里堆着的菜谱书书，自说自话，统统搬到了客厅里。此刻一地的红酒炖鸡法式酥皮卷和葡萄牙鳕鱼的100种煮法。收拾残局的人，要一脚一脚小心翼翼地踩下去，以免一脚趾陷落进白酒蛤蜊浓汤里。

　　然后是，堆得一桌子的唱片。收拾这个东西，最是不堪，一枚一枚，骨肉分离，要一一寻回封套装起来，劳心得来。于是就懒得理，扫扫，混沌归做一堆，就罢了。讨厌的是，下次想找一枚什么

9

什么来听，可是休想，那跟盗个古墓一样吃重了。如今在家里听点东西，要靠运气了，今天抓到什么就听什么了，万事不可期许，如此倒也别有风致的说。

再来，是茶具酒杯这些琳琅杂碎。一夜的残局里，常常有三四个茶壶横陈其中，喝了这壶喝那壶，壶中真真是岁月悠长，凤凰单枞正山小种安吉白茶斯里兰卡如血残阳般的红茶，等等，乱七八糟的茶食碟子，淘空的罐子，细细索索的碎屑，满桌子斑驳的茶渍，然后还有喝残的酒，包子小人花花绿绿的糖果纸，一到蟹季，还有吃剩的蟹脚蟹壳堆积如山。

收拾完这样一个残局，小半个上午亦就消磨过去了，看看整顿之后的清明屋子，无趣得跟间假惺惺的样板房似的，大约不到黄昏，又被我亲手亲脚折腾成半个废墟。这点基因，居然成功遗传给了包子，小人的书桌和卧房，自幼被他自己搞得乱糟糟一天一地，我要插手收拾一下，人家总是不答应，告诉我，就是喜欢这样乱糟糟里面的温暖和整齐。十岁的小人，跟你这么说，你除了随他去，还想怎样呢？

常常觉得，人到了中年，亦是一个不大不小的尴尬残局。年轻时候那么想要的这个那个，弄了满满一屋子回来，堆得满坑满谷的，然后呢，要碎的，还是碎了；要旧的，止不住地还是旧了。原先日日夜夜挂在心尖上的的鲜亮宝贝，如今看看，大半成了鸡肋。中年这种残局，收拾起来，亦真是吃力，即便是我这种热爱收拾残局的业内高手，亦深觉棘手。

偷懒的法子，当然是有的。无非是，一样也不要了，丢下不堪收拾的前世，重新活一个简单今生。很离谱吗？不会啊，你看，全世界的中年人，都在默默地偷这个懒。

花花城里人

　　不思量，自难忘。从十五六岁，搬离了卢湾区，跟这座老城，我是很少相见了。这个黄梅季，于阔别三十年之后，翩然搬回老城居住，算得是久别重逢。而城，亦苍老亦俊俏，风致楚楚，花团锦簇，惹我看不过来的眼生兼缭乱。

　　写几个城里人，路人甲那种。

　　之一，礼拜天清晨，跟包子晃去南阳路吃早餐。周末的南京西路，繁华稍息，格调轻缓，一派空荡荡的清凉。很爱这种侧面的风景，永远比正面有看头。南阳路僻静，咖啡出名，饭团出名。立在门面极窄的咖啡铺子跟前，点了咖啡，递上自带的杯子，包子走远几步，买了饭团来。咖啡铺子仅两个平米，人称上海最小咖啡馆，没有店堂，门口简单置两条长凳。那日凳上，坐一对女子，携行李箱，端大杯美式在饮。一坐下，妇人便搭讪过来，住附近啊？看你们自己带杯子。一边搭讪一边递给我自备的精致纸巾，一口字正腔圆的北京话，令人如坐春风。Darling 你知道的，如此优雅和煦的路人甲，不是每天都碰得到的。三句之后，恍然大悟，这二位，不是普通游客母女，是资深咖啡业内人士，专程到此，田野调查。那位妇人口噙咖啡，呼噜呼噜漱口，反复品鉴，下的评语是，豆子有点陈了。我才注意到，伊脚上一双非同寻常的昂贵鞋鞋。妇人告诉我，她的专业工作，是卖咖啡机和咖啡豆给咖啡馆，帮助年轻人创业开设咖啡馆。这种咖啡馆，做的是一日两杯的生意，就是星巴克喝一杯的钱钱，在这种铺子，可以上午一杯下午一杯让客人喝得起两杯优质咖啡。请问她，这样的咖啡馆，有钱赚吗？妇人在手机上算了三分钟，告诉我，一天卖三百杯咖啡，一个月，净利润五万人民币。我委实吓了一跳，如此两个平米，月入五万净利润，遍地金子的说。妇人十分娴雅，亦跟包子谈谈苏格兰，谈谈饭团，谈谈小人手上的闲书以及远大前程，显得教养深邃见识辽阔。我差一点动念，想跟妇人申请互扫微信，可惜伊喝到后来，开始冯导张导满嘴跑京城名流，口气静静猖狂，眉眼渐渐狰狞，我立刻，就灭了兴头。

之二，绿杨邨那么大牌，午市居然有卖盒饭，还是我深度迷恋的乡愁一般的方块饭饭，每次午饭时候踏进去，都要感恩深呼吸。店堂里，买了方块饭饭，跟群众围桌而食，是气派轩昂的八仙桌以及大圆桌，让初回老城的乡下人，看了有热泪盈眶的怀旧心思澎湃。这日去吃方块饭饭，左手一枚西装革履的国际友人，右手一枚本埠暮年老伯伯。国际友人筷子使得稳准狠，过分懂经的洋人，总是让人咬牙切齿。人家吃雪菜墨鱼和雪菜粉皮，我很想动问，Darling 来自哪里，缘何对雪菜爱得如此双份如此水深火热？默默吃完美味方块饭饭出来，那个著名的街口一向人声鼎沸，因为上海的美国签证中心就在街口大厦内。背后一位高个子妇人嘹亮打电话，我终于过了我终于过了，意思是，伊总算拿到美国签证了。那种声泪俱下的雀跃，我多么想，抓雪菜友人来亲眼目睹。

黄梅天解闷

之一，菁美人自东京沐雨而来，殷勤相问想吃什么，琳琳琅琅挖空心思报了一盘子给伊，答复说不二选择吃火锅。熬八年开在家门口，弹指两个礼拜里，勤勤恳恳陪各路火锅爱好者吃了一锅又一锅。梅雨晨昏，熬八年店堂里灯火黄澄澄朦胧胧，烟气缭绕，驱之不散，跟鸦片馆貌合神离，满堂食客纷纷埋头大捕大捞，算是黄梅天颇为诡异的一项娱乐。菁美人推门进来，这是一位身量惊人高大的上海女子，尺寸满打满算，气概挺拔轩昂，这种巨幅美人，比大熊猫还珍稀。美人落落大方，呵呵自谦马自达，我是最爱看伊人一身大尺码的金银首饰。那种东西，随便搬一件到别的女人身上，分分钟俗不可耐。偏马自达披挂一身，镇得恰恰妥帖，绝不被首饰欺负了去。这种天赋气概，今生今世，吾等小码众生，恐怕只有谦卑仰视了。马自达近年在东京惊天动地，被星探觅去，成了当红旗袍模特。翻看伊人旗装照片，真真绝色。也许，马自达祖上，真有旗人血脉亦很难讲，否则，上海小女子，如何一马当先野马黑马一般，跑出如此一匹宝马名驹马自达来？

之二，软软浓浓，梅雨不尽。黄昏下楼，去游泳。才走两步，邂逅金宇澄一点也不繁花地背只帆布袋子，迎面走过来。于是立在马路边上，轻怨薄愁，密切八几句，伊收工回家，我出门游水。搬家进城，新找的游泳池，跟女经理蹙眉，可不可以每天有一份英文报纸？女经理爽朗，可以可以这个还不容易？弄得我，倒是小小惭愧，心一虚愧，话就软下来，会不会很贵啊？女经理一面孔精打细算瞬间浮出水面，格么，一礼拜三天好不好？一三五还是二四六，随便依拣。下水之前，还有这种崭新选择题要答，估计全世界的泳客，都不会遭遇这种艰难高考，我为自己千万里挑一的心路历程，默默浩叹。顺便说一句，这家新去的游泳池，各路泳客枝蔓缭绕，目不暇接。不过呢，两个礼拜看下来，觉得全场面色最佳，中气最足，顶顶粉白透红的那一位，是清洁工阿姨。不幸的是，伊是唯一不下水的那一位。

之三，搬家累赘，苦心遣散了九成九的家藏旧杂志，安居好了，包子深觉枯荒，想去山西路旧书铺看看。择日奔到铺子门口，玻璃上贴着全场对折，感觉非常不详。问老板怎么了，老板心平气和讲，月底关门了，不做了，这次准定要退休了。包子瞠目我嗔怪，老板跟我笑，依儿子从一点点大开始来我铺子白相，现在小人长成大人，我也老了，要退休了，做不动了。杂志全部对折，依多搬点回去吧，下趟再也没有了。我的心，于漫天梅雨里，干枯干枯的。一座华城，竟连一间巴掌大的旧书铺，都留不住。

八 月 里

之一，八月里，热得非凡。

上海书展如火如荼，比火热还火热。

展场正在家门口，日日出入，必见蜿蜒人龙，广大市民挥汗如雨，于闹市中迤逦半条马路。书展历时若干日子，亦就低头抬头，见人龙见了若干日子。Darling，我可以讲一句真话吗？以我日日见人龙的观感与心得，很想问一句，排队去看书展的男女老少，为什么，人人穿得如此骇人听闻？为什么，人人脸上身上，没有一丝书卷气？不读书么，面目可憎，言语乏味，这个我是晓得的，何以读书人，顶着骄阳排着长队的不朽读书人，竟亦如此乏善可陈？是老话不管用了？还是我们读的书有问题了？排队群众还罢了，偶一浏览朋友圈，本埠文化名流们出没书展内外，衣着容貌亦够骇人听闻。广大中年男人们，穿件 T 恤，就算体面到家了，连道貌二字，都昂然踩在了脚下。看得我，热汗冷汗交流，绝望的心，都生了。

之二，八月的最后一天，是黛安娜王妃去世 20 周年纪念日，因为是 20 周年，好像世界范围内就特别多一点动静，《纽约时报》不愧是《纽约时报》，不挖戴妃隐私，不追皇家旧闻，写了一大篇戴妃事件如何反映英国新生代的代沟问题，轻巧而别致，十分有看头。记者访问 18 岁的年轻人，人家惊呼，哇，黛安娜去世？那是发生在我出生之前的事情了，她不是我们这代人的偶像啊。《纽约时报》称，戴妃于 20 年前猝然去世的时候，基本上，是国民英雄的姿态，百万民众自动上街瞻仰她的葬礼，当朝首相托尼·布莱尔赞美她是平民王妃，而对于今天年龄在 18 岁至 24 岁的英国青年来讲，戴妃就是一个不幸死于车祸的女子而已。然后《纽约时报》的厉害就来了，值得注意的是，在 2017 年的英国脱欧公投中，亦是这一群体，超过 75% 投了脱欧的票，而只有 39% 的超过 65 岁的人群，投票留欧。《纽约时报》继续指出，亦是这个年轻群体，他们发现购置房产，远比他们父母那一辈来得困难，目前，在英国购买房子的平均投资，是年收入的 7.6 倍，比 20 年前贵了一倍，而英国免费的大学教育，亦终结于戴妃去世的第二年，1998 年。不过，年轻的英国人民，亦同意，戴妃是惊人迷人的女子，尽管她在我们出生之前就去世了。关于这一点，倒是完全没有代沟。

之三，八月开学季，微信朋友圈遍地年轻父母们热泪盈眶送孩子上幼儿园，各色幼儿园都有，一间比一间昂贵，唯一园园相同的一个细节，是小朋友吃午饭的餐具，统统清一色是不锈钢的，跟监狱似的。如果是我的孩子读幼儿园，本母亲一定申请自备餐具，甘愿天天拎进拎出。食育，美育，人家不看重的东西，我看得比什么都重。

之四，八月开学季，每年此时此刻，都到包子母校报到，参加代课老师培训。无比喜欢去包子的母校做代课老师，让我这种老太

16

太，有机会回学校重温好多东西，看一班一班簇新的孩子们，鲜花
一般，一点一点地长大。学校每年必有代课老师培训，其他都还罢
了，学校做得最严格的，是关于儿童性侵犯的培训，有专门的课程，
有专门的考试，代课老师考到合格证书，才可以进课堂。科普一下，
3 亿人口的美国，遭遇过性侵犯的，高达 6 千万，5 个人里有一个。
18 岁以下的女生，3 个里面有一个是受害者，18 岁以下的男生，6
个里面有一个是受害者，全美国有超过 65 万登记在册的有性侵犯记
录的犯人。性侵犯犯人平均开始侵犯的年龄是 13 至 14 岁，而他们被
起诉的平均年龄，是 35 岁，中间有 20 年的巨大时间差。于是，一个
对男童性侵犯的犯人，到他被起诉的时候，平均性侵犯过的人数，
高达 150 人，女童是 52 人。不要以为只有陌生人是危险的，九成的
性侵犯来自熟人。儿童被性侵犯之后，最厉害的一个威胁是，你说
出去，没有人会相信你的。因为这些性侵犯大多来自道貌岸然的成
功人士，有男性，亦有女性。这个课程除了指导你正确对待性侵犯，
亦指导你保护自己，是的，保护自己不被误解，最重要的一条，避
免与儿童单独相处。每年接受这个课程培训，每年看到这里，都不
寒而栗。记得包子小时候，十来岁的时候，参加童子军活动，第一
次领到童子军手册，厚得跟辞典似的一大本书，第一页上，讲的第
一个事情，就是如何避免性侵犯。

八月，是一个特别冗长的月份，好像年年如此。

残暑的荤与素

　　立秋之余，便是残暑了。黄昏边缘，倏忽而来的疾风骤雨，此起彼伏，落得箫鼓追随，让苦了一夏的人们，心里耿耿的，多少有了一点宽释。

　　而六月素，亦是食到了尾梢。写几笔食素笔记。

　　之一，某日郭先生夫妇自台湾来，讲一些伊们的研究课题，关于生死的大问题。这档事情，一向不是太有兴趣，一同坐着听的友人，感慨得跌进跌出，看我一张事不关己的面孔，十分有恨。大概我总是比较寡情的人，人来就来，人走就走，点灯熄灯，何必惊动？也许是年轻时候受日本文化影响深邃了一点，那种平静的寂灭，淡得若有似无，我好像已经很习惯了。

　　讲完大事食点小饭，自然是食素。我城素食馆子屈指可数，家家必有的一盘素蟹粉，算是于上海食素的佳肴必食。素食馆子里的素蟹粉，多是取土豆与胡萝卜做的，荤菜馆子里不叫素蟹粉，称蟹粉蛋，是拿鸭蛋做的。素蟹粉呢，似乎比蟹粉蛋，略胜了一筹的样子。而无论何种做法，心灵指标，都是要做得像煞真蟹粉。那日素

18

蟹粉端上来，我们几个上海人，先食了一筷子，嗯嗯不错，郭先生夫妇亦递了一小勺到唇齿，上海人热心热肠询问滋味如何，是不是像煞真蟹粉。郭先生略一沉吟，蹙眉答，味道很赞的，只是，我这辈子，没有吃过真蟹粉，像还是不像，实在说不上来了。语毕，举座默默一千秒。

之二，素点心里，素小笼真是娇柔俊美的，城中能做这一味的馆子，寥寥无几，做得好的，仿佛只得一间，而这一间，还做得真是绝好。每去，必是耐心坐等，沸火滚烫地现制现蒸了来，像上等的素菜包子，制成了袖珍模样，十分周正挺拔。滋味细且甜，腴润，柔腻。家常饮食，讲究至此，已经无话可说了。江南人家的包子馄饨的馅子，至高境界是个腴字。荠菜馄饨清香别致，只是这种野菜略嫌干涩，口感小粗，要调三分之一的青菜绿叶进去，才会夹肥夹瘦臻于至美。亦食过别家的素小笼，馅子不够细润，松散无度，蒸上来歪歪扭扭，严重扫兴。亦有的素小笼，爱用名贵菌菇，以张扬贵气。可惜，上等菌菇大多口感脆滑，于小笼实在牵强。昂贵筵席上，吃到这种素小笼，只能自己跟自己腹诽一刻钟。

之三，立在红尘闹市里，千辛万苦地等某人某事发生，挥汗如雨之余，翻翻朋友圈杀时间，看见洋酒专家蔡学兄，写几句白葡萄酒真是刻骨。"白酒清新，爽脆，花香果香馥郁，夏季冰饮最是绝美"。嗯嗯，看完频频点头，一个脆字无比精致，真真神来之笔，轻冰透亮的白葡萄酒，于如此溽热的残暑，确是救苦救难一颗大星。而隆冬温热的清酒，当以一个圆字书写境界了。一个脆字，活生生惹得我坐立不宁，举目四顾，看看十步之内，可否脆饮一口。

之四，残暑的荤，亦是需要的。长夜里，翻出阿尔·帕西诺的

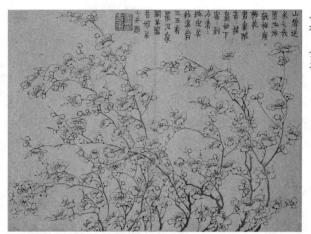

墨梅／金农

《疤面煞星》，仔细重温一遍。帕西诺一扫《教父》中的色厉内荏，暴怒暴喜暴跳如雷，非常提神。再重温一部《我在伊朗长大》，动画片，黑白的，拍得多么好。最有趣，是13岁的孙女，深刻记得自己的祖母，每天清晨拿茉莉花瓣放在胸衣内，香艳一整日。祖母夜里脱下胸衣，小孙女羡慕地问，奶奶，你怎么可以这么大年纪了，还保持着这么漂亮的胸？奶奶一边熄灯，一边轻描淡写地答，因为我每天把胸浸在冰水碗里一刻钟啊。

　　呵呵，果然是，小荤怡情。

桂花蒸一蒸

　　国际友人来，做半日游晃。今年无比有幸，十月仲秋天气，依然闷热蒸腾淫雨缠绵。桂花倒是依旧怒放，于是难得一遇终于遇见，的的确确的桂花蒸。

　　之一，清晨下楼，电梯内遇见芳邻七八岁的小女生一枚，格子短裙西式上衣，黑烟一般的一把马尾头，浑身打扮，跟苏格兰贵族学校的小学生似的。友人八卦，兴致盎然问长问短，自己去上学啊几年级啦学校远不远啊，小女生问十句答一句，我爸爸送我上学。电梯门一开，本楼管家老爷叔一个劲地催过来，快快快，侬爸爸的车子已经等了长远了。小女生羞色上面，飞奔出楼，台阶前昂然泊着一部保时捷，小女生拉开车门迅猛扑进去，伴随一声清脆嘹亮的爸你神经病啊，保时捷风驰电掣冲出门。友人目瞪口呆，一身疑似苏格兰衣裙，被一句叹为观止的泼，瞬间弄成了画皮。读再贵的学校，不如一点吃饭穿衣的踏实家教。

　　之二，友人陪我去打二十分钟的拳，每日晨修课，于健身房内空无一人的瑜伽房里，起一个白鹤亮翅，以及，野马分鬃，以及云手，以及海底针。友人捧杯奶咖，席地而坐，巨幅玻璃窗外，正对着襄阳公园。等我打完，友人再四浩叹，侬变态侬变态 Darling 侬太变态了，公园就在对面，偏偏在玻璃房里打太极拳。白伊一眼，有啥办法？他们要跳广场舞要跳恰恰还要打羽毛球，我连立锥之地都觅不到，还想打拳？打人倒是差不多了。

之三，去谷沙屋吃一碗早餐面。会文路上的小面馆，一大早奔去，需要排小队。烦老板娘下一碗汤面，眼大肚子小地望着整排的浇头天人交战，雪菜肉丝，四喜烤麸，百叶包肉，然后，狮子头还是红烧大排呢？葱油加一点点解解馋好不好？金发老板担心吃得完啊？吃不完不许回家的哦。国际友人捧着一大碗乡愁，勉力享受，如此正统的本帮面面，下一次，起码半年以后才有得吃了。有得吃，真是福。吃完挤过人群，去前面拍照。谷沙屋的墙上，一直贴着小妮和我的文章，友人咔嚓咔嚓拍完，跟伊玩笑，Darling，下趟写到《纽约时报》饮食版去。

之四，转去上海博物馆，看一个明代吴门书画家书札展，时间略早尚未开门，格么，人民公园晃一圈权当消食亦是好的。白绸衫裤的老人家，四五人，飘飘洒洒，打一种绵密劲道的拳，苍劲里头有股子顽强的柔腻，行云流水，生生不息，仿佛老年版的宫二，立住了脚，一看，看了良久。友人忽然没头没脑问过来一句，Darling 为什么每天要打太极拳？想也不想张口就答，为了穿旗袍好看一点。友人点头，这个倒是，千对万对的一条理由。转过一个弯，搁了一地撑开的雨伞，伞上挂着各色征婚启事，我们两个闲人，确实是吃得比较饱了一点，兴致极好地依次浏览过去。82 年出生的女生，香港理工大学本科，括号，香港政府全额奖学金，留英硕士，英国注册会计师，外资银行上海总部工作，年薪 50 万，文静，秀丽，有房。76 年的男生，身高 185，硕士研究生，上海户籍，有房无贷，大型央企工作，诚实稳重，无近视。啧啧啧，全面精英，遍地风流，国际友人自卑得举步维艰。

之五，上博依然一幅城隍庙景致，闹哄哄乱糟糟，不说也罢。进门披荆斩棘直上四楼，偏僻小厅里做一个明代书札展，极是精致，玲珑，得意。明代书札上博馆藏丰盛，东西十分拿得出手，腴润，俏丽，脉脉。而文人书札，最擅长于絮絮叨叨，酬唱往还，细节密密麻麻，一个微小的展，静静心思，可以徜徉个半日。

文伯仁随意写几笔，送一斗香稻米给侬，家里缺人手，不够精，你再杵几下。还有两个扇面，这几日就画妥给侬。

李应祯写一纸短笺，跟友人讨多一盒安神丸，因为贱内精神大不宁，失眠得仓惶。

黄姬水一笔短札，久不接清扬，无任驰想。天气渐凉，庭下薇花烂开，思与同心一晤。清雅完了，再说几句谢谢侬送来的金酒火肉，立着看完，心也馋，神也馋。

祝允明更过份，写给友人，驼蹄已熟，请侬午前过来，吃吃小酒，一起干掉它。这封书札，还有黄海华拿蒋调唱成开篇一帧，真真神品。

文彭写给友人，雨窗无事，思石翁册页一看，侬拿过来给我好吗？顺便试试惠泉新茶，何如？前辈们日子之风雅清淡，真是销魂极了。

上博十分会做，替这个书札展，还制了朗读版的，一边看墨迹，一边在微信里听朗读。各位诵读者都是一时英杰，除了缺点苍凉韵

墨梅／金农

致，算是非常不错的了。只一个关键词，让我耿耿于怀。书札之札，普通话读 zha，杀气腾腾，真是刺耳，还是吴语读 ze，四两千斤，入耳得多。吃字的人，就地疙瘩了一记。

之六，心满意足看完小展，脚法飘逸地晃到福州路，老半斋走过路过，国际友人总是不肯错过的。入内吃碗肴肉煨面，友人眼馋菜饭以及肉骨头黄豆汤，黄包车夫的美食，暖老温贫，胜过西式快餐无数。端来一吃，结果吃出满腹惆怅来。菜饭糜烂如泥，黄豆不够火候，竟然炖得半硬，友人蹙眉吃了半碗，摘下眼镜掏出手帕。我僵着脸劝伊，哭么，不要哭，下趟争气点，不进来吃就好了。友人泪汪汪看住我，Darling 啊，吃得胃气痛了，侬资生丸带了吗？

桂花蒸的半日小游，以一粒资生丸结束。

初　秋

　　之一，暑假一结束，本埠的文化生活，谢天谢地，即刻自动提升若干层次，不再弥漫少年儿童趣味。九月初，波兰"山羊之歌"剧社于上海音乐厅献演《李尔之歌》，三伏天里就叮嘱自己务必记得去看的一场戏，亚洲仅有两夜的戏，结果还是于开演之前匆匆奔到音乐厅售票处，买了当场票入内。做什么事，似乎都能够做到计划周详，惟看戏一事，每每心血来潮。此剧2012年在爱丁堡艺术节极是峥嵘，说风靡不如说震动。以五男五女十位演员，纯人声歌唱，十二首曲，演绎莎士比亚大悲剧《李尔王》。导演亲自串场，始终坐在台首，悲喜之间亦手舞足蹈，跟足球比赛中，场边七情上面的主教练相仿佛。舞台极简，服装极简，看上去，简直简陋得跟高中生的实验戏剧似的。而第一首曲，《在天堂》，女声一开口，我的眼泪便不可遏止，悲悯，苍远，不得不叹一句，丝不如竹，竹不如肉。再叹一句，如今我们的戏剧舞台越做越华丽，连钢琴独奏音乐会都要心虚地弄上花枝招展的多媒体，而人家波兰人，如此简白地呈现，却于第一句，就赚到了我的眼泪。舞台上有没有自信，是一目了然的事情。看上海音乐厅关于此剧的微信公众号文字，后面留言里，有听众写，演员的歌唱，美到令人无法呼吸，美到鸡皮疙瘩竖立。新一代的剧评，是可以如此写的，多么肺腑。回家亦温习了《纽约时报》一年之前的剧评，确实十分精到。《李尔之歌》大部分的歌词，是以纽约观众基本听不懂的拉丁语和波兰语演唱的，而听不听得懂，实在不是很要紧，此剧以独特的方式，雷霆万钧地演绎出莎士比亚的悲，于人印象至为深刻。没有比这一句，更稳准狠的评价了。

剧终，导演与观众座谈，弄得亦像一堂大师班，波兰导演 Grzegorz Bral 光芒四射魅力十足，而那一晚的观众，亦是近年见过的，最漂亮齐整的观众。其中一位观众提问导演，终曲的死亡悲歌，是不是得自佛教的诵经。导演答，确实如此，某年于尼泊尔身临当地佛事，获得此曲灵感。提一句，整部剧，用到三种乐器，小提琴不说了，另两种，都是初次遇见。印度的簧风琴，马里的克拉琴。舞台呈现得跟无印良品似的一清二白，背后有多少深邃造诣，看看这两种奇异乐器，就明白了。

之二，友人去东京旅行，知我心思，回来顺丰了一大箱子日本杂志和好用好吃的细物来，对付那一大箱子，忙得我一身愉快细汗。所有东西堆在桌上，劈头拣起一部画册，一坐就坐到了黄昏点灯。是日本画家，谜一样的画家，不染铁，逝后 40 周年纪念展览的画册。不染铁，闻所未闻的画家，上 Google 查都查不到的画家，在雅虎日本上才查到一点点，Wikipedia 日语版，关于此人，仅一个页码的篇幅，已经是网上查得到的最全面的文字了。而翻看画册，确实，瞬间震撼不已。生于 1891 年，卒于 1976 年，是东京小石川一座寺庙住持的儿子，一生经历如谜。据说此人用心研习过古绘卷，笔致充满大和绘的苍古韵味，代表作品擅长以俯瞰的视角营造宏阔构图，而于近部的描摹又极为细工，独树奇特一帜，画作幽深，静谧，致远，盛暑天气里，读来真真清凉无限，心宁如静水深流。专业的评论，赞美此人将鸟瞰图与细密画，结合得天衣无缝。十分惊奇，并不遥远的画家，成就如此斐然，而声名如此寂没。这个夏天，在东京车站画廊的展出，是不染铁的作品，唯一一次在东京的画廊展出。活到 85 岁高龄的不染铁，晚年长年居住生活于古都奈良，已知的主要作品亦大多收藏于奈良。十分感恩友人，不辞辛苦，背那么重的画册杂志给我，亦实在佩服东京的美术馆，永远给人惊喜莫名无穷无尽。

　　之三，初秋天气，水八仙一件一件水灵灵上市。寻藕寻得比较辛苦，太洁白太漂亮的藕，敬而远之，没胆子吃，寻带黑泥的藕，真真至难。终于在某精致超市，角落里，打捞到黑泥缠身的肥藕，湖州胥仓的，那个价钱，也是赛人参了。鸡头米亦上市，今年情况很新颖，各微信群内都在团购苏州鸡头米。这个东西，一向是江南人的时鲜小食物，制羹制汤，宜甜宜咸，自幼食惯了的。如今不得了，全国人民蜂拥而上，看见某群里的阔太太，豪迈地称，我家一煮起码一斤，分分钟抢光。我是真的看得肝胆俱裂，十分担心，鸡头米这个小东西，未来几年里，是不是会价格狂飙？是不是会假货涌现？如同橄榄油，中国人民一有了钱，看上了橄榄油，世界范围内的橄榄油版图，一夜之间，就被改写了。鸡头米的版图，大约，也快了。

晚秋的跋山涉水

之一，秋夜不辞阴冷，跋涉去赴小宴。古往今来，总有一些夜宴，惹人奋不顾身。开宴之前，先至主人家的写字楼宽坐。主人家灰发中年男，高官书记，读书人举止，一针一线，儒雅备至。甫落座，先殷勤帮我这种白痴，连上 WI-FI 生命线。Darling 你知道，这个时代最体恤的细节，莫过于此。主人真真雅致，种种妥帖，如坐春风。闲话几句，听得窗外呼啸不止，令我惊诧莫名。说是大飞机场的飞机在行动。沉沉暮色里，不禁立在窗边抬眼望天，怅惘良久。上海这座城，从来是枭雄频起的地面，岂是一枚张爱玲，说得完整的？

馆子是极彪悍的风格，明明是不修边幅的喧腾，偏偏取些文绉绉的名堂，我们吃饭的小房间，竟是曲水园，隔壁还有秋霞圃。坐在如此精致幽咽的江南名园里，我们吃一些张木匠口味的猛菜，手法诡异，滋味奔腾，真真天上人间。有一两种菜，竟是人生初遇，头一次领略。比如，蛤蜊煮猪肝，红汤的，这么补的菜菜，Darling 你吃过吗？

如此的小宴，总算是没有辜负这么好的晚秋岁月。

之二，秋日晴暖，去乌镇，看一出戏。

乌镇戏剧节，这些年，很努力的样子，弄得风生水起，名扬四海，我还是喜欢的。即便门票恶贵，人山人海，镇子里千篇一律的空洞，想来想去，算了，我还是说喜欢吧。

戏剧节中，微小的镇子里，满满腾腾，整堂昂扬的文艺青年。油汗的年轻的脸，飞扬的野心一笔一笔，写在脸上，看着，当真是生猛。镇子上，虽然人声鼎沸挤挤挨挨，却真的是没有人间烟火的，有的，全部是商业。无趣是深邃的，不过渐渐亦就漠然了。人间的事情，一向如此。

最钟意，是一枚水剧场，每去乌镇，必于黄昏之际，在水剧场空落落的天地间，坐个够。偏偏这一回，奔到伊面前，人家冷冷锁了门。

而乌镇最绚烂的，自然是木心。

中年，是一场长途跋涉的返朴归真。

这么清冷漂亮的隽语，是木心说的，精致，准确，直指人心，献给所有的前中年至后中年。

之三，与女友晃去外滩源，虎丘路上的外滩美术馆，晃进去看一个本年度的亚洲新锐艺术家大奖展。收拾得极清俊的老宅子，一层一层转上去，就看见一枚年轻的缅甸艺术家 Moe Satt 的短片。无穷的手的劳作，包槟榔，修雨伞，装手表机芯，洗鸡肠，拉印度奶茶，抽烟，做饼子，刨椰丝，那么忙碌的生存，黑白，飞速，挣扎，窒息。看完出来，女友幽然一句低语，没有脸啊。闻之，心尖尖一跳。谋生，原来，是不需要脸的。

夜 未 央

八月，夜未央，且听戏。

上海评弹团于天蟾舞台献演《月下品泉》，纪念一代宗师蒋月泉先生 100 周年诞辰，煌煌巨制，良宵难得，真真是江山人才，济济一堂，蒋先生天堂有知，想必是老怀无限安慰的。

一整夜，阔绰的舞台上，络绎流连着蒋门子弟，这些中国好男人，一袭长衫一把弦子，眉宇清雅，气质谦退。俊逸，散淡，静默，悲悯，落落大方。我能想得起来的关于中国男人的好，仿佛统统集中于此了。蒋调的匪夷所思，亦是在这种地方。此调稳静悠长，听似波澜不兴，种种朴素的优点，貌似人人可得，而一旦真的唱做起来，却又百般不像了。易学难精，这种深邃，中国人的文化里，往往一不小心，就邂逅一局。水是深沉无底，戏，亦就百转千回无穷无尽。

好人好戏泛滥成灾的一夜，挂一漏万，略写几折。

吴伟东先生，我偶像秦建国先生的大弟子，当夜两度登台，先一折《玉蜻蜓·拷文》，后一折《黛玉焚稿》，果然人才出众，极是难得。焚稿之时，吴先生一件明玉翠蓝的长衫，面若满月，气度静谧。说实话，这种颜色的长衫，于四十多岁的男人，应是相当不好驾驭的一种险，稍稍不稳，便纨绔浮薄如西门庆。吴先生稳静，澹泊，深得宗师精神，一字一句，将一折焚稿，唱得不枯不涩，收放自如。心切切，意悬悬，声寂寂，夜漫漫，层层叠叠，幽咽婉转，细美到骨子深处。事后，询问吴先生为何择了这折《焚稿》来唱，吴先生告诉说，是伊老师秦先生讲的，纪念太先生100岁，总要拣些难得听到的蒋调给听众听听。《焚稿》一折，蒋先生还没有声音资料留下来，只有一点蒋先生当年面授秦先生的资料，这次一点一点弄出来，听着，果然大好无限。

黄海华算得蒋门第四代佼佼者，一折《王贵与李香香》，开口一句，"碧玉幽兰出蓬门，小家儿女性坚贞"，听来真真爽朗。黄海华年轻，唱戏有一股儒雅之中的虎猛，生气勃勃，绵绵不绝，于蒋门之中另见一功，深得老年听众青睐。我尚不算太老，黄海华一开口，我亦是小小振奋的。

章默然唱《请宴》，"孔雀春风软玉屏，稳稳今宵好事成"。年轻小子，唱《西厢》这种古雅老戏，有一股子恭敬与工整，千古绝唱，到此，只剩了好看以及好听。

最后压轴，自然是我偶像，蒋调当今掌门秦建国先生。偶像到底老戏骨，十分出奇制胜，择一出《农讲所里教诲深》，"毛主席含笑上讲台，苍茫大地响春雷，眼前又响进军鼓，强国富民志豪迈"，不徐不疾的慢蒋调，听着仿佛大有深意可吟味。偶像亦极有巅峰之风致，不吃力，不炫技，游刃有余，纵横挥洒。最后来两句，老枝茁壮叶正繁，策马扬鞭不下鞍。偶像压轴有度，功德至此圆满，大欢喜。

小访友　乱翻书

海棠尚未着锦，丁香亦未衣紫，春日迟迟，花事散淡，有的，倒是雾霾老兄，不舍昼夜地，怒潮呜咽。江南春日，便是这样乌苏没精神。不要紧，关起门来，小访友，乱翻书，总还是可以让人悲欣交集的。

之一，午后，踏着浓霾，去访 Daisy，本埠数一数二的沉香女王。Daisy 轻肥，穿衣宽畅阔绰，有一种小小的奔腾气质。这一路的女子气韵，于江南，如今是十分稀奇罕见的。见一眼，心里赞叹，是要如此的安稳笃定，才能与沉香亲昵的。若是一幅弱柳扶风的身姿，倒是真的，跟沉香貌合神离得厉害了。宽坐在 Daisy 的尘埃佛际，缓缓吃茶，熏香，闲话，听 Daisy 讲讲奇南香的濒临绝境，芽庄香的清甜提神，以及多年修佛的步步维艰，讲到深沉处，我这个陌路听客，竟静静落了眼泪。Daisy 女子，铿锵起来，须眉是要靠边站的。伊做事情，爱一路直追到源头，不辞万千辛苦，频频跑去越南的原始森林，寻到当地的挖香工人，直接从工人手上买沉香。一枚沉香，不知集多少年的伤痛结晶才成就，Daisy 嫌做孽，不舍得就那么焚了去了，慢慢泡水请众人一起饮，算是对沉香的疼惜与敬意。这样的懂得，是女子与沉香，亦是人与天地。与 Daisy 坐了半晌，披一身香，隔宿仍深浓，惹得身边人如痴如醉。

之二，吃饭饭，翻报纸，《纽约时报》周末版，珠宝专辑。资深珠宝专家侃侃而谈，如今的珠宝，进入小众时代，小就是美的新时代。别忘了，我们的客户，都是受过良好教育的，悟性超群的家伙们，他们买珠宝，跟买梦想，是一回事，云云。言辞灼灼，发人深省，不过这种生意经，我还是不太看得进去。让我看得弹眼落睛的，倒是版面上，一位爱沙尼亚的珍珠设计师 Karin Eensaar，人家讲，我坚信，珠宝设计这件事情里，百分之七十，大自然已经做好了，剩下设计师能做的，只有百分之三十最多了。真是直心直肺直言，奢侈品行业仿佛不作兴这么直来直去的。《纽约时报》不厌其烦仔细描述了 E 小姐不拘一格的衣着风貌，猛爆爱沙尼亚女子的喷血言辞。如今，在所有的大城市里，所有的奢侈品店铺一模一样，卖一样的气息，卖一样的包包。看到这一句，我有点情不自禁为各路土豪含悲。E 小姐最来劲，跟《纽约时报》讲，我么，最喜欢的设计桌，是飞机上的小桌板。没有人会爬那么高，去打扰你，实在是理想的工作空间。这位爱沙尼亚女子，每十天搭一趟飞机，照顾她在世界各地的工厂和店铺。豪奢行列里，出几个坏男孩坏女孩，拳打脚踢，砸烂一切旧观念，总是一等好玩的。

之三，继续乱翻书，最近一期的《经济人》周刊，世界经济不爱看，爱看它推荐的书书和艺术。木心老师傅掏心掏肺地讲过，我是个戏迷，报纸上国际版、社会版的新闻每天看得仔细，文艺部娱乐版则一掠而过，不够戏味。确实，很多人看报，最爱的，是本埠新闻和讣闻版，猛料最足，戏味最浓郁。我则爱看世界角角落落的书报艺术戏剧，等等，好玩的东西密密麻麻，隔空尝一口，亦是深度解渴的。这期推荐一本新书，《一息》，美国自由潜水运动家 Nick Mevoli 的传记，自由潜水是完全不携带氧气瓶，仅靠运动者自己的肺活量，尽量往水的深处潜入的一种运动，被看作是世界上仅次于高楼跳伞的第二危险的极限运动，目前的世界纪录是水下 159 米。Nick 是美国记录的保持者，他在去世前两个月，刚刚更新过他自己创造的美国记录。而在 2013 年 11 月的一次挑战中，这位勇者，被漩涡吞没，未能生还。作者笔致深情浪漫，以少见的细腻，将这种极限运动和铁汉般的运动员，写得高度悱恻。其中写到 Nick 幼年，生活于佛罗里达，父母不睦，小 Nick 经常在自家后院的泳池里深潜，浮出水面吸一口气，亦探听一下父母的争吵是否告一段落，若是没有，这个孤独的男孩子，便继续潜往水底。如今好了，他终于，再也不用提心吊胆地浮出水面，探看父母的脸色，他终于，如愿以偿地安息在水底了。隔日早餐，我把杂志拿给潜水爱好者包子同学看，包子瞄一眼，答我，我知道这个人和他的故事。我自然要问，从哪里？小人答我，*Men's Health*。让我深思的是，小人看到这样的故事，并不会拿给我看；而我看到了，会拿给小人看。这个，是为什么呢？

良宵两帖

之一，承汇丰银行的情，暮色静谧的夜里，晃去静安香格里拉酒店，吃汇丰150周年的生日喜酒。当晚群贤毕至，金玉满堂，汇丰全球数千枚CEO，红光满面，风神朗朗。最为别致的是，筵上每一桌，于花团锦簇中，置一对汇丰铜狮子，真真伴酒无上隽品。

席间，汇丰延请世界首席平衡大师志田美代子，于辉煌T台上，献演《一根羽毛的重量》。年逾五旬的志田小姐，艺高胆大，竟然敢于如此纷扰的现场，旁若无人，挑战精微无比的平衡术。印象至深的是，全堂观众凝神肃静无一杂音，提供志田小姐上佳表演环境。汇丰人质素之佳良，叹为观止。而极近距离观赏志田小姐，只觉窈窕伊人，秀美双臂，却是肌肉累累，臂力无穷无尽，气息稳静拔群，一堂演完，一滴清汗都无，真真绝世好功夫。汇丰此时此刻延请此人献此种技艺，似亦有种种深意寓于其间，算得高明一举。

筵间另一愉美，是邂逅隔肩的客人程蓉小姐，伊是此间香格里拉酒店的设计者之一，无巧不巧，程蓉亦是我的亲爱读者。当晚汇丰邀宴个人客户，全国仅七人，竟然有幸与程蓉并肩，想来有点不可置信。我们且谈且讲，古建筑，旧街道，中年激情，以及亲子关系，话一投机，不免心生种种感慨。Darling，千万人中，我们似乎总有办法，不偏不倚，一眼认出那个千古知己来。

散席，与程蓉挽手出来，路盲如我，不免小小踌躇，不知应从哪座电梯下楼。程蓉铿锵，跟我走，这里是我设计的，至少，在这里，确保你不会迷路。

之二，青妹妹招呼，去复旦听一堂古琴。讲者陈良先生，出身吴门琴派，善抚琴，亦善制琴。讲的，密密麻麻，遍地制琴术语，简直切口一般昏天黑地。古往今来，匠人们开口，总是隔行如隔山，陈先生亦颇有细作匠人的沉敛，无微不至，心如止水。全堂唯一动了性情，是说了一句，中国人么，就玩好自己的东西，弹好我们自己的古琴，钢琴那种洋人的东西，就不要去弄了。语毕埋头抚琴，从《良宵》至《三叠》《三弄》，轻微淡远，鹤响龙吟。而我最咬牙，是陈先生讲到，从前老先生教琴，都是随便去旧货铺子买张琴，动不动就是百年老琴。现在哪里还有这等好事？

晚饭跟青妹妹去复旦食堂吃方块饭饭，巨幅的复旦食堂，我已久久久违，掌勺阿姨一递一大勺，峥嵘岁月，多少乡愁。各地朋友纷纷好奇，详细询问我的方块饭饭究竟吃了些什么。好吧，蒸水蛋，红烧肉，以及莴笋炒碎蛋。顶顶佩服，是那个蒸水蛋，巨大的不锈钢餐盆，总有半个平米的样子，蒸出的整幅水蛋，不柴不泻，醇厚笃定，恰到好处，比日式茶碗蒸不知厉害多少，简直赛过了神迹。

雀跃两三章

之一，致极先生自芝加哥来，同在一城里盘桓，竟亦是彼此邮件问候往还，难得晤面深谈。我是很为自己的岁月，过得如此疏忽潦草兵荒马乱而惭愧。久久之后，终于得空坐下来说说闲话。致极先生是世界级的命理学大师，做学院派的研究，当年初见，我便惊讶，万丈红尘里，竟还有如此民国风致的老男人，虚怀若谷，谦谦君子，一举一动，皆是无限教养。这些年里，遇着人生困境绝境，亦是烦扰致极先生帮忙看一眼前程玄机。记得第一次请致极先生看，伊排出八字，小小叹一口气，微微笑出来，还好还好，事情还是不错的。很担心，若是真的不好，要怎么跟你说。那一幅深心忧虑的慈悲心肠，现在想起来，我仍是心内一片小泪。这一回听致极先生讲，伊在城里开讲座，最后一堂课，还请了客座来讲，客座者，本埠命理界的盲派高人鲍卿先生。这就有点不得了，学院派和盲派，两派巅峰论剑，我是无论如何一定要去聆听。鲍卿先生四五岁即将盲派秘诀背个熟透，伊讲八字之象，真真出神入化，听来叹为观止。致极先生赞叹，鲍卿看八字，跟看人生剧本似的。听鲍卿先生解读戴笠、胡蝶、李莲英、曾国藩、张大千以及梦露的八字，真真神乎其技，大开眼界。原来，人生还有这样那样的阅读方式。更令我佩服，是致极先生的学院派课堂，竟请得到鲍卿先生这样的盲派大师来讲，这种看家本事，通常是绝密技术，绝对讳莫若深。课后致极先生留饭，想让我结识鲍卿诸人，可惜，那日琐事缠身，匆匆告辞，十分辜负致极先生心意。一些缘吝一面，总是让人耿耿于怀的。

之二，搬了家，择个轻阴薄雨日子，跟包子晃去万商花鸟市场白相。不知什么时候养成的习惯，每移居一地，安顿妥当了，第一件事情，总是寻觅周围的花鸟市场，我忙得小昏，还是包子催我。一路行过去，东台路触目惊心拆得一干二净，一边走一边心里浮起蛮荒二字。万商算本埠花鸟市场里，相当好玩的一个。看看蟋蟀，看看雏鸟，鹩哥神气活现，画眉悠扬得梅兰芳都拿他们没办法。最有趣，是一家手工做宠物食粮的店铺，猫食狗食鸟食都给你做。这些小家伙，吃得真心好，鱼虾不在话下，估计雪花牛都大把有。包子端详良久，叹气，好像比我吃得好。还有一家铺子卖多肉植物，漂亮得不是惊人，是惊魂，小老板捧把紫砂壶吃吃茶吃吃盒饭，闲适得跟高僧一般。一盆一盆瞻仰过来，从南非到厄瓜多尔，价钱从2000到6000不等，跟这些肉肉比，金子就算是粪土了。

之三，黄昏，晃去恒隆，香奈儿的酒会，香家大师亲自飞抵本埠，解释本季新作。拉格斐老师傅这一季定的作文题目，叫做巴黎在罗马，高度拧脑筋，亚洲消费者不知道要如何入戏。香奈儿这一季隆重推荐的蕾丝丝袜，确实挑战，如此高难度的一双袜子，实在不好驾驭，气质略差一点，穿上便十分风尘。倒是大师提醒，才懂得细看香奈儿的扣子，果然手工斐然，堪比珠宝，从前真没留过那个心。香奈儿挺会办事，小小酒会丝毫不肯苟且，特地从巴黎搬请25年工龄的老师傅来调酒。老头子闪闪发亮笔挺一枚，我端杯小酒，久久立在伊身边，搜刮肚肠里所有的法语单词，处心积虑与老头子聊天。跟这种资深酒保比，香奈儿几件霓裳羽衣，就实在太空洞了。夜里友人相问，酒会好不好玩，答伊，好玩，最好最好，是如今搬来这里可以走路去恒隆了。乡下人进城的雀跃心情，Darling 侬要理解。

荷花和红蓼／石涛

从蓬皮杜到布达佩斯

轻阴薄雨天气，与友人约，去看蓬皮杜现代艺术大师展开幕。

走到门口，奉上请柬，志愿者挥手，不行不行，从那边绕一绕才可以进来。这个门，不对吗？门对的，但是必须从那边绕一绕。去绕，才恍然，一定要你绕那一条路，是必经某新款车的展示厅，这款辉煌的新车，这家伟大的汽车制造商，是本次艺术大展的首席赞助。身边友人是做金融的，表示理解。我是做文化的，表示不理解。喧宾夺主，艺术靠边，真真斯文扫地。出钱的人，缺乏对艺术起码的敬意，我不喜欢。

更奇异的，开幕式中法巨头排排坐，第一位致辞是中方主办者，第二位致辞，竟然是汽车制造商的市场代表，这位老兄捧着公关稿，从新款车的发动机宣讲到全球销售业绩，以德式工业，傲视法式艺术，不知是赞助来的，还是开战来的，身边几位朋友，纷纷替他羞愧得低下头来，我是一字一句，听得小汗都下来了。什么叫进退有据，什么叫为人教养，真是无处诉说的苦。第三位，可怜，才轮到蓬皮杜主席上台，第四位上台的，是世界顶级策展人洛朗·乐鹏，这位法国人，对开幕式现场轰然喧闹毫无礼貌的诸位嘉宾，显然已经十分火大，扔下一句厉害的，我不讲了，杜尚马蒂斯毕加索夏加尔，都来了，各位自己看吧。

不得不说，策展水平，确实是一流的。一年，一人，一件，编年史的方式呈现。蓬皮杜浩如烟海的 12 万件作品中，精选凤毛麟角的 72 件，没有稳准狠的艺术史教养，没有策展无数的经验手段，如何做得到？

布展亦十分灵秀，借鉴了一点中国人的碑林意境，可惜的是，展场十分局促，伟人巨匠们，缩手缩脚拥挤在一堆，应有的浩大气场，无辜灭了一大半。布展的讲究，实在值得说几句。某年去尼泊尔旅行，于尼泊尔中世纪古都帕坦，瞻仰当地一间博物馆，传统木制建筑改造的博物馆，陈列有大量的佛像，最端美的一尊释迦坐姿像，陈列于一间温暖而空阔的屋内，整间屋，仅如此一尊佛，尺寸亦并不很大，静谧若深。结果，一步踏入去，十分地灵魂飘举，物我两忘，空气之通透，意境之浩瀚，上下千年的飞流激荡，于如此奢侈的空间里，完美呈现，端详得人，哑口无言。时间的悠长，是需要空间的阔大，来体现的。身边十多岁的儿子，亦瞻仰得无语默默良久，然后跟我讲，等一下，看完出去的时候，是不是可以在纪念品商店里，买一幅复制品？后来看完出来，去纪念品商店，跟店员聊天，才知晓，这间深邃的博物馆，由奥地利专家出资与设计，果然，水准不同凡响。我们母子，亦真的抱着这幅释迦，一路千山万水，请回家里，如今，这幅浩美释迦，静静挂在我的客厅里。亦于日本东京的博物馆，看过大量古远佛像，无不于奢侈空阔的空间内，孤寂地陈列一尊佛，气场大极，传达佳极，令人流连不已，那种观展体验，殊难忘怀。我国各地博物馆，大多亦深藏大量极品佛像，可惜，不太懂得以空灵奢侈的空间呈现，有些博物馆，甚至将佛像陈列得如多米诺骨牌一般密密麻麻，看在眼内，实在是十分可惜的。

蓬皮杜此展，亦是上海滩当季艺术盛事，共襄盛举的自然亦有各界风流人士，这些城中名士们，肆无忌惮地立在毕加索的《缪斯》跟前，勾肩搭背大声喧哗，长时间驻足谈论时事政治，培养政坛商坛感情。远道而来的毕加索，此时此刻，沦落成万分多余的外埠小丑。本人忍无可忍，拍拍各界名流肩膀，请他们靠边站一点。

一年，一人，一件，到了 1945 年，那一碑，是一片耀眼的空白，留给了法兰西歌星 Edith Piaf 的《玫瑰人生》。那是一整片空白，我在那片白之前，站的时间，却不比夏加尔马蒂斯布列松跟前，站得短。十分钦佩策展人的精致独到，此时无声胜有声的意境。乐鹏先生确实亦提及这一年的特殊选择，讲，这次大展的主题，一是东西方的沟通，二呢，是爱，而 Piaf 的《玫瑰人生》，是诠释爱的代表作。听着乐鹏的话，浮上心头的，却是欧洲如今无比棘手的难民问题。沟通与爱，难的。观展回家，亦勤恳翻出各种版本的《玫瑰人生》，再一度，领略 Piaf 的好。法国香颂，不是法国人，基本上，不可能演绎得好，那种法式优雅中的混沌粗野，那种蒙马特石阶上湿漉漉的困顿，那种波西米亚的落拓不羁与疯狂野心，Piaf 一吼，才是女皇版的正点。再听听路易斯·阿姆斯特朗的英文版的《玫瑰人生》，终究一股子新奥尔良的懒洋洋与黑肥甜腻，听是听得过去的，只是土。而波切利先生的《玫瑰人生》，听起来谨小慎微，就塑料得无法评论了。

离开的时候，已是薄暮时分，展馆门口排起浩荡长队，开幕第一天，观者已经如云，尽管票价绝不便宜。从策展人到赞助商，都是乐见此景的吧。

夜里，翻出 2007 年玛丽亚·歌迪昂的《玫瑰人生》，细细重温一遍。包子在微信上跟我讲，下礼拜学校放假一星期，我可不可以去布达佩斯旅行？我亦愉快亦惆怅地，替包子付了 49 英镑的机票钱。18 岁的青年人，眼福饱满，多么的好。

水仙／金农

初夏的晓风残月

初夏的好，好在一个清晨，此时此刻，犹有全幅的清凉从容展开，不局促，不仓惶，人生无汗，玉色苍苍。待这点稍纵即逝的清凉过尽，便是漫然无边的溽暑笼罩四野，再要享这点清福，怕总要辽远的小半年之后了。

于是，珍惜。

晨起，早早起，煮茶，读书，挥霍清凉与清净。

茶是益群兄送来的宜兴红茶，替我扫盲用的。听益群兄痛批一张权威茶谱，竟然不列宜兴小种，未免贫陋。听完顿觉落寞凄凉，宜兴有如此佳美红茶，竟是一无所知。益群兄不语，速速递了茶来。宜兴红茶果然娇嫩高甜，不同凡响。初夏清晨，拿铁壶酽酽煮起，真真受用。

书是志凌兄主持编纂的杨荫深先生的《事物掌故丛谈》，煌煌一巨套，封在匣子里，沉甸甸的饱满可喜。志凌兄体贴，说是亦做了一些限量的毛边本，Darling 若是毛边党，送你毛边本。深夜里一句闲话，惹得我，赶紧奔到毛边死党的队列里，坚定站好。

书制得清美，清凉早晨，逐页裁毛边，逐篇读掌故，真真享福。作者杨荫深老前辈，读书过人，见识宽敞，角角落落，笔致圆融清俊，各色唐宋元明清足料八卦，琐琐屑屑，读得人，好生畅意满足。

不免手痒抄几句。

明顾元庆的《云林遗事》，写元末倪瓒家有糟馒头法。先铺糟在大盘内，用布摊上，稀排馒头，布上再以糟覆之，用糟厚盖布上。糟一宿取出，香油炸之。冬日可留半月，冷则旋火炙之。真真别具怀抱的馒头食法，清晨读到，馋到心里去了。

再抄一笔促刻的。

今日常说的茶博士，最初，竟是拿来讥嘲茶中圣人陆羽先生的。

唐代封演撰的《封氏闻见记》，说是李季卿宣慰江南，当时茶饮刚刚盛行，陆羽来见，落座之后，陆先生一边亲自烹茶，一边喋喋不休，讲述茶名，区分指点，啰里啰嗦。李公心鄙之，就是严重看不起的意思，饮完茶，这位李公，命奴子取钱三十文酬谢茶博士。

这条小八卦，够我莞尔久久。陆羽当年抖落一地机灵小聪明，被不客气地套个茶博士的尴尬绰号。如今不是的了，多少阔太太，男人女人人之精华，心甘情愿地，付很多钞票，挤破头地挤在琳琳朗朗的茶席茶案跟前，边蹙起眉头听泡茶师傅尖锐着嗓子谆谆训导，边心情复杂地饮些贵得莫名的此茶彼茶。认真向学的好男好女，还有频频记笔记的，我是真的见过。

吃茶一向是家教，潜移默化那种。如今家里不教了，要出门上课才有得学。这样的世道，委实是惊人的。

听志凌兄讲，这套书，杨荫深老前辈写于民国动荡不堪的年代里。那样的乱世，犹能写出如此稳妥静谧，温润厚道的笔致，后辈

折枝枇杷／金农

横头船昨日到洞庭枇杷天下少
嫩黄颜色真荀好我与山妻同一
饱巳江外史金农 仿易元吉
折枝枇杷并题

如我，实在是，深心佩服不尽。

　　无比好的是，读这套书的初夏一季，跟包子的饭桌话题，丰富
精彩得比较空前了。

春天是用来虚度的

苏州白相记

之一，隆冬深夜，与友人相约，晃去苏州白相。第二日一早，友人驱车来乡下接。爬进别克商务，开动两公里，乡下人心思比较浅，没忍住，小落寞，跟友人翻个白眼，Darling 啊，没开 Tesla 啊。这位友人，拥有当年我国第一批神勇 Tesla。听我细碎疙瘩，友人吼吼两声，Tesla 开苏州来回，电池多少有点不保险，万一堵车就捉襟见肘了。夜里开夜里开夜里厢一定开。夜里从苏州回来，倒是一诺成真，换了 Tesla 来。万恶的是，去永康路吃妖滴滴的私房菜，永康路那种地方，马路细窄得非人，整条街拥挤得跟天堂似的，伟大的 Tesla，不要说提速来飙，简直寸步难移蹒跚扭捏得肝肠寸断。仅剩的余威，是空荡荡的巨幅后备箱里，孤零零载着我们苏州捎回来的黄天源糕团。家常薄荷糕坐了趟宽敞头等舱，隔日蒸起来吃，滋味自然升华好几个八度。人间的琐事，总是有意想不到的峰回路转，比平铺直叙顺理成章来劲得多，这个我一向是喜欢的。正史有什么趣？野史才蓬勃。至于永康路的私房菜，仗着友人与老板娘的深厚情谊，二话不说，腾了张顶级桌子给我们。一边热气腾腾吃饭饭，一边风言风语听闲话。Darling 侬看看，本埠大律师，来吃私房菜，亦就门外街边，搭张小台子，点盏煤气灯，就着寒冷夜色，缩手缩脚轰隆隆地吃了。我很惜福很八卦隔着温暖的玻璃窗，盯着街边的大律师猛烈观看。谢谢天，上海这座华城，总是有千万种法子，让各路名士们低到尘埃里去。那位寒风中的大律师，不好意思，我说真话了好吗？活脱脱沦落成街边打桩模子一枚。

之二，冻雨天里，亚妹妹好情义，遣人送了一大套《鲁迅藏笺》来。还是大半年前，在亚妹妹的鲁迅纪念馆里，曾经情不自禁地，蹲在地上，把那本藏笺，悠悠翻了一遍。难为亚妹妹心思细密，一路记在心上。笺谱这种雅玩，如今已经不太有人玩得动了，鲁迅郑振铎那点盎然雅趣，要寻回来，似乎亦是玲珑妄想了。荣宝斋的花果笺，清秀简白，软软的人间烟火，好看好玩得不得了。九华堂的梅花笺，凛凛然，一枝独秀地，开在宣纸里，真真才华四溅，笔简意饶。不得不佩服的是，前辈们好风流。

格么，这么漂亮的笺，要写点什么，送给哪一位才好呢？

之三，朋姐姐从巴黎来，每次总是携来一大袋子好东西。有一年，包子着迷学俄语，朋姐姐晃遍巴黎，觅得俄语旧书铺，买了高尔基带来。还有一回，朋姐姐拎着一枚美得腰细的老银子的古董盘子来，给我搁水果搁到现在。这回朋姐姐的八宝袋子里，给我一双极繁华的镂空玻璃丝袜，夜灯下，惹我足足发了一个痴长之呆。这样子如诗似锦的丝袜，好香颂好香颂的说。

歌女一枚

　　滴水成冰的隆冬，岁月酷冷到峻刻，倒是至少，还有一个好处，终于，可以穿两天皮和草。江南尴尬地理，婉转天气，一年之中，如此良辰佳日，屈指数数，大约不会超过十个日夜吧。

　　于是，便珍惜。

　　认真拣一件小草来穿，穿去吃夜酒。丝鞋，小草，亲亲爱爱闺蜜母女，于浦江华庭之上，吃一堂智利红酒。一枚飞跃了一整个地球，飘然苍然踉跄到埠的智利酒庄大代表，殷勤侍宴，尽职承欢。伊人英气勃勃无比，打足智利牌鸡血，反复操练各位嘉宾，以奔放的西班牙语、高昂的智利精神，频频高调祝酒，杀驴，杀驴，一个夜，满堂人客，齐心协力杀了多少驴，想来血流成河是不成问题的。

　　一边吃酒，一边看野眼，便看见了这位歌女，立在台上，离我不过半步之遥，捉紧麦克风，软软扭腰，一字一句献唱柔腻邓丽君。旗袍黯淡，隐隐起伏着年轻滚圆的小肚肚，我在心里啧啧，来年旧衣，情何以堪。特别的是，歌女小姐染了一头淡金长发，密密切切编辑成一条麻花长辫子，精致，肥美，松润，油亮，款款垂在胸前，倒是大有滋味的样子。那条辫子，亦复古，亦反叛，亦新亦旧，亦熟亦生，配邓丽君，配智利酒，真真一呼百应，响亮到十分。一眼一眼盯着人家端详，有一搭无一搭听人家漫声唱，一缕炊烟小城故事夜来香不香。座中如果有军中老兵，大概早已泪眼婆娑情不自禁，偏偏满堂智利热闹，不知今夕何夕。

酒散人散，搭电梯下楼。一步踏进电梯，人挤人的样子，彼此短暂簇拥。立我身边的年轻女子，脸贴脸的，满面浓妆，背一只巨幅的帆布袋子，灿烂的香奈儿双弯勾子，口号一样印在眼前。伊人举着尺寸最辉煌的苹果手机，高声谈笑，粗话脏话滚滚滔滔，恶毒程度，足为观止。于如此拥挤的电梯内，我这种慈祥老人家，亦不免侧目了一下下。原来，我的天，这女子，就是刚才那位歌女，不是那条淡金色的麻花辫子，我已经无法将伊辨认。如此迅猛地焕然两人，十分钟之前的柔媚献唱，即刻变身做野蛮放浪疯狂愤慨，那种活生生的程度，多少有点惊魂。

下了电梯，立在陆家嘴璀璨的夜景中，枯寒枯寒的，默默等候出租车的时间里，我将这枚歌女，在心里翻来覆去，思想了无数遍。谢谢小草，让我在漫长的等待和思虑中，虽然冷了手脚，究竟，不至于冷了心肠。

与身体相见

年纪一岁一岁地大上去，坏习惯呢，一件一件地添上身。

比如，这两年，我开始变得，对人的灵魂，一点兴趣都没有了。这件事情，说得轻松一点，算是没心没肺；往深里细究，那真是怪那个的。

然而，我是真的对灵魂兴味索然了。倘若是熟人老友的灵魂，那玩意儿有几斤几两重，半辈子混下来，早就掂量复掂量清楚得不能再清楚了。倘若是陌生人的灵魂，老天，别人家的器官，重量尺码，犹如别人家怀里的钱包，丰俭厚薄，跟我有什么相干？

鲁迅那样子的伟人，研究灵魂的极品国手，不光给一个两个灵魂秤重量，还挽起袖子给整个民族秤，这样子的人杰霸主，一百年出一个就差不多了。

相比灵魂，现在是更乐意看见身体，跟身体打交道，比跟灵魂打交道，省心多了。

很乐意邂逅彪悍的身体，杀气腾腾那种。Darling，这一流派的身体，是不是久违了？至少十年不遇了吧。看哪里哪里抓了大贪官，

51

总是令我浮想联翩，想象那是个杀人如麻血盆大口的土匪。可惜，九成九的大贪官完全不是这个样子的，这个十分令我失望，这是个连坏人都没种的时代。放眼望过去，尽是些小吏的虚薄身子，不是白胖就是黄胖，谢顶三分至七分不等，眼小如豆，牙黑如麻，一开口，嗓音粗粝，浊音滚滚。搁到从前，这种资质，哪配做巨贪？守夜看门都勉强。不知道是哪里出了问题，如今连这种不入流的人渣，竟亦能做成罪行豪阔的大犯人，真真的竖子成名。

亦乐意邂逅微乳细骨的女子。我的偏见，女人全部的美好，好在一副细致骨骼，优质 DNA，以及一百年教养无数铜钿，才堆出来这副血与肉。这种身体，如今亦是少见又少见。一部《红楼梦》，最高美学典范林黛玉，堪称微乳细骨的永世楷模。宝钗湘云，淑华雍容自不必说，论到品流，终究完败给林妹妹。顺便写一笔横的，十分搞笑的是，至今流传最深远，版本最经典的影视《红楼梦》，竟是绍兴戏，曹雪芹大概打死也不会想到，他呕心沥血的杰作，竟以如此乡土气息浓重的方式，流芳半个世纪。戏里面，林黛玉细声细气以绍兴闲话吟唱的生本洁来还洁去，不好意思，我每听，都彻底笑软。

身体美好，谢谢身体，让我们跟身体，好好相见，好好相处。

暮冬乱听见

　　暮冬天气，雾霾惨重，我城特有的阴湿晓寒，我努力对付了半辈子，依然完败，真真没办法。老规矩，还是低头默默并频频奔去桑拿房，寻求快速彻骨一帖就灵的人造温暖。买了年卡的五星酒店桑拿房，一月里开始大举装修 30 日，好言好语，把我们临时安置去另一间酒店的桑拿房，人家很周到，找的是我城顶级酒店顶级桑拿房。好吧，没关系，有温暖就好，不计其他。未曾想到的是，跟顶级人才们混，特别是肉帛相见地混，还真的广开眼界。

　　新去的那间桑拿房，简直说得上辽阔，午后两三点，富裕女客人居然不少，五星酒店的桑拿房，喧哗得跟大浴场有得一拼，有点骇人听闻。想想我城如此火热，比较热泪盈眶。

　　一位中年女客人洗干净了，躺在温床上蒸汗，一边蒸一边捧着手机嘹亮吩咐保姆阿姨，侬拿海参出来发起来，啊？哪能会得寻不着？就放在摆燕窝的同一只抽屉里呀，寻寻看。接下来的十分钟里，伊家今晚的菜单，从清炒蟹粉，到黄芽菜冬笋炒年糕，如此底细，人人都默默听取了一遍。

另两位女客人，讲英文，很吃力的英文。一位貌似韩国太太，一位貌似新加坡太太。交流老公外派到上海的合同年限，各种待遇，零碎补贴。韩国太太很铿锵地讲，我们三年合同，要是约满了，要调我们回首尔，我才不干呢，辞职辞职，一定要留在上海。你老公呢？几年合同？新加坡太太小巧玲珑，温婉低声答，阿拉么，前两年合约满了的时候，就辞职了，动脑筋在上海本地公司找了新工作，现在可以一直留在上海的。韩国太太闻言，羡慕得双眼滴血的说。

　　雾气缭绕的蒸汽房里，伸手不见五指的，太太们照样雾蒙蒙谈闲心。两枚面目彼此看不太清的太太，在讲幼童学说话的闲篇章。哦，我家的小东西，一直不会说话哦，快三岁了，还只会爹地妈咪，其他一句不会说，急得我们哦。结果么，好了，上个礼拜，突然开口说话了，一开口就是句子，不是单字。听者太太十分欣慰地搭腔，那就好了那就好了。人家叹口气，答，侬不晓得，更麻烦啊，你知道我家小东西，她讲什么话吗？天啊，她讲的是蒙古语。我在一侧垂头听到这里，很想冲破蒙蒙水汽，仔细看一眼说话的太太，这个太奇葩了。天啊，怎么会的呢？哦哦，你不知道，小东西的外祖母，是蒙古人，我们有八分之一的血统，是蒙古人啊。听者太太黯然道，难怪孩子不开口啊，难为她啊，困惑得腰细吧，你们家语言环境也太复杂了，韩国话，英国话，德国话，北京话，蒙古话。啧啧。这一篇，我忍着闷热，从头至尾，听得心驰神往，一枚满口蒙古话的小姑娘，是不是太赞了呀？

夜 生 活

之一，春风沉醉的夜晚，长安故友来，吃饭至深夜，纷纷散席归家。车里长安客提出小要求，Darling 想吃一碗面，酒后没一口热面收尾，跟什么什么似的。夜雨猛猛地下来，有点凄惶，念头略转，去了锦江饭店那里的一间老馆子，雪菜面小笼包数十年如一日，通宵总是有。

爬上楼，看一眼，久久不来此地宵夜了，仍旧一幅疑似民国的老绛红情怀。长安客疗饥，一碗雪菜面，一碗葱油拌面。陪着吃几筷子雪菜面，至于葱油拌面，我只有瞭望一眼的福气了。长安客礼貌征得我同意之后，将一碗拌面移动到自己跟前，三下两下幸福扫荡一空，看着无比安慰。而拌面的面码，丰富的木耳香菇之类，长安客一概不沾，尽情留在碟里，让人十分感慨南方面食与北方面食的迥异。长安客厚道，一再表扬两碗面面好吃到位，弄得我心内浅浅愧疚。那间如雷贯耳的老馆子，那晚的两碗面面，是拿卷子面煮的，粗疏难吃一目了然。看起来，以后心里真要存几个北方面食做得地道的宵夜去处，再来了远客，不至于潦草怠慢了人家。

之二，老男友招食，问，黄浦岸边，豪宅深处，私房菜，Darling 去不去？铿锵答，奔去啊。黄昏搭电梯上楼，豪宅挥金如土一路挥上去，进门一步，私房菜女主人春风满面迎到玄关，热情洋溢哗哗奔腾到不行，巨幅唐僧肉让我想起波霸奶茶的前面两个字。饭前女主人引领，绕宅子细细瞻仰一遍，每个房间都是无敌黄浦江璀璨夜景，真真壮观。立在阳台上，女客们人人拍照赞美忙个不止，唯我，盯着楼下一角，跟女主人讲，咦咦咦，那个是渡口是不是？可以搭渡轮去浦西是不是？女主人笑答是啊是啊，然后我来了句，那，你可以每天骑车来回浦江两岸哦，好羡慕啊。女主人呆看着我这个著名白痴，想了千秒，才回味过来。Darling，骑脚踏车，搭渡轮，徜徉于浦江两岸，这么怀旧的事情，我好生向往。然而，这种事情，如今要想法子住在滨江附近动辄五千万的豪宅内，才办得妥了。

一餐私房菜，黄浦江壮观，女主人壮观，老男友一身阿飞行头亦壮观。我心里密密麻麻在盘算的，是哪天骑车去搭渡轮。

之三，女友招呼，去新天地看"不朽的梵高，感映大展"。很好奇，什么叫感映？原来是搞一些巨幅屏幕，投影播放梵高一生的画作。馆子里漆黑，配上音乐，如此持续半个小时。像看升级版的幻灯片，又像看巨幅连环画，画面十分低清，梵高那种笔致，完全荡然无存。高清时代，谁要看这种东西？不懂。音响十分糟糕，比街头小贩卖的车载科普唱片还小儿科，跟大师手笔南辕北辙。最恐怖，是展览馆内，立了无穷无尽的观众，男男女女疯拍手机，小童嬉戏追逐，场面近似人民广场地铁站。这样的展览，居然可以卖百元一票，也就是 16 块美金，骇人听闻的意思，一应都俱全了。

与霾共舞

　　人生有涯学无涯，中年奋发，钻研人生新难题：究竟要，如何与霾共舞？

　　亦难亦不难，视若无睹就是了。人到中年，早已百毒不侵，霾算老几？如此一通透，人生境界就轩朗了，Darling你觉得呢？

　　之一，浓霾天气，约友出奔，去苏州博物馆，瞻仰仇英画展。吴门四家，今年轮到仇英，三十几幅画作调自全世界，实在精贵无比。统共只给你看四十来天，藏而不露的劲头，真真万恶，亦真真吊胃口。

　　苏博尺寸十分迷你，称博物馆，相当牵强，恕我直言，多少是寒酸的，想想这座古城的悠远深邃，想想此地的一贯富庶，是要令人兴长叹的。

　　进去瞻仰仇英，一寸一寸，叹为观止。看完一半，找个角落静静心思，独个儿扶着眼镜，差点掉下眼泪来。仇英的高古，苍秀，静悄悄的气吞山河，让我哑然。如此绝世高手，当年，不过是豪族家里养着的一枚画工罢了，竟有如此胸襟怀抱，实在是，无法言说。最令我灵魂飘举的是仇英画中的静谧，那种旷古的静，中国人的清洁精神，角角落落的婉转精致，散淡，远逸，飘禅，一一都在里面了。于声嘶力竭的喧嚣日子里，糊涂久了，一眼望见仇英这样的空静，我的四肢百骸，都酥软了。

看完出来，已过午后两点，偌大的苏州城，竟没有像样安宁的午饭吃，兵荒马乱的，于街角朱鸿兴吃一碗粗粝的焖蹄面。低头抬头，一恍惚，Darling，已是五百年的前世今生。

之二，朋姐姐自巴黎来，于寒冷重霾的天气里，我们奋不顾身地，携手去喜马拉雅看敦煌展览。八个复制洞窟，是敦煌精挑细选，极品中的极品，听起来十分的令人销魂。一腔热情奔了去，却是失望得比较厉害。复制洞窟里，光线黯淡得，是不打算给你看的意思，比真洞窟还阴森更上一层楼。倒是允许用手电照着观看，难为朋姐姐辛苦，一路举着手机电筒，亦就是在臂力所及的范围内，看个大致意思。而荒谬的是，容膝之地的洞窟内，无数手机电筒射出光芒，照得壁上的画儿，狰狞的意思都浓郁了。

即便如此败兴，转到最后一窟，元代的观音洞窟，我还是灵魂出了窍，满壁的观音，线条精秀软腻到无法可想，从前看到张大千临的敦煌，已是十分的佩服，如今看见这些线条，张大千就算粪土了。而诡异的是，这些东西，亦是出自无名画工之手。

除了八个复制窟，展览中还有很大部分的敦煌历史，被盗，开发，保护，等等，居然统统是模糊图片加文字解说，粗壮得，跟八个美轮美奂的复制窟，完全是两个世纪的展览手法。更费解的是，展出的好多临摹作品，包括常书鸿这样的大家，都不标识临摹于何年何月，真真匪夷所思。

与霾共舞，如此两题。

有戏的夜

　　米容每趟自东京回来省亲，我们两个，总要想法子携手去看一场戏。这一趟，米容说想看京戏，翻翻天蟾的戏单子，晚上有陈少云先生的《成败萧何》。米容微微蹙眉，讲，新编历史剧哦，以下省略若干字。

　　黄昏去了天蟾，上座几乎是满的，而且年轻人星星点点络绎不绝，状况很赞。极怕去看戏，满场白发老人家，就我们一两枚年纪幼小的，夹在里面，夹生饭一样心慌意乱不得人心。

　　米容坐我左手，坐我右手的，是一枚洋人孤客。开戏之前，洋人孤客问我，Darling，可以拍照片吗？我仔细查了查，答疑，可以，不过不可以用闪光灯。洋人孤客很满意，跟我唠叨，上海真好。我去过很多地方，比如伦敦纽约，都不许照相的，照一照，哼哼，直接给赶出去了。我朝伊笑笑，欢乐欢乐，放心拍照吧。格么，Darling 是哪里人？我是巴斯克人。我一听来了劲，巴斯克是西班牙北方一个区域，就像人家问你哪里人，不答中国人，直接答上海人了。再问，巴斯克哪里？答我，毕尔巴鄂，你知道毕尔巴鄂吗？我跟孤客继续笑，呵呵去过啊，府上的古根海姆美术馆，不得了啊。孤客听完，差不多要来拍我肩头了。你是大学生啊？T恤衫卡其短裤的。不是，我是演员。什么演员？舞台剧演员。我就瞠目并刮目了一下下，顺嘴翻译给米容听，米容小担心，伊看得懂啊？《成败萧何》哦。实际情况是，巴斯克人一路看得很起劲，该喝的彩，准时准点一个不缺地都喝了。

陈少云先生的萧何，安平先生的韩信，满堂有彩，技术技巧，都是当今数一数二的了，想听几句味浓腔正的唱，还是有得听的，过瘾是扎实过到了。中国好男人的浑厚苍劲有情有义，只剩戏台子上可得瞻仰了。只是，整出戏，编得极郁闷，无非刘邦夫妇坐稳了江山，心惧韩信造反，处心积虑，杀了功臣而后快。萧何居间，进退皆难，人格撕裂，屡屡撞墙的心都有了。飞鸟尽良弓藏，狡兔死走狗烹，价值观陈腐，故事老套，吃力笨重，比较绝望。米容不动声色，新编历史剧啊，还想怎样呢？编得比《史记》还精彩，有可能吗？

更破绽的事情是，配角儿实在是弱得吓死人。汉家天子刘邦，给活活演成了一枚小混混，刘邦太太吕雉皇后，编导苦心给足了戏份，可惜，演员不懂珍惜，演得剑拔弩张声嘶力竭，比泼妇还泼妇，实在叹为观止。

散戏缓缓行，米容漫然跟我讲，伊的九旬老母亲，四十年代在金陵，看过梅兰芳的堂会，梅与金少山的《霸王别姬》。我一听，神往不止。当年殷实人家的闺秀，真真享福，如今我们，日子过得荒疏潦草不堪一提。

看 电 影

去静安嘉里楼上，看宝莱坞电影《巴霍巴利》，真真宝劲弥满，鸡血全屏。载歌载舞之余，颇有几个雷霆霹雳，深得黑泽明精髓，巅峰时期的吴宇森都不一定快得到那个节奏。宝莱坞章子怡，巴掌脸，黑里俏，银牙咬碎的一刹那，玉娇龙就活生生有点苍白。宝莱坞不是吹的，把电影弄到这么好看好玩好上再好，现在的全体中国人民算是都知道了，那基本上，是不可能完成的任务。

看完《巴霍巴利》出来，蓦然看见，有个国际歌剧电影展，吓了一跳，一个礼拜的时间，13部顶级歌剧电影，从大都会到马林斯基，茶花女托斯卡卡门波希米亚人唐帕斯夸莱霍夫曼的故事唐璜约蓝塔公主等等，于是，不用说，自然是扔下一切大事小事，天天勤恳跑电影院。这个电影展，很奇特，只在此地一家影院上映。谢天谢地，就在家门口。

第一部看的美国大都会歌剧院的《波希米亚人》，怀着瞻仰的心情去的，结果呢，咪咪太老，鲁道夫太胖，严重违背波西米亚精神，脑满肠肥的，太缺乏说服力了吧。而且，整部戏，从衣衫到景致，一概穷酸简陋，比较没有看头。看歌剧，谁不想看一个堂皇璀璨力拔山兮？再一个，就是再好的电影院，音响条件也是绝对不够挪来听西洋歌剧的，《冰凉的小手》《人家叫我咪咪》听不过瘾坐立难安，回家立刻翻出帕瓦罗蒂，精光四射，听个淋漓，这才甘心。

第二部看的英国皇家歌剧院的《托斯卡》，托斯卡是安吉拉·乔治乌演唱的，罗马尼亚小镇美人，当今顶尖歌剧女王，唱功果然一流，一曲《为艺术，为爱情》，真真肝肠寸断，幽婉迷人，实在是，委屈极了。不过呢，大银幕上的乔治乌还是只宜远观不堪近玩的，51 岁的年纪，于女高音来讲，正是经验与技巧恰恰炉火纯青的佳美年华，可惜，容颜就难以配合至巅峰了。这个不是乔治乌一个人的难题困境，所有的歌剧名伶，都有。

《霍夫曼的故事》是巴黎国家歌剧院的版本，演于巴士底剧院，极端法式呈现，舞台至美，合唱绝色，煌煌巨制 200 分钟，看到我精疲力竭。午夜散场，一共没几个观众，人人腰膝酸软步履维艰地爬下楼来，忽听身后嘹亮的一嗓子花花男高音，呵呵，某观众究竟没忍住，一个哈欠，露了一嗓子。逡巡街头，慢慢晃回家去，亢奋至一夜无眠。

《约蓝塔公主》是俄罗斯马林斯基的版本，深心想看。比较奇特的是，电影院讲，这部不演了，拿来的盘片放不出来，我目瞪口呆地乱想，难道是盗版碟？不死心，天天去售票柜台打听，居然真的最终又决定放映了。放出来的效果，果然十分低清。女主角约蓝塔唱出第一句，我就从座位上跳起来，摸黑并摸着各位观众的膝馒头，跑出剧院找工作人员，请他们把音量调大。那么轻的音量，混混沌沌，模模糊糊，所有的细节语焉不详，如此一场听下来，我要百爪挠心的。

最好最好，是一部多尼采蒂的《唐·帕斯夸莱》，剧本身极好，指挥极好，那段序曲啊，好听到飞扬不止。这些都不必说，一定要说的是，女主角是 Anna Netrebko，45 岁的俄罗斯歌剧女王，一条嗓子油亮松肥，天赋罕见地饱足，我想，她是继帕瓦罗蒂之后，第二条，被上帝亲吻过的嗓子了。世间久久不见这样美好的女声出江湖了，感慨万千，感慨万千，上帝老人家，百忙之中，总算没有忘记，再造一条这样的嗓子，给我们过过困乏小日子。于是，再高的音，于 Anna，都是张张嘴就有，一点不吃力。所谓先天一样的后天，在这个女王的身上，估计先天后天，都莫辩了。此人演技亦卓绝，美艳之余，又腥又泼，饰演辣妹悍妇，真真手到擒来，好看到眼花缭乱。幕间采访，Anna 还小爪子乱舞，谁谁谁，还有谁不怕死敢娶我？好笑不已。极厉害的是，Anna 无论滚地躺床歪香妃榻，任何姿势体位，都能气贯长虹唱足全句，兴致上来，甚至边唱边翻跟头，看得人啧啧称奇。古往今来，不知有几个歌剧女王能达到这个地步的？唏嘘的是，如此华丽女王，出生极是平凡，在圣彼得堡读书的时候，还在马林斯基兼职擦地板。这种鸡汤大补的灰姑娘故事，今夜是，灿烂辉煌，真人版呈现。

电影展的大热门《茶花女》《卡门》《阿依达》《唐璜》，都是抢都抢不到，人家还安慰我，这一回的唐璜，又老又丑，看了噩梦连篇，不看也罢。可是 Darling，即便唐璜老丑兼备，我还是眼睛很热啊。

一向愤恨电影节艺术节那种东西，因为永远分身乏术，无法看全心仪的作品，七天十天狂轰滥炸废寝忘食地看下来，通常是审美

恽南田花卉

疲劳到恶心想吐的地步。年轻时候，每拿到艺术节的单子，狂扫两遍，第一担忧，不是时间，是钱包，完了完了，要破产了，几乎每一次，都焦虑个半死。

这一个礼拜，我还，很疯狂地，当了七天的中学老师，日日夜夜，跟身边前后左右的观众们，压紧了嗓门，一遍一遍不停地讲，小姐，请你吃东西轻声一点好吗？我国人民，我国热爱艺术的人民，是如此地热爱吃东西，是如此地热爱边看电影边吃麦当劳芒果干蝴蝶酥以及牛轧糖，我被此起彼落层出不穷的窸窸窣窣，弄到愤然抓狂。我国人民，究竟是太饿还是太馋？

Respect Others，尊重他人，这种斯里兰卡希望小学的校训，可惜，从来没有写在我国的小学墙壁上过。

夏天属于老男人

之一，梅雨夜，戴萍动静庞大地轰然到埠，连夜斩钉截铁拒绝接见我，说要关起门来闷头做功课。晴天霹雳，不见就不见。隔日一早，陪伊访问本埠文化名流金宇澄。当我踏入湿漉漉的梅雨咖啡馆时，金宇澄倒是一如既往默默背个帆布袋子，比村上春树还低调地守时守刻应声出现，而戴小姐雍容腴美，步履摇曳，一步一步缓缓晃进来，以我对伊数十年如一日的深度了解，明白这是十分有状况的样子。人晃到跟前，抬抬眼皮跟我讲，完了，昨晚吃了三粒安眠药，现在不行了。一句话交待完，懒洋洋陷入沙发里，根本没有开工的意思，弄得我跟金宇澄，瞠目结舌，颓然废然各一半。于《繁花》里，写足 1500 个不响的老男人，此时此刻，没有不响，逐字逐句缓缓开言。老男人的本事，撒豆成兵，随便拣拣，皆是盎然话题。比如讲讲写字的度，控制于六分，最是生嫩鲜甜，不柴不泻，等等。毕竟，双方都是高手，十分钟之后，倦得眼皮都抬不起来的戴小姐，已经容光焕发心明眼亮，刀子嘴锥子心地，绵密切入作家沟壑纵横的心灵最底层。戴小姐游走我国文坛经年，领教过几乎全幅文坛壮笔，相当诧异于金宇澄的毫无霸气。Darling 你知道，在我国，历来是写一篇踩着祥云的小说，就可以农村户口转城市户口的价值体系，写出《繁花》这样的长篇，岂不要霸气到风雷激荡？金家老男人瞪瞪眼睛，幽然答，我么，最讨厌霸气了。一副深藏谦退的襟怀。想想金宇澄夜夜独上阁楼，于繁花如织的文字嬉戏里，慢慢盘转满腹经纶以及半生经历于不响之内，我忍不住小小爆笑了一下，跟金宇澄讲，Darling 其实侬，有点怨妇的意思。老男人嘿然，而戴小姐蓦然跑题，于空寂的梅雨咖啡馆里，霹雳大喝一声，木心哦，木心怎么那么木的哦。我的爆笑随之放大了尺寸，一路笑到了地上去。

之二，香港电影《寒战之二》凛然上映，迫不及待奔去电影院第一排端正坐好，端详郭富城梁家辉周润发，三枚老鸟，总计岁数高达 170 岁，齐心协力，一举摧毁了我的心，和心，和心。这是一部比赛心机的精致影片，三枚老男人一概面无表情，一个比一个面紧面僵和面瘫，看完电影，终于领悟，老男人是靠面无表情赢尽天下的，小疯子才花枝招展挤眉弄眼献完这个献那个。而周润发色厉内荏地跟郭富城发狠，下半辈子，我什么都不干了，专伺候你一个人。郭富城面不改色把牙咬回去，回答周润发，我奉陪。尽管两个老男人切齿深仇如泣如诉，我还是深觉大屏幕上骚骨芬芳，妖艳极了。郭富城舞男出生，51 岁高龄，依然挺拔得斐然，这还算了，戏亦是精进无比，真真自爱自珍自重，赞一个。郭富城至美，是他的人中，深且长，历历清晰，大吉之相。再加一个 42 岁的杨采妮，第一女主，寒战的年纪，真是不寒而栗的 212 岁高龄。

破 坏 力

　　岁月静好，盛世昌明，竟然有兴致开笔写破坏力，仿佛百般不可思议。人间传统破坏力，无非核弹航母，地震海啸，天作人作，大开杀戒。那种以地球为纸，以血肉为笔的泼墨手法，自然是恢弘不可言说，几乎亦是可遇不可求。百年千年，邂逅如此一回两回。不过凡世人间，亦有细细碎碎的另类破坏力，绝对不容藐视，这种琐碎微小的破坏力，一撮一撮，防不胜防，于无声处，照样惊雷耸动，拥有绝对可歌可泣的杀伤力。而且，通常是，遭遇这种不足一提的破坏力，还真的让人束手无策，比大型天灾人祸，更让人无力兼无语。

　　清晨赶早，拣在人潮汹涌之前，去博物馆，企图静静心，看一眼展览。刚刚开门的博物馆，人烟淡静，没有观光客，没有中学生，没有各级代表团，没有千百枚手机咔嚓咔嚓，亦没有洗手间人满为患一地水渍。有的倒是，满堂绝色展品，尽显人类千古文明，华美堂堂，气场十足，一派非繁忙时段的大气磅礴。这样子不可一世的博物馆境界，我最爱。

然而，破坏力，碎碎屑屑地，悄悄地，莫名其妙地，来了。

当我静立在一枚奥斯曼帝国的曼妙古董跟前，跟远古隽品，穿越时空，默默含情你侬我侬之时，旁边的制服小姐，一双踢踢踏踏的劣质高跟鞋，嘹亮地、反反复复地、一声接一声地、响彻云霄，配上伊毫不掩饰的巨型哈欠，一个一个，频频回荡在空旷的展厅里。观赏古董的人，一副上等清秀心情，哗啦掉在地上，当场碎成千片。

怎么办？不怎么办。忍无可忍，从头再忍。

某日亦是如此清晨，去美术馆瞻仰浮世绘精品，策展人费尽心思，搜罗齐了世界各地的浮世绘杰作，满怀豪情，呈堂一献。春日晴早，立在一无人迹的展厅里，真真悲欣交集，心潮澎湃。世世代代的精品们，含蓄传递来的脉脉能量，让人无比饱足酣畅过瘾极了。然而，就在这种人生小高潮将至未至的精妙一刻，那个该死的，阴谋诡计的，蟑螂一般的破坏力，如魅降临了。全副武装的保安大叔，开始沸声聊天了，主题是猜猜今天午餐将会是什么，副题是昨晚小麻将输赢总结。保安大叔大多是性情中人，聊天这种事，要么不干，一干起来，比广大欧巴桑投入多了。嗓门之洪亮，题材之狗血，观点之犀利，用词之狠准，浮世绘绝对是望尘莫及的。谢谢天，一堂精美绝伦的浮世绘大展，成功颠覆成棋牌室淋漓茶水。

面对这类微末细碎、不动声色的破坏力，不必怨天尤人，唯一可做的，是深耕自己的修养，修到熟视无睹充耳不闻，格么，就天下无敌了。

清秋流水账

之一，打电话给鲍卿先生，替友人约妥时间，去鲍府上，排排八字前程。鲍先生是本埠盲派命理一等一的大师，跟鲍先生讲，格么，我就不过去了，让友人自己去了。鲍先生颇诧异，侬做啥不来？一道来白相白相。

倒也是，人生无事常相见，遵嘱去白相。

午后闷热，鲍家的老房子高敞，不腻不热。屋里黯沉沉的，物件堆得崇山峻岭一般，各种卷子、柜子，以及苍秀的古琴与弦子，连墙上都挂满。陪友人在廊下坐，寒暄几句，吃两碗茶。末了，友人贴肉掏出生辰八字，我立起身，识趣回避，离开廊下，进去里屋。

屋内深阔，幽静，坐着位女子，在缓缓抚琴，伊是鲍先生的学生，鲍先生理命之余，尚善理琴，是颇厉害的古琴大师傅。女子长得耐看，容颜秀展，坐在这种老房子里，十分沉得住气韵，我喜欢。女子客气，斟了茶给我，仍坐下抚琴，我亦无事可做，捧着茶，默默于琴边细听。竟，听了满满半个下午。琴够好，宅够老，以及寸步之遥，以及一对一，实在天时地利，件件完整。琴音极圆满，意蕴很到家，句句直指人心，简直少有的听琴经验。李祥霆的"九霄环佩"，我亦听过不插电扩音的，仿佛，都没有今日今时此时此刻的好。女子低眉一笑，古琴么，从来不是表演型的乐器，私下里一对一，顶多一对二三，听着才有意思。恰巧几日后，去听一个新派中式家具的讲座，进门听见主讲者在意气风发弹古琴，一枝麦克风搁在琴边，扩大出来的琴音，塑料极了。立了三分钟，忍无可忍，告辞出来。

之二，伏日与清秋，都是吃羊肉的好季节，我想我的前世里，总有一世是匈奴，三天两头，于城中忙碌觅羊。

真如的羊肉馆，一百年不止了，白水煮煮，切厚厚片，简单一盘子，朴素得不能再朴素。肉肉入口即化，细软，嫩香，算得肉中翘楚。想想米其林那些洋盘，哪里会懂这种佳美？不说也罢。某日去，居然没开门，停水停电，门口一堆向隅落寞食客。晃到老街上，看见一枚本地老伯在拷黄酒，默默凑过去，问，哪里还有好吃的羊肉啊？老伯很尽心，绕了刻把钟路，带我到弯曲陋巷里，交给老板娘。原来，是一家海门羊肉馆子，24 小时滚锅沸腾，煮得极好的羊肉，切肉肉的时候，老板娘问，要哪种？煽羊还是普通羊？吓一跳，第一次听到，上海也有煽羊，一直以为只有宁夏甘肃那些地方，有羯羊。还是选了普通羊。

改日去土耳其馆子吃羊肉，羊羔肉炖十来个小时，配栗子米饭，老板毫不谦逊，跟你讲，我敢保证，这肯定是你吃过的，最好吃的羊羔肉。老板的胸，算是拍对了，确实是，人生最佳羊羔肉。那种曼妙，亦是只有羊肉能够贡献，鸡鸭猪牛都办不到。我还爱土耳其馆子的落地百叶窗，正午时刻去，遮得严严密密，百叶里依然顽强

春天是用来虚度的

透彻出窗外的烈日骄阳，仓库改成的大屋，空荡清凉，一派懒洋洋的游牧气氛，穿件丝衣，凉津津地歪在那里，从羊羔肉吃到土耳其咖啡，动辄消磨掉一个下午。而食器刀叉，那刀子是阿拉伯弯刀状的，帝国的妖娆，于那么一抹刀刃之上，凛凛彪悍了一把。绝赞的说。

修竹仕女图／仇英

礼拜天小抄

对杂志的迷恋，慢慢酿成人生一癖。搬一趟家，头绪纷繁的断舍离里面，最艰难的一件舍，竟是世界各地积攒而得的各色旧杂志。坐困愁城，拔剑四顾，茫然不知拿它们怎么办才安心。包子小人第一样打包入箱子的，亦是他积年累月汇成小山的《国家地理》《先锋音乐》以及从自行车到拳击各色运动健身杂志。我看着叹气，真真天生的母子家人。家里一向不置电视机，家里若是没有花团锦簇的杂志，我们母子大概不出一个月就活活饿死了。

写几笔最近看过的好看杂志。

《华尔街日报》有一本随报奉送的周刊杂志，薄薄一册，刊名低调，铿锵利落，就叫 WSJ，一个春宵可以细致读完。一个版子叫肥皂盒子，其实是专栏版，请六位各行各业的名流，面对面写命题作文，这一期的题目是财产。从 eBay 的 CEO，到炙手可热的顶级模特儿，汽车博物馆馆长，外加一位芭比娃娃，六种意见，六种财产观念，相当发人深省，不过一个页码的事情，弄得我心潮起伏思忖了半个夜。

然后谈谈最近出没林肯中心的新晋指挥家作曲家，再浪掷大把篇幅，渲染于肯尼亚马塞马拉国家公园拍得的美女与野兽。然后笔致温柔一转，写一家于西西里古堡内默默兴旺发达的厨艺学校，文章劈面就讲，美国人对西西里的了解，除了《教父》就没有其他的了。这种句子，读来口感真是好。

而压卷，是一篇相当扎实的文字，描述伟大的新纪实摄影派的旗手 Diane Arbus。Diane 早年拍摄的，多是姣好的模特、繁华的时装，拍久了，觉得自己被雇来拍照片，不是拍出真实，而是竭尽全力拍出假象。Diane 讲，连篇累牍地凝视一具又一具的丰美肉体，是多么令人窒息，绝对是，一具丑陋的肉体，更能唤醒我的感觉。这位才华惊人的女子，慢慢转向拍摄不美，那些流浪者、失败者、畸形人、不正常、不道德，等等，画面拥有的强烈视觉冲击，让 Diane 成为惊世骇俗的艺术家。与所有写 Diane 的文字一样，这篇东西亦浓墨写了 Diane 生命里两个不可思议的要点。一个是她出生于繁华之家，养尊处优，无忧无虑，何以养出如此品性的艺术观？二是，她悲绝地割腕自尽，自尽之前三个月的种种蛛丝马迹，包括她懒洋洋地，抹下手上的戒指，当作茶余饭后的小礼物，送给身边闺蜜。全篇最铿锵，是 Diane 于 1967 年，对《新闻周刊》说的一句名言，我热爱秘密，我能够，翻尽所有的底牌。她常常花漫长的时间，去接近拍摄对象，帮助他们弃下一切的人生盔甲，拍出他们的原貌。蓦然想起，二十年前，我看过女友笑得最美的一张照片，她告诉我，照这张片子的时候，摄影师命她不停地原地起跳，打破她一切的伪装，女友承认，这是她照得最好的一张片子。年岁久远，我已经不记得那位著名摄影师的名字，只记得他儿子叫满屯，他太太叫卡玛，是伟大的纪录片制片人。

一些纷乱的吃

1976 年老教授家的吃

三伏天气，清白心思，布衣酽茶，闭门读书：《赵景深日记》。

赵先生 28 岁已是复旦大学中文系教授，今日想来，是不可思议的辉煌履历，所有猎头看到，想必不是下手抢个血肉横飞，而是怀疑真的假的。这本日记，是赵先生晚年，1976 年至 1978 年仅剩的一点点日记，说起来是弥足珍贵的。赵府当时在四明里 6 号，赵先生日日盘桓的左近，复兴公园襄阳公园淮海公园妇女用品商店转弯角子等，一溜是我熟透的苍苍老城。惨淡的是，四明里，今已不存，当年造成都路高架，拆干净了。

赵先生日记每日字数定额，半幅工作手册，必录早餐食物，以及每日研读书写，访客出入往来。非常有意思的是，只要是家里留客，吃得略丰盛一点，赵先生必一碟不漏地仔细记录。我细细翻了下，这种日子的日记，通常是三行写晴耕雨读，两行半写菜谱。以这种篇幅比例，可以端详出赵先生晚年，于吃食的眷眷深情。没有互联网，没有电视机，亦没有四海旅行的古旧岁月里，一枚暮年老人家，即便是世界级学贯古今的老教授，最深沉的消遣，不过是听听无线电，吃吃好吃的。亦想起，当年第一次去看望米容的母亲，老太太八十多岁，讲一口老闺秀的剔透法语，跟我讲，人老了，牙一定要好，而且一定要自己的牙，吃东西才会有滋味。而吃东西，几乎是，暮年全部的愉悦。我很记得老人的叮嘱，一直十分当心一口牙齿，家里洗手间有牙刷，厨房里也有牙刷，连包子亦知道常常查看我的牙，够不够闪亮。

七月某人来，留便饭小酌。四冷盘，色拉，酱鸭，咸蛋，虾米豆芽。四热菜，排骨，鲳鱼，口蘑肉片，丝瓜油腐。啤酒，大米饭。

四冷盆，四热菜，这种菜谱，很暖心，端的像四明里小楼人家的便饭。除了咸蛋充一冷盘，略显潦草，其他色色，简直看不出，是物质清贫的 1976 年。口蘑一词，屡屡出现在赵家的菜谱上，读起来相当口涩，上海人通常不用口蘑的说法，蘑菇便是了。

数日后，亲戚来，家人去街上买熟食待客，赵先生记录，饭馆不用肉票，熟食店要。

八月某日，晚饭后吃湖州最后一瓜，红瓤，稍生，还好。今天是末伏，人参汤吃到今日为止。

九月初，某某送来肉月饼四十个，她曾排队两小时多。

看来，光明邨排队故事，不光可以点亮微信群，亦足可载史册的了。

九月末，中午吃锅贴夹火腿，甚高兴。

锅贴如何夹火腿？痴想千秒，悟不出来，不太高兴。

十月中，晚间焕文回家，带来三只大蟹，阿姨剥了，准备明天做蟹粉馒头吃。

那时候的人啊，有的是漠漠光阴，真真奢侈。

十二月中，留郑逸梅、陈汝衡、方诗铭、徐扶明等午饭，四冷盘，龙虾片，油炸花生，酱鸭和肫肝，三热炒，炒三鲜，肉片口蘑，青菜。大菜，蹄髈，红烧鸡，什锦汤。

这天其实是《小说史略》座谈，写座谈三行，写午饭两行半，实实足足。四冷盘，全盘高热量高油脂高胆固醇，今天绝对不作兴如此待客。蹄髈以及红烧鸡，亦是狂轰滥炸。当年是体面，如今仿佛不是了。

次年，1977年。一月，中午希同预祝77岁生日，吃馄饨。四冷盘是，油炸花生，龙虾片，鲍鱼，红肠叉烧。后两盆是超林到几个地方去拼买来的。

希同是赵夫人，超林是养女。鲍鱼冷盘，费思量。油炸花生龙虾片之下，忽然接一盘鲍鱼，属于跌宕急转弯。可能，也许，是爆鱼的笔误？在没有键盘打字的年代，会不会有这种笔误呢？还是潜意识作的祟？

四月，晚间某某送来毛笋一捆，黄芪一包，鲫鱼一条，《菁庐诗稿》一册，报以香烟三条，食糖两斤，糖果和点心三包。

再下一年，1978年。三月，九九已过，不再服用人参，改服白木耳。

四月，太仓路216号绍兴妈妈开始在我家做上半天工作，她是自己有粮票的。

这位绍兴妈妈上工的第二天，主要工作，是剥胡桃肉。无法想象，老教授还明察后厨帮佣女工的工作内容，并一五一十详细记录。

最后再录两条比较跑题的。

1976年六月某日，睡午觉时听了三弦、手风琴等演奏的《常宝

恽南田花卉

哭诉》和《沙家浜夜袭》两节，甚佳。

　　1977 年二月某日，晨 5:40，听大庆批"四人帮"对话，6:30 听北京新闻，有朝鲜将统一，《人民日报》评论，邓颖超访问缅甸等。

　　随手写点流水日记，是多么必要，至此，不用我说，各位都了然了。

一 饭 记

　　隆冬的夜，阴寒莫测，晓明讲，家里有蟹，来吃饭好不好，嗯嗯两声就晃去了。

　　黄昏进门，一室黯沉沉的静，这位老闺蜜的家，有一种废墟式的静悄悄的美，层层叠叠角角落落，无不堆满书本画册小玩意儿，琳琅满目，乱腾腾密麻麻，彻底没有人间的逻辑。墙上一张旧年沧桑的古琴，门口一枚义乌制造的捷克布娃娃，头顶一串瓶子绿的细颈子吊灯不知年代，手边一台驰名四海的吸氧机器像只面包箱子。有洁癖的客人，于如此的室内，坐立不安，高度抓狂。我倒是心安，因为家里的包子小人，亦是如此的废墟派传人。这种人呢，有一句千古名言，叫做，只有在乱中才能找得到我要的东西啊。Darling 你懂吗？还好，我已经千锤百炼修懂这一科了。而这种废墟派，至要的境界，是一个静字，那一屋子的杂货，一热闹，就完了。

　　晓明家里最绝唱，是洗手间里的药炉子，推门进去，一室的药香，柔软香酥，暖老温贫，比一切的沉香醉人得多，绝对是废墟派的点睛一笔。于如此的洗手间流连一下，让人对中医致敬再致敬。

写小半篇了，还没写到饮食。

壁炉跟前，民国式的矮脚沙发，排排坐好，晓明吩咐先吃粥，暖暖。都一把年纪了，不作兴空着肚子吃螃蟹，寒彻心肺的说。以粥代茶，很狂想，很李斯特，我喜欢。大家埋头吃完一碗，晓明询问，味道哪能？是不是特别好吃？众客人低首吟味久久，八宝粥兮兮的一碗，香甜是香甜的，还有点碎粒子颇有嚼劲，嗯嗯好吃的。晓明继续高考，知道我放了什么在粥里吗？猜不到是不是，呵呵，我拿冰箱里剩下的台湾牛轧糖，统统放了粥里一起炖了。我们闻言一起哦哦哦，废墟派精神无处不在，跟她画的泼墨花卉，一脉相承，有得一拼。我是真的服气这种胡来，不知道台湾同胞会不会气晕过去？

饭后闲话家常，晓明讲，腰细了，我拿爸爸给我的真正的老古董瓷器，跟我平日里七买八买弄回来的假古董瓷器，混到一处去了，再也分不出来了，哪能办？谢谢天，座上有古瓷专家，当场一枚一枚细细看过来，真假立辨，功德圆满。我在旁边看得目瞪口呆，再也没有想过，人生难题还有这样一出。

小小一饭，又蟹又粥，枝枝蔓蔓，跌宕起伏。回家一句一句学给包子听，小人亦听得神驰。

早春好物

　　江南的春寒，品格一向是独步天下的，倒也未必是横鞭指顾的那种暴烈的寒，却一定是，最蚀骨的那一味。很多年前，于东京的木屋火炉子跟前，以初学而得的蹩脚日文，一字一句读村上春树的《挪威森林》，书中人，一个连一个地，不绝如缕地，轻飘飘，走进人生的绝境去。村上以一贯的轻描淡写，不动声色地写了一句，有时候，没有体温的温暖，人是会活不下去的。并不撕心裂肺的句子，读来，却寒彻骨，真真像极了江南春寒的料峭品质。

　　一笔宕完，回来写好物。

　　早春时节，爱一味枸杞藤，此时此刻，这件东西，最破尘俗，俊美无敌。

　　枸杞藤，于《神农本草》，已列为上品。早春破土的新笋子，算得清丽雅致，不拘一格，跟枸杞藤比，还是差几个品流。不过是枸杞枝条上摘下的细嫩绿叶，新鲜掐一箩，油盐烈火，快手腾腾炒一碗，清香，细苦，秀丽娟娟，仿佛轻若无物，又仿佛四海天地都融融其中，真真神仙饮食。

江南一到春浓，夏烦，秋深，冬尽，几乎一路都是甜酸的，惟有早春，有一脉清辉耿耿，适宜吃一点枸杞这样的清野藤叶，写几笔辗转悱恻的红笺小叠，遇一枚才高无匹的男子，然后把自己，炼成瘦立无双的佳人。枸杞藤，是有这样的好，于早春的餐边，一趟一趟地吃过来，如觉了悟一般的醒神。

闺蜜朋姐姐久居巴黎，为了一口新鲜枸杞藤，落了无限心思，查了无数资料，于巴黎家中，于比利牛斯山里，屡败屡战地栽种。心疼姐姐辛劳，找了丘彦明的文字给姐姐看，丘彦明于荷兰家里，种得枸杞藤乱箭四射，蓬勃冒发，不可收拾，看得朋姐姐羡慕煞人。丘彦明的枸杞，是剪了友人的枝条，插栽而得的。朋姐姐是筚路蓝缕，从枸杞子发芽，得苗，抽枝，一步一步开垦而来，自然艰辛波折。好在朋姐姐有福，终于辗转得了栽培已成的蓬蓬勃勃枸杞藤苗，如愿种得了自家的枸杞。而我是，于喧腾的菜市场，遇见老农妇的枸杞藤，总是欣悦，贪心抓一把在手里，深呼吸。然后，力所能及地，携两三斤回家，枸杞藤又干又净，两三斤东西，已是壮丽一大袋子。

枸杞藤俊逸清贵，吃起来其实简洁，清炒相宜，凉拌亦赞，炒鸭蛋合适，调羹汤亦是趁手。最好最好，是拿枸杞藤叶洗净，微微火，慢慢耐心炒干，当作茶叶来饮。临着春寒深沉的长夜之前，清坐黄昏，默默泡一碗，碧青的枸杞叶茶，一边饮，一边想想花边竹底的那些陈年往事，心思是，静得不能再静了。

明前的鱼馄饨

江南有一种好，叫做四季分明。季候有绵密层次，食材亦就纷繁如云，这是老天的恩惠，亦是江南的福泽。傍了东海之利，再得了浙江丘陵重重的福，山珍以及海味，应时应节，伸手伸脚，很容易就亲近了。江南人是一向不肯辜负这些天时地利的，世世代代，懂得落足心思，不厌其烦弄些佳美饮食，深深浅浅，传之千秋万代，果然深邃腴厚，够写书，亦够写诗，更够养成一代又一代层出不穷的才子佳人。

这一碗明前的鱼馄饨，是我家的私房饭食，今朝兴致盎然，看在春天的明媚面子上，无私写给各位 Darling 分享。

舟山的马鲛鱼，此时此刻，是一年里的第一个鱼汛，秋季里，还有第二个鱼汛。早春的马鲛鱼，肥美饱满，精神抖擞，一等一的神气活现。明前的东西，通常都有一种青春鲜灵，饱含一个严冬的天地精华，补得吓死人。比如螺蛳，"清明螺，赛过鹅"，那样的溢美，小小的清明螺，竟然亦担待了多少年。马鲛鱼亦是不例外的。这种鱼，论气质，算是赳赳武夫那一路的，传统上，一向不太受江南人看得起。通常都是劳苦人家，搁了雪菜，大块炖到入味，吃是吃那个肉壮磅礴，猛张飞澎湃一下。这种低微粗菜，上不得台面，不要说秀丽家宴从来不取，连大小馆子里，亦是绝无仅有。这个鱼，还有一个死穴，一旦冷冻过了，简直就腥得罪恶滔天，极不堪吃。

而明前，自然是清凛不同的。

拣一尾肥壮银亮的马鲛鱼，请鱼老板去骨去皮起肉，这种卖鱼的小本领，如今亦不是家家鱼老板都干得来的了，一不小心，看错了人，一尾好鱼，给拆得粉身碎骨，亦是极让人黯然的惨事。逛菜场，要拿出逛百货公司逛古董集市的耐心与眼光，千挑万选，择一枚薄刀使得运筹帷幄的鱼档西施，手起鹊落，替你干净收拾了马鲛鱼，然后，就拎那两片美貌的鱼肉回家。

新鲜鱼肉大致滑嫩清秀，细切粗剁，三五分钟便制成鱼肉糜。磕一枚鸡蛋，十年陈的花雕，细姜粒子，一捏青盐，一鼓作气搅到腻，就好了。其中，点睛的一味，是细姜粒子，缺了这位君子，就百般没劲了。

再来明前的笋子。浙江富阳的上好，临安的笋子就逊得多，滋味气质，完全不同。怎么区分呢？临安的笋子，沾点红泥，富阳笋子是不会的。我国太多地方出笋子，其他地域的春笋，我见识不够，就不懂优劣了。不要笋尖，不要笋根，要那个笋身子中间一段最肥满的，切成细细笋丁。

再来第一刀的春韭。春韭这个东西，是春蔬里的姣美分子，香甜细嫩，吃了惆怅，不吃更惆怅。春韭洗净切细就好，十分省事。写到春韭，不免略略盘桓几笔。春蔬里头，枸杞藤，荠菜，马兰头，春韭，香椿，都是无尚隽品，却只有春韭，得一个肥字。以清蔬身份，而能得一个肥美，是相当少见的老天杰作。一年里，亦只有如此匆匆一段时光，韭是肥的，稍稍一个错身，韭就沦落得干涩，坚硬，不复当年秀润年华。最好的时光以及最好的人，都是一个眨眼，就错过的，人生是要打起精神，目光炯炯，才好混的。

再来一点榨菜，切不粗不细的碎。

笋丁，春韭，榨菜碎，统统搅进鱼肉里，落盐，落芝麻油，搅匀就有了。

要极薄的馄饨皮子，裹了鱼肉馅子，入沸水煮。务必不要粗厚皮子，其实馄饨要美，皮子最需讲究，现在好些馄饨皮子，出自工人批量生产之手，诸位兄弟姐妹不太能够理解，菲薄如纸的馄饨皮子有什么好吃的，他们大多爱把馄饨皮子制得极厚壮，跟饺子皮有得一拚。这是鸡跟鸭不能讲明白的话题，就闭嘴不讲了。

备一大碗清汤，沸水里煮起的鱼肉馄饨，载浮载沉，粉绿透明，那种软滑细嫩，香鲜清秀，一滴无油，江南明前的种种丰富意思，真真不足与君说。

马鲛鱼，北方称鲅鱼，渤海的鲅鱼极美好，鲅鱼饺子亦是鲁菜里，胶东那一路的传统骄傲。我的明前鱼馄饨，根子来自鲅鱼饺子，不过呢，吃过这碗鱼馄饨，鲅鱼饺子只能黯淡靠边了。不是我自负，是真的。

酱爆猪肝与朋克的夜

　　立蜜蜜从南粤来，闪电来去，不容分说，跟这个热火朝天匆忙得杀人的时代节奏，十分搭调。蜜牌要求正当康明，听一场音乐会，吃一碗大馄饨，Darling 三陪。自然是，全单照办。

　　黄昏携立蜜蜜晃去余庆路上海早晨，跳下车自己跟自己正正颜色，面馆贴隔壁，是本埠精神文明办公室，吃面吃馄饨之前，先隆重其事，自我拷问一下灵魂。三伏天，出一身薄薄汗，当养身满好。

　　立蜜蜜苏州女子，远嫁南粤三十年，终年最深邃的乡愁，是一碗荠菜大馄饨。常常想，这女子，真是会挑，拣了这样的乡愁装在灵魂里，真真累赘死了。听立蜜蜜讲，长日永昼的日子里，实在馋狠了，亦咬牙网购三斤荠菜，裹一回馄饨解解恨。

　　此时此刻，上海早晨亦没有荠菜，普通菜肉大馄饨罢了。一碗上桌，立蜜蜜把水晶肴肉，拆烩鱼头面，雪菜黄鱼面，统统推到一旁，专心一意向大馄饨致敬。

　　而那一餐，最最提神，还是上海早晨的招牌，酱爆猪肝。细细一碟子，雷声隆隆，香滑粉甜，很多很多的黑白往事，一一跳到舌尖与心尖。**Darling**，这么好的家常美食，我们差不多竟然忘干净了。

饭饱晃去上海交响乐团音乐厅，今晚的音乐会高度妖娆，朋克管风琴。前一日在网上奋力抢票抢到四肢抽筋，结果么，进场一看，听众满打满算不足四成，空落落的顶级音乐厅，不是惆怅两个字说得完的，就不说了。

美国音乐家卡梅隆·卡朋特，包屁股裤子，镶钻尖头皮鞋，莫西干头，一身灿烂肌肉，不可一世的朋克外形，举止却相当优雅恬静，甚至带一点点小禅意。这位茱莉亚音乐学院毕业的朋克青年，携一台举世罕见的数字管风琴登台，这是一种闻所未闻的摇滚管风琴演奏，从曲目改编，到管风琴制造，全部出自卡梅隆一人之手，好像目前全地球唯一。那些经过卡梅隆演绎的巴赫与拉赫玛尼诺夫，极度朋克，振聋发聩，卡梅隆手脚并举眼花缭乱的演奏，足足叹为观止。很难说这样的巴赫深入人心，但是，这是一场绝对扎劲，抵死重磅的音乐会，为卡梅隆的焕发，为闻所未闻的琴音，亦为一枚惊世骇俗的才子，奋力鼓掌。

散戏，觉得晚餐的酱爆猪肝，相当正解，跟这样的朋克管风琴，真真意料之外的妩媚搭配。亦想起，多年前，在万体馆听那英欧巴桑演唱会，散戏，身后妇人听众，嘹亮浑厚一嗓子，册那，去吃麻辣烫。我深刻记得，当时，笑得有多么地倒。

音乐与美食，是不离不弃的双生子，信矣。

独门茶食

　　我在北京彷徨了十年，终未曾吃到好点心。

　　这句哀伤失落小怨小怒的文艺闲话，是周作人在名篇《北京的茶食》里写的最末一句，当时是 1924 年。时隔将近百年，京城的茶食点心，不知道如何了？

　　真正嗜茶的人，对茶食大多是不屑的，我是嗜茶的女人，吃了好茶，还想念好的茶食。女人的这点三心二意，小贪几口，大致不是人生死罪吧？花小钱如流水的岁月里，穷究几味茶食，还是开心的。

　　近年总是饮熟普的多，想来是老了的缘故。普洱饮得深浓，便喜欢伴一口馥郁的茶食，这茶这食，才彼此衬得起。有人喜欢拿水果当茶食，我是极不耐烦的，樱桃荔枝，时鲜是时鲜极了，却是寡淡得无趣。大名鼎鼎的茶食，烫干丝，我亦是不耐烦，不耐烦那个寡淡。

　　写几件偏爱的茶食。

　　玫瑰酥糖。酥糖的粉甜酥软，我是一辈子无法放下，醉生梦死

90

就贪这一口。添了玫瑰，自然格外艳美销魂。可是这一砖好糖，如今是很难觅得了，常常是想了一两年，才想到一口，还得吃新鲜的，放久了，可是陈腐，真真娇滴滴。酥糖吃起来有点小麻烦，粉粉屑屑的，无法吃得好看，总是砌在盘子里，拿手指捏了，小心翼翼送到嘴边。吃完两壶茶，并一碟子酥糖，衣衫上，总是糖屑斑驳的。类似的，还有苏州人的轻糖松子，厦门人的花生酥糖，澳门人的杏仁饼，都可吃。

猪脚姜。这是一味异想天开的食物，粤人坐月子吃的，滋补得很。我这个外乡人，第一次吃，是当年寄居香港，家里粤人保姆精心调制的。伊费了那么大的功夫熬给我吃，我还深度鄙夷。可是第一碗下去，立刻爱到不行，这个讲得文艺一点，叫一见钟情。如今在家吃茶，常常弄一碟乌黑的猪脚姜，拆了骨，切得菲薄的，够肥够软够浓郁够深厚，跟熟普真是天雷地火的绝配。这碟子猪脚姜，总要焐在酒精灯上，凉了，就逊了。类似的，还有粽子，切得极薄，一片一片的，亦可吃得很。再有腌制的美肉，西班牙黑猪火腿，蛇王二的秘制润肠，某某宝号的香肚，古今中外的，皆是上等茶食。腴美，浓郁，无骨。

英国饼干，Shortbread 饼干。这个看起来，总像是拿来吃咖啡比较相宜，可是配熟普亦是佳美得很。类似的，还喜欢鲜软的黑巧克力，不含酒心，不带果仁，纯纯的黑巧克力，伴茶亦是真好。蛋糕就完全不行，大致湿润的点心，此时此刻，都合不了我的心意。

周作人一向是欣赏米和豆做的茶食，禅得很深远，亦十分迎合绍兴男人的脾胃。我想，大概再过二十年，我亦会迷上那一路的澹泊茶食。

一个人吃饭

之一，一早去妈妈糖，跟里茶讲些闲话，讲了一会儿，清美亦姗姗而至。伊是老板娘，挽了根辫子，姿容十分奇特。清美请厨房做了鲜榨果汁来，三人埋头各饮了一大杯。好像说了半天闲话，亦真有点唇焦舌敝。

跟清美是初见，倒真是如故，坐下来就说自己叫清美，我心思歪歪，一下就想到豆制品牌子上去了。这枚台湾女子小小不幸，无端跟上海名牌撞了名。

因为一见如故，滔滔一口气，就讲了半辈子的闲话，临到中午，清美要请吃饭饭，立刻婉言谢绝伊，我亦没有什么花巧理由，直心直肺跟清美讲，我喜欢一个人吃饭，一天三餐里，至少要有一餐，是自己一个人吃的。今天早餐晚餐都跟包子吃，午餐我想一个人吃。清美闻言一把抓住我，七情上面地讲，天啊，我们俩怎么一个样，我也是一天一定要有一餐是自己一个人吃的，谁也别来烦我。

原来天下亦有跟我一样脾气的女子，吾道还好不孤。

一个人吃饭，慢腾腾吃点清粥小菜，听张贝多芬皇帝协奏曲，粥菜清淡素白，皇帝奔腾宏阔，我想，这个世界上，没有人，能够跟我分享这种巨幅的撕裂。知己知音这种东西，我一把年纪了，懒得再找。

之二，再来一个怪脾气，饮茶，只要旁边有第二个人在，无论饮过多少曼妙高茶，于我，都不算数，等人一走，再深的深夜，亦不辞辛苦，必定洗杯换盏，重新饮过。

一个人饮茶，才算饮过。

而一个人饮茶，必定择最好的茶，选最好的水。比如三伏天气，钟意饮京里的茉莉花茶，吴裕泰张一元，这些老字号一概不合心意，家家犯到一个浊字，惟有庆林春的小叶茉莉，极嫩，极清，极高远，意境像足明人山水，清凉辽远，不可一世。这家的茶叶，没有网购没有淘宝，每次都是京里女友男友们亲手提来。

水亦是没有二选，一定是天地秀源。这款出自日本岐阜长良川的天然软水，煮陈年潽洱口感圆甜，煮到八十来度泡小叶茉莉，亦真是清中有远，饱满不薄，饮来极是舒展。谢谢天，秀源水总算一号店有售有送，可以坐享其成。顺便说句，每次煮秀源水，都默默想起五木宏的名曲《长良川艳歌》，后来邓丽君小姐亦翻唱过。

好茶，好水，心里口里好层次，方算饮过茶了。

之三，于是便十分不易理解，我国饭店里，包房这种东西。我国，大概是全世界包房最多的国家，没有包房，简直吃不成饭饭。而西方习惯，却鲜少有包房一说。再私密的餐叙，亦就是大堂里，促着膝盖，交头接耳着，当众吃喝了，极少有关起门来那么一吃的事情。更奇异的是，我国食客们，通常还不是两个人关起门来吃，而是一堆人关起门来吃，这个事情我一直觉得匪夷所思。

说来说去，我还是喜欢，一个人吃饭。六个人以上的饭饭，一年定量，吃两次最多了。

我对素食馆子的一系列私人要求

　　我城繁华，蒸蒸日上，诸般好人好事，说的人写的人唱的人，比比皆是，我就不必添那个热闹了。不过呢，再炙手可热的城，挂一漏万，总是万万难免。便拣这个缺与漏，畅肆写几笔。

　　比如，城中，基本上，没有几家看得过去，吃得过去的素食馆子，说一间都没有，好像亦不过分。不好意思大肆挞伐诸位有名有姓有头有脸的素食馆子，还是换一番笔致，客客气气，写几句我私人的心灵指标。

　　之一，素食馆子择地而市，择地之时，请主人家费些思量。素食馆子宜于僻静巷落，幽静小院深浅处，澹泊明志地默默开启，不宜于红尘极度万丈的沸腾闹市头角峥嵘。再清高的素食馆子，择个霸气腾腾的耸天高楼，艳帜高张地那么一开，跟牡丹开在了阴沟里，沦落成了一个尴尬意思。每被邀请去那种素食馆子吃正经饭饭，我总是头皮发麻纠结得起一身的苦瓜疙瘩。

　　之二，素食馆子的服务生，无论如何，请挑选一些气质素净的男女担当，我很怕坐在一尘不染一星不油的素食馆子里，于静悄悄的黯淡暮色里，涌现上来两三位武大郎或者黑三娘，力拔千钧地，很荤很轰轰烈烈地，将素食饭菜大力铺张于你的娟秀食桌之上，天下好像再没有比这个更倒胃口的壮举了。素食馆子宜请一些手脚轻灵的妇人，最好是微乳细骨刘海齐眉那种，安静妥帖无微不至地照顾客人饮食，于食，于心，皆受用。说句隔壁闲话，我城一家极小的川菜小食铺子，蜀巷，满堂蜀中妇人川流服务，午市热闹高峰，听伊人们于逼仄饭堂内辗转腾挪蜀声啸叫，真真好看并好食。此种形神兼备的风致，值得各家素食馆子俯首取经。蜀巷并非素食馆子，只一味雪豆蹄花，制得极是软糯妥帖。奇异的是，每去，总是看见诸位女客，默默独食雪豆蹄花，从未见过男客人吃这一碗。仿佛是，男生不作兴吃这路软饭。

之三，素食馆子如今都懂得收拾出一腔古韵盎然，盈盈起一堂禅意澎拜，多多少少，欲言又止地，跟某些人生哲学羞涩贴一贴。必须赞一句，这种自我激励日日向上的志趣，总是可圈可点的。只是，好多时候，弄得有点过分的迫不及待，一股子强要的野蛮，让入内吃饭饭的客人，亦累亦窘，手足无措。擎着累赘的精神抱负，变成一肚子的难以消化，这于养生，总是百般不宜的。见识过精洁的素食馆子，苦心摆着全堂的旧木桌椅，主人家不知费了多少心思和岁月，碧落黄泉地搜罗得来，展眼望过去，真真古静安详，色色稳妥，一副小型博物馆的气度。一坐下吃饭饭，问题来了，那些旧木桌椅，原不是配套而成的，是东一件西一件慢慢攒聚而来，人一坐下，桌与椅的高度，完全比例失调，一双膝馒头无处搁置，只能小心翼翼端着，辛辛苦苦端足整整一顿饭，真的比抽筋还抽筋。桌椅中看，亦要可坐。精神要紧，生理也满要紧的。一切的追求，还是

恽南田花卉

落在中庸的度内，比较安稳。广大素食馆子，请三思下下。

　　之四，诸家素食馆子，今后五十年里，可不可以，不要再用古琴伴餐？纵观天下，放眼全球，大概没有比古琴曲子，更毁灭人之食欲的音乐了，偏偏我城的素食馆子，独独爱死这一味，实在是费解极了。素食馆子宜选锦心绣口的音乐，亦可拣空灵飘逸之作，斯卡拉蒂的小曲子很好听很合宜，傅聪老先生弹的版本，断句断得唐诗宋词一般铿锵，挪来伴个素餐，真真绝配不过。晚餐时节，像是眼前这种清秋季节，何不取 Nina Simone 的黑糖爵士一唱三叹柔媚蚀骨？我偶像秦建国盛小云先生的弹词开篇，亦是素食俊友上上之选。总之的总之，就是不要再弄一房间的古琴，聊斋分分的，Darling 这个真的要改一改。

做茶，做米，做骨头

　　一年以及四季，老天这个老家伙，一贯都是高度严苛的，候分刻数，一步不差，弄得分秒必紧凑，人间很励志。一日之计，一年之计，啰哩啰唆，鸡汤鸭汤，让人不胜耐其烦。好在，还有一个早春，百密一疏，老天总算亦放松心思，来一笔漫不经心，跌宕散漫，顾不得人世的绵稠，自管自，忽冷忽热，忽高忽低，四季光阴忽然失却了章法，橡皮筋一样胡乱弹一气。每年到了早春季节，我才觉悟，我的天，原来，道貌岸然如老天，亦是喜欢做骨头的。

　　做骨头，我是最爱的了。最喜欢做的一枝骨头，是理茶，翻箱倒柜，清理家里花花草草的各路茶叶，种种的陌路英雄，黑马暗马，一马一马地，做来做去，忙得细汗一脊背，亦在所不辞。

　　于柜子的尽头，翻出陈年普洱老茶头，亦不知哪个深夜，在哪个老家伙手里软骗硬骗得来的。铁壶煮滚水，老茶头拿小茶包紧紧地裹了，丢进铁壶里，反反复复，滚个透彻，那么醇厚的酽茶，用老友的话讲，啧啧，跟饮血有什么两样？滚热地，一盅连一盅，饮到肝肠沸腾，便安好。一边饮一边继续做骨头，东翻西翻翻点茶食，翻到宁波人血肉模糊的蟹糊，便称心。细碟子装了，搁在茶边，有饮有食，大满足。从前饮上好熟潽，刁钻促刻，必备兴化的醉蟹，那种醉蟹，实在是极致妙品。小小一枚，酒香浓郁，膏满脂溢，跟厚朴的熟潽，简直人间绝配。如今年纪大了，性情随和，口味慈祥，有新鲜制起的蟹糊，已经满意。

亦翻出闺蜜蜜从巴黎带给我的香草茶，马鞭草薄荷茶，浓浓泡一壶，很奇特的香。茶食亦好觅，猪油澎湃的八宝饭来一枚，蒸得烫嘴，且茶且饭，一个冷峭的黄昏，变得油润清甜，不枯不涩不悲戚，真真称心莫名。亦于茶边饭边，悄然想起二毛写的，张爱玲讲上海女人像粉蒸肉，广东女人像糖醋排骨，而她张爱玲自己的爱情，必要胡兰成那样的猪油来爆炒，才脆嫩。想想发噱，自己跟自己笑了又笑。胡兰成的粉丝们，若是看见猪油一说，不知要如何暴跳如雷。

理完茶，再做一枝骨头，弄米。

贪吃一口好饭饭，便百般地做骨头，调弄各种绝色米。

这日兴致盎然，翻出闺蜜蜜给的哈尼红米。千年古稻，完全手工种植在云南的梯田里，再找出东北的古种黑血糯米，再来一把昆山米霆锋的糙米，兑起来，耐心泡泡，调得稳妥的水量，煮一锅米饭饭，浓醇，软糯，哈尼米偏软，东北古血糯偏硬，刚柔相济的品质，赛过好莱坞各路头筹小生。这些都还在其次，那种米饭的香，真是烈烈如火，馥郁不散。所谓天香，是不是亦不过如此呢？这样的米饭饭，除了自己做骨头，落满心思细细煮，哪里还会吃得到？

做茶，做米，做骨头，饱一个家常口腹之欲，而已。

清福三题

　　之一，风雨如晦阴寒漠漠的天气，日子过得满地泥泞，乌苏连绵。洁妹妹轻描淡写讲，不要紧的，Darling 别出来了，我去浦东寻侬。一忽儿，不沾轻尘地，从闹市静安寺，飘来了碧云乡下。

　　酒店黄澄澄的温暖灯火下，我们饮一点西式奶茶，讲讲闲话与废话。奶茶厚腻浓醇，一点点馥郁，我是一眼一眼，不住眼地细看眼前的洁妹妹。四十多岁的年纪，楚楚一枚鹅蛋脸，干净得不着一斑岁月痕迹，哪里像坐四望五的沧桑女子？人家谦谦道，我是半辈子，没多少成就的，跟人争跟人抢的事，一向是做不来，亦就平平到今天。我说哪里，这么干净一枚脸，是 Darling 半生最高成就。她是经历过大悲苦的女子，人生重峦叠嶂一步一步跋涉到中年，仍能一脸清秀不惹微尘，真真少见的。我亦真是爱看见，如此清美的妇人。临别，洁妹妹捧给我几盒子薏米，德国姑妈带来的家常东西，好爱的，分给 Darling 一点。

　　那薏米，日日晨起，一点糯米一点薏米，复添一把枣肉，熬一小锅粥，香滑软腻得，筋酥骨软，一天里，无论遇多少恶人恶事，都没了脾气。

一枚秀致美妇人，一碗清腻薏米粥，谢谢天，拯救多少阴寒蚀骨的枯荒日子。

之二，年节下，Allan 有心，托付友人，辗转带来一砖崇明糕。客气讲，Darling 啊，年节里，大概遇你不见，就带点家乡东西给你过节了。Allan 崇明人，留美名校精英，金融界奔进奔出，这些于我，都不算什么，顶难得，是伊一点福肠慧心。年节里，热热诚诚，辗辗转转，递来一砖家乡米糕，最是难得。

米糕递到手里，吓了我一跳，巨巨巨大的一砖，裹得严严的，真真绵密极了。崇明糕亦是吃过无数的，这一砖，大概是家里过年自己蒸的，竟扎实得，根本切不下刀子去。只好烦请包子小伙子动手。如此壮丁，居然亦是咬牙切齿，才切得了那米糕。粗粗条，下酒酿，落红枣，轻煮几滚，香甜得杀人。

之三，友人从浦西来，电话里问，正在国际饭店附近晃，Darling 想念什么小零嘴？赶紧讲了，顺手顺路办过去。亦就不客气，指名道姓，国际饭店的银丝卷，烦 Darling 带一盒子来救济乡下人民。

国际饭店从前蝴蝶酥名动四海，现在已经沦落得不能吃了。伊家的蟹壳黄，酒醉蛋糕，咖喱饺，都十分地莫名其妙，唯一件银丝卷，制得不错。热腾腾地蒸起来，摆个三五枚细碟子，玫瑰腐乳酱，甜酒腐乳酱，王致和臭腐乳酱，等等，沾了松暄繁复的银丝卷来吃，真真亦清亦美，曼妙口福。至今没弄明白，这满腔的银丝，究竟是如何卷起来的？

年里年外，种种清福，知足，感恩。

梅雨里，一些纷乱的吃

太平盛世，人心安逸久了，不免漫然横生些旁路心思，琢磨点纷乱饮食。若是兵荒马乱的乱世，慌张吃惊逃难离乱，这种挖空心思折腾饮食的事情，怕是无人肯做。有口老实茶饭，有张安静餐桌，已经无比谢天谢地。

当今盛世，便写几件纷乱的吃，于如此湿漉漉的梅雨季里。

之一，梅雨天气，缱绻乌苏，无精打采，频频想吃赤豆糯米糖粥。一份赤豆，一份糯米，一份大米，件件都是人生易得之物。煮浓浓的粥，落足料冰糖。糖粥糖粥，儿歌里天真烂漫百般歌咏过的千古美食，我是时不时就要贴心贴肺拥抱温存一下的。这碗粥，容易吃腻，不怕不怕，在粥碗里，埋一枚大大的卤蛋，就妥帖了。觉得好笑是不是？糖粥卤蛋，至少也要分碟而治，怎能眉目混沌乱处一室？Darling 等下再笑，先吃一碗卤蛋糖粥试试。这样的乱食，吃过一碗，就明白了底子里的无言好处。甜粥与卤蛋，并没有想象中的彼此唐突，有的倒是昭君出塞远嫁匈奴的另类美感。我不说也不写了，自己埋头吃吧。有个小小讲究，碗底那枚叵测的卤蛋，务必要鸭蛋卤的才正点。鸡蛋虽可卤，只是弱小幼细，难以般配赤豆糯米糖粥这样的天皇巨制。

之二，今年新出的土豆，正当节令，包子那样的小人，好像个个都是爱死一口腴美粉软的土豆泥的。自己家里煮的土豆泥，牛奶黄油，调成一片敷粉赛杏般的嫩黄，土豆细腻，奶香滔天，实在是人间美味。煎牛排的夜里，来一大勺；烤鲈鱼的周末，亦来一小盘；总之是家常伴餐的一等俊友。黄梅天想方设法提提神，就挥笔肆意改改。土豆泥调好了，宽宽浇一盏雪菜扁尖薄薄的羹上去，挖一勺试试，咦咦咦，怎么比雪菜豆瓣酥还赞一百倍的说？这一来，添了个喜人的麻烦，就是家中老年人，亦纷纷爱上了土豆泥，青少年美食，演变成老少咸宜的大众佳肴。从前煮两枚土豆就够吃，现在一煮一巨锅，还三下两下就见底。土豆并不费钱，费的是搅土豆泥的那臂力和腕力，一个梅雨季下来，半身苗壮就不足与君说了。

米　事

在张李老师那里，看到这位农家的米，一眼一眼地看，然后就看动了心。请张李老师帮忙问，可不可以，给糙米的？问了几个来回，农家答复，糙米可以的，跟白米一样价钱，20 斤米，90 元，免费送货到门，还农家老板亲自送。这个价钱，这个做派，真真良心生意了。

据说，这户农家，在昆山辟的地，小小规模，种有机健康的稻米。居住上海十年，寻米寻得辛苦，要么不够健康，要么贵得岂有此理，糙米更加难求，东吃西吃，口粮长年漂泊不定，三餐十分兵荒马乱。有缘邂逅好米，于我，是格外惊喜。

然后农家约了时间送米上门，重霾天气，在屋里坐困愁城，一听门铃做响，赶紧小跑去开门，以为总是冯小刚那种农民老大爷饱经风霜地站在门外，门一开，吓一跳，腰细了，哪里有冯小刚，活活一枚谢霆锋，瘦凛凛地提着米，立在那里，一管悬胆鼻，比谢霆锋还挺。如今的新农家，原来是这个模样的，我扶着门框怅惘不已。然后我家的猫蜜蜜，不失良机的，哧溜一下，从门里夺路飞奔到门外走廊里白相，昆山谢霆锋低头瞧一眼，笑嘻嘻跟我说，美短啊。我就又怅惘了一下。谢霆锋看了第二眼，跟我说，还折耳啊，苏格兰啊。这回我不怅惘了，是醒神了。谢霆锋继续科普我，知道吗？折耳猫，天生基因有缺陷的。我想也不想就同意了，是的是的，我家这个 Maxy 小弟弟，憨厚得实在无法可想，应该想必大概肯定绝对是基因有缺陷的。

话还没有说完整，我家的另一头猫蜜蜜，亦不甘人后，闪电般地，健步冲至门外走廊，昆山谢霆锋看也不看，跟我说，逼逻啊。这次，天啊，我是彻底服气了。新时代的农家，太刮目了。然后我就有点心惊，不知道谢霆锋接下来要跟我谈什么，星球大战还是洛丽塔？如此直指人心的门里门外谈心，Darling，我真的不是那么有准备。

还好，谢霆锋很和气地跟我讲回了主题，糙米哦，这个是南粳46，指指小半袋子米，送你的。

啊？一共买 20 斤米，还送我这么多啊。

再指指大袋子的，这个是武育粳，不如南粳46，你给我 80 块钱就够了。

啊，啊，格么，格么，格么你有没有钱赚啊？这样子，你要是没有钱赚，我们明年就吃不到你的米了也。

谢霆锋安慰我，我有钱赚我有钱赚，侬放心。

夜里就煮了南粳46来吃，真真良心好米，吃完饭，那个饭锅底上，腻着厚厚的米油，大力洗，都洗不掉。这个米，今年得了中日大米比赛，口感最优秀奖。

谢谢张老师，谢谢昆山谢霆锋。感恩每日的饭蔬饮食，感恩人世的缘份。今生的邂逅，想必，都是前世的缘未尽。

一
些
纷
乱
的
吃

吃 面 去

　　去年秋天，闺蜜蜜韩小妮，于晨报，长长篇，写了会文路的谷沙屋面馆，弄得一纸风行微信遍野，亦弄得我十分思虑牵挂，想着那一碗面和那一对夫妇。小妮美好，私下给我开眼，看了几枚传奇老板夫妇的私房照，真真弹眼落睛，人物非凡。那么，就一心一意，择个艳阳天，跋涉去吃面。

　　会文路简陋无比，谷沙屋安安稳稳，隐在街边一角，小妮的报纸，风雨兼程地贴在壁上，看着很亲，那个风致，不输给巴黎的花神咖啡。融融灯火里，望过去，老板娘粉白一张脸，妆容十分讲究，内容十分天真。看面看菜之前，盯着老板娘，一眼一眼看了久久。深深不可思议，草根面馆子的资深老板娘，不是一面孔的精明世故，倒是一脸的天真。那些水里火里走过的千锤百炼，竟然岁月不留痕迹，我是深心佩服的。听小妮关照，十一点钟准点到的面馆子，因为十一点之前，老板在楼上补觉，是看不到的，十一点一到，老板下楼应市，就有了。果然，十一点一到，老板翩然下楼来。从前董桥讲，人人在客厅里，等得心也枯掉地，等张爱玲下楼，如今，我在腊月的冰冷街边，等一枚面馆老板下楼。这种跌宕，Darling，值得自喜。老板想来应有半百年纪，一头淡金长发，束成一翎子马尾，颈里一条壮硕的金项链，小妮说，上海爷叔标配。老板掌柜，老板娘掌勺，夫妇二人，屡屡问了三五遍，吃啥，汤面拌面？我却睁着一双眼，不转睛地，还在痴看这对人间伉俪，张口结舌，一无反应。

慢慢斟酌明白了，跟老板要了拌面，浇头呢？浇头就头大了，柜子上一大排浇头，个个浓油赤酱，美貌得勾魂，立在柜子前，格么，格么，格么了半天还格么不出个想法，老板利落，拣最大的大肉毫不犹豫搁到碗里，百叶包肉小枕头似的一卷，四喜烤麸添一勺，红烧百叶结刷刷落下，再一勺油润响亮的香菇卷心菜，另取小碗装了满碗糖醋小排，吓得我摆手，怎么吃得完？老板却只肯收十元钱，跟伊争，老板娘帮着维护，再争，我要动气了。

东西讲究，滋味古朴，吃着，有梦回唐朝的喜悦。我城的面馆，大多早已不是上海本地人在经营，味觉格局，野蛮生长成一盘怪味，上街吃面，常常是要准备好伤心的。而最奇异，是这间生意兴隆的面馆子，始终排着蜿蜒长队，却静悄悄的，静得跟米其林三星的法国馆子似的，人人不多语，低声两句，汤面打包，拌面大排，老板与食客之间，那种通透淋漓，真真观止。与亲爱饭伴坐在那里慢慢吃面，慢慢讲讲吴湖帆，竟要细着嗓子，低低耳语，才不失礼。

再一次，让我感慨万千，上海，到底是上海。

临走，饭伴朝老板娘花哨一句，侬的面孔，跟白煮蛋一色一样。老板娘喜不自胜，老板快板接嘴，茶叶蛋茶叶蛋。我呢，负责笑场。

男人吃东西

之一，于湿漉漉的黄昏，去吃仲夏夜的饭，很奇怪的饭局子，三四枚妇人，与一枚男艺术家，具体来说，是一枚设计马赛克碎瓷的设计家，学历经历，一一灿烂辉煌，人家从翡冷翠来，匆匆过埠仅仅一晚，百忙之中，分神跟诸位太太吃个小饭，那是何等荣幸的事情。

于是就，抱着拜见大熊猫的严肃心情，奔去吃饭饭。

中年男艺术家，是欢蹦乱跳着，蹦进包房来的，一双尖削削的尖头皮鞋，匕首一样耀眼。通俗寒暄之后，浮上心头的，是当年毕加索，看见米罗那些天真稚拙的画作时，皱紧眉头随口的感叹，哦，米罗，米罗，你都已经这把年纪了。

主人家太太十分客气，盛情布了满满一桌菜，艺术家坐下一看，顷刻七情上面，毫不犹豫甩开筷子，埋头吃得相当欢愉。静观艺术家的勇猛痛吃，心里有点小急，不知他，平日里于地球上奔走，三餐可有吃饱吃好？那么大来历的艺术家，身价震天的，吃得如此辛苦，可真伤天害理。

跟着上来了主菜，一尾美极的大鱼，做成豆酥的，漂亮堂皇，真真体面。偏不巧，主人家太太接了紧急手机，速迈两步，小跑到包房外面去接听。饭桌边的诸位，言笑晏晏话题当然不枯竭。艺术家一边快速回答太太们的大小问题，一边旁若无人开始拆大鱼，转眼拆尽一面，半条鱼独吞下肚，露出白森森的大骨横在盘子里。可恨主人家太太依然捧着手机，没有回归饭桌子。我心软，看不得如此惨淡局面，动手，将大鱼翻个面，颤颤巍巍，翻过来，再铺上若干豆酥，掩饰成一条未曾动过筷子的整鱼形象。然而，人间事，诸般的妙，总是妙在不可预测和不可理喻。人家艺术家看见如此完美一面再现，举起筷子，再接再厉，继续干下去。这剩下的半条大鱼，一忽忽，亦落进了艺术家肚子里。庞大的鱼骨，陈尸盘中，比千言万语还痛彻心肺。等到主人家太太回来，桌子底下悄悄拧伊一把，Darling，怪你自己哦。主人家太太除了瞠目，亦只有闭目了。

之二，日剧《孤独的美食家》出第四季，井之头五郎重归江湖，我已经翘首很久了，看这个瘦竹一竿的男人继续在日本各地散漫飘零，殚精竭虑地寻吃家常饭。从渺若薄云的鲜奶水果三明治，吃到雷声隆隆的烈火烤大肠，那些寻常巷陌里深藏不露的美食，倒还罢了，最钻心的，是五郎兄吃到极致美食时，不动声色地一蹙眉一闭目，一幅不由自主的高潮奔涌，公然加自然，实在摧毁观众的贫薄意志。另外，我唯一的不满，可以控诉一下吗？是一季 12 集，五郎兄一套灰色西装一路穿到底，领带都不换一根，真真省俭得不像话，这也太万恶了。

一些纷乱的吃

家常三则

之一，洁妹妹一人旅在冲绳晃，微信里殷殷相问，Darling 有什么想念的？带给你。顺嘴就说了杂志。洁妹妹回家，隔日便快递了一个纸箱子来，打开一看，吓了我一跳，这秀软女子，独个儿，一衣带水地，竟然背了整整十斤的杂志给我。洁妹妹说，临到机场，被说超重，她结果真的把杂志从旅行箱里取出来，随身背着上的飞机。

这一箱子里，份量最重的，是一本《美丽和服》杂志，因为印刷品质高，用纸上乘，于是，重到坠手。

抄一页零碎先，和服以后仔细说。前些年写过一个《蜗牛食堂》的小川丝，写了几笔初秋日子翘首期待新米上市的家常。她家 15 年前开始，吃的米，由山形的清水农夫独家供应，无农药米，每次传真送去订货单子，一次请求送米 10 公斤，一年大约 120 公斤。小川家置备家用精米机，每日煮饭之前现场轧米，可以有六种不同程度的选择，白米胚芽米玄米等。米饭好吃不在话下，另有一枚喜人，是轧下的糠，亦可腌渍酱菜。日本人的糠渍十分古朴明俊，家家滋味无穷，女子出嫁，陪嫁之一是娘家的糠床，犹如四川人家的老坛子泡菜，宜传千秋万代。不过短短半页的文字，说的亦是细末家常，却让我吟味再三。秋日佳美，一饭一菜，件件都是人间的讲究。秋之清爽高华，于饭碗里，见到了天地。

之二，上海评弹团的戏园子要整修，一路计划修到明年，今年最末一场戏，自然是要奔去捧场的。戏是档档都响亮，男先生女先生，个个斯文好功夫。特地从苏州赶来的陶莺云，人是美得不得了，软艳桃红的旗袍盈盈裹身，抱着琵琶唱一阕《宫怨》。杨贵妃高烧红烛待明皇，结果么，高力士来报，明皇幸了昭阳去。贵妃娘娘一句一叹不胜幽怨，陶莺云唱来，竟是满场森寒肃清，最末几句，真是冷飕飕的。压轴一档是刘敏先生的筱丹桂，七旬老太太，戏台子上神采奕奕噱是噱得吃不消。苏北女子金宝宝，跟着白相人丈夫去见客人，白相人丈夫跟初次见面的客人介绍，这是我内人。金宝宝嫌弃内人二字拗口，直接跟客人讲，我是我先生的一块肉。内和人，两个字套在一起么，就是肉了。

之三，家里添丁，抱养了一头猫，美国短毛与苏格兰折耳的混血娃娃，虎头虎脑憨厚得粉碎人心，家里有了两头心肝猫，找了不少书来看，学习如何逢迎二美欢心。获得真理一条，说是，待猫之道呢，就是不要多理睬她，你不理睬她，她就眼巴巴地围着你转了。你一理她，她就对你爱理不理的了。晚饭桌上，把刚刚获得的真理科普给了包子，包子听完，冷静回答，待人，不也一样？

素馔两帖

之一，争分夺秒地，于大寒之夜，奔赴了一趟友人家宴。直接奔到人家屋里厢吃饭饭，是我最喜欢的人间事之一。仔细算算，身边男友女友层层叠叠横一帮竖一帮，真能登堂入室去人家屋里厢吃饭饭的，恐怕一辈子寥寥没几个。有缘吃到了，可是要百般珍惜。

那日小宴，主人家太太费心费力煮了好些功夫菜，端详一眼，便懂得人家落足多少心思，心中不免小小奔腾。印象顶顶深刻，是一碟子糟带鱼，切作秀气窄窄的两指宽，温热着吃，于如此的隆冬里，真是好的。糟菜，一般上海人搁在烈日炎炎的三伏天里吃，主人家太太异想天开，真真开阔我的思路。那一晚吃完回来，低头回味，无穷无尽的说。

隔日出门旅行，一路之上，被那碟子糟带鱼，搞得糟兴勃发，一碟一碟地细细想过来，半辈子吃过的，那些俊逸糟味。一味糟黄豆芽，记得是一位老妇人教给我的，极简单清素的糟味，说起来实在没什么难。说是从前富贵人家，过年时常备的年菜之一。据那位老妇人讲，伊家里过年，弄到最后，常常是这碟子糟黄豆芽，最得人心。油腻吃多了，难得清爽生脆，而且滋味不寡淡。黄豆芽形似如意，年菜里煮起来，意思亦是大好。香港人爱煮黄豆芽炒油条子，寄意金砖如意，似乎远没有这个糟黄豆芽清俊高明。

这两年，又添了一碟糟秋葵，亦是俭白清纯的佳美素馔，细白瓷碟子里，密密累起来，碧绿莹莹，极是干净。秋葵英文名字 lady finger，译成中文，绿玉指。糟香绿玉指，啧啧，艳绝人寰的说。

之二，顺带着，便又想到一碗年菜里的羹，荸荠清羹。煮一锅滚水，荸荠去皮，磨成粗茸，水滚透了，慢慢搅进去，一点冰糖，就成了，薄薄的羹，贪嘴的，落一把珍珠糯米小圆子，贪色的，添一勺枸杞子，亦不妨。这个羹，清甜滋润，去腻醒胃，不是过年，我亦常常煮来饮。如今正是荸荠应市的季节，三五天，煮一煮。

写笔闲的。若干年前，跟本埠的一位著名美食女皇一起工作一档，当天女皇煮的菜里，亦有一碟跟荸荠有关。女皇一边煮一边跟我讲话，谈笑风生中，连声勃起，勃起，我吓得心内频频哆嗦，不知道女皇要干嘛。人一紧张，脑子就有点小坏，久久没有听懂女皇说的是什么意思。十遍之后，才琢磨出来，伊讲的，是荸荠。天啊天，是鼻起，不是勃起。

那一日，我的心，从头哆嗦到底，一档工作结束，累得腰细。

不过呢，终究，也没有勇气跟女皇摊牌。

一些纷乱的吃

112

西班牙小馆

　　友人约饭饭，问，Darling，老洋楼里的西班牙小馆可不可以？自然是可以二字并谢谢二字一共仁义道德四字。

　　黄昏春风荡漾，小小迟到片刻，踏进小馆，友人已端坐如仪，皱眉捧着菜单，身旁肃立一位细细美美服务生，男的。

　　宽衣坐下来，一句寒暄没有，友人不胜惆怅地，他们换了菜单了，刚知道。听完心中小小莞尔，呵呵，饭馆子换了菜单，犹如情人换了心肝，事先不会通知你，事后明白了，自然是百般失落千般伤怀。身旁服务生伶俐插嘴，我们换了新厨师，西班牙请来的。

　　于是便全力以赴研究陌生菜单，全英文的，字写得极细小，烛光极微茫。想吃点西班牙别致海鲜，小乌贼塞满一腔内容，乌赤赤地，炖得墨黑，再富富饶饶，浇上半杯的厚奶油，那个晚上，挖空心思地，就想念那一碟子黑黑白白。这样的家常菜，绝对算不得偏门，偏偏人家就是没有。格么，还有没有其他海鲜做得新鲜生嫩些的？服务生答，没有，都是油炸。油炸鱿鱼，油炸蘑菇蓉，油炸这个油炸那个，油炸得一粒心都掉进了油锅。跟友人面面相觑再接

113

再厉继续研究主菜。龙虾饭饭独领风骚，本埠有名有姓的西班牙饭馆子，间间爱做龙虾饭饭，又矜贵又不难吃而且实在太容易煮了估计各位大厨闭着眼睛都整顿出来了。再看其他，竟然统统是牛排，俨然德克萨斯风情翩翩。看完嗒然若失，呆坐小震撼中。

身旁服务生看我们二人低头良久默默无语，人家细声细气讲出惊人的话来了。阿拉新来的厨师，估计是西班牙山沟沟里寻来的，脾气耿得腰细，菜单打死不写中文的，龙虾饭饭跟伊讲上海客人觉得太咸了，伊也不听的。阿拉也没办法。我倒是蓦然来了兴致，脾气耿得腰细的西班牙山沟沟厨师？有劲的啊。白求恩当年也是耿得腰细的一枚加拿大人对不对？人家一生伟业斑斓的说。

总之，那晚还是跟友人言笑晏晏，开开心心扫荡了大盘子的美味火腿，循规蹈矩吃了龙虾饭饭。友人体贴，开了香槟，亲手拆了龙虾肉肉，讲了一晚温暖闲话，还请万能的服务生，给我觅了一枝孤美的烟卷来，亦不知服务生究竟从哪个男客人的烟袋里打捞来的。

饭后友人讲，Darling 试试人家的甜品。我却戛然而止只要了一杯咖啡。耿得腰细的山沟沟厨师，会奉上怎样的甜品？想想我还是却步了。

春风沉醉的夜晚，洋楼里的西班牙小馆，烛火摇曳，故事斑斓。深夜离开时，看见厨师闲下来，坐在花园子一角吸烟。深深看了几眼，人家身影孤独，相貌真的满耿的。

派对便携菜

　　秋日淡白，云高风轻，一种一种的花样派对，于冗长的溽暑荡尽之后，冉冉展开。往年清秋季节，遇到这些派对，总是不厌其烦，奔一趟浦西，斟酌择间名馆子，拎数打火热的鲜肉月饼，又省事又喷香还呼应季节，光辉现身各色派对，轻易坐享一大把甜蜜赞美。

　　今年呢，我竟换了鲜肉心肠。

　　听文友樱告诉，府上千金初秋离埠赴美读大学，老外婆下令，务必让孩子吃过光明邨鲜肉月饼再出远门。奉老太太命，这一去，就排了整整五个钟头的浩荡长队。听完深觉观止，除了祝福孩子此去鹏程万里，年华锦绣，心中亦在连连尖叫，谢谢天，光明邨鲜肉月饼的长队，已经大幅度超越了以排长队著称的梵蒂冈博物馆，至于大英博物馆巴黎卢浮宫，那就更加不在话下。你看你看，我们中国人，总是有法子挺身站起来，让全世界瞠目看见。

　　排不起那样撕心裂肺的仓皇长队，改做一样秋日色拉，拎去形形色色的派对，竟亦佳美。

　　藜麦温暖色拉，主角自然是藜麦。世界上最好的藜麦出产在玻利维亚和秘鲁，这个东西其实是植物的种子，泡泡水，一两个小时，就发芽了。不含麸质，蛋白质含量与牛肉看齐，是近年极出风头的健康食材。水煮十分钟，已经香软。份量呢，大约一人一大勺，我说的是干藜麦的量。

此时此刻，是番薯与南瓜美貌多姿的季节，随便抓一点来，切做骨牌方块，拌点橄榄油以及盐，烤箱里烤到轻焦甜软，就好了。顺便说一句，最近一大发现，新疆的南瓜，怎么可以那么好吃？

然后要一大把坚果，秋天了，伍仁月饼迷人，伍仁色拉亦傲娇。南瓜子仁松子仁核桃仁，各种瓶子里抓一把，平底锅上微微火，烤到香气四溢，亦好了。坚果的份量可以大一些，跟蔬菜水果的比例，大约是坚果仁一份，蔬菜水果两份。

再切蔬菜水果以及干果来，什么都行，彩椒，西芹，黄瓜，樱桃西红柿，长豇豆刀豆切小段清水煮软，西兰花，白菜花，胡萝卜，苹果，雪梨，牛油果，猕猴桃，火龙果，葡萄干，各种莓子的干，有什么就什么，蔬菜水果大跳广场舞。只是不要有叶菜。这个又是包子科普我的。生菜是比较不环保的一种菜，占用的土地和水非常多，产出的营养却非常少，如果用同等的土地和水，种其他植物，可以收获更多的营养。

挑个美貌大盘子，巨幅的那种，所有材料混一起，盐，橄榄油，柠檬汁，随意拌。吼吼吼，手笔好大，如此一盆色拉，够新元素一家分店，慢慢捞慢慢卖，卖一整个午市还有余。

秋味一碟装

之一，秋风薄薄一起，人的油腻心思便旺盛起来。清早床上睡醒，睁大眼睛，思念一枚滚锅里拎出来的脆嫩油胖的油条小姐。老城起居，有一个好，烧饼油条铺子，三步一间五步再一间。下楼，拐弯，对面就有。假日清晨，街上空旷静谧，行人寥落。细雨里走过拐弯的街口，忽然一句嘹亮的小号，珠圆玉润喷薄而出，于梧桐落叶清秋雨中，真真叫人灵魂出窍思忖不已。呆呆立在街口，一句一句听完，久久才明白，清空之中的小号，是哪里窜出来的。

吹小号的，是街口停着待客的一辆出租车，中年老司机坐在驾驶座上，辉煌吹出来的。见他一曲吹毕，清清小号，再接再厉，不费吹灰之力，又来一曲。我飞跑过去买油条，飞跑回来立在街边听，怀里抱着浑胖的油条小姐，生怕错过了如此的良辰美景。带着小号上街做生意，偏又不爱下车来吹，人家是自娱不是卖艺。这辈子，第一次听见，在出租车内吹奏小号。中年老司机一件白衬衣，身材轻肥，面目端详不清，不知前生是哪间乐团的首席？此时此刻看起来，本埠老司机比 Chris Botti 俊俏多了。江山人才，谢谢天。

第二天清早，掐着时点，下楼拐弯去买油条，小号没在，四周望了又望，还是没在，大惆怅。

当然了，这样的邂逅，怎么可能天天发生呢？

之二，晃去苏州吃东西。新聚丰吃一下，清炒虾仁樱桃肉，一清一浓，都不错。至于最好，自然还是饭后那盅鸡头米，此物正当清秋时令，鲜俊无比，天下似乎惟有苏州人最懂这个。跟饭伴解释半天，就是芡实啦。饭伴瞪目，芡实？芡实不是打成粉吃的吗？

东晃西晃，看见桂花糖炒栗子的小铺子，糖炒栗子无甚稀奇，桂花二字，芬芳妖娆，断然迷住了我。晃过去，立在铺子跟前，一粒一粒剥来吃，油栗好吃，板栗差一皮，跟卖栗子的苏州老伯一句一句闲聊，栗子都是本地东山的，而且都切了一刀来炒，问他炒一斤栗子放多少糖多少桂花，就顾左右不肯告诉我，苏州老男人最会这种又软又精，棉花拳头一套一套的。友人看我那么旁若无人地吃，有点胆颤心惊，默默高举两张十元大钞在手里，怕人家老伯拍案生气把我扔出去。叫伊一起吃，反正没有旁的客人，人家一面孔正人君子，我们买回去吃好不好？白伊一眼，不好。糖炒栗子呢，就是立在铺子跟前，热腾腾刚出炉的，才可吃，拎回家，冷僵僵的，还有什么好吃的？友人叹气，你你你，你这个，是吃火锅。卖栗子的老伯一点没嫌弃我，一脸笑容看着我吃，吃完拍拍手，指着旁边堆成一山的栗子壳，问老伯，多少钱？人家很客气，半斤差不多了，给十块钱吧。出了苏州，糖炒栗子不知哪里还有桂花的？

再晃晃，太监弄口子上，看见一家卖菜的小铺子，门口放着一袋子新鲜的银杏白果，立刻如获至宝进去跟老板买，上海还没有今年的新货上市，苏州到底是依偎着东山西山，果子新鲜饱满壮丽极了。友人一边帮忙付钱一边问这个东西怎么吃，跟伊讲，煲鸡汤，滚白粥，炖雪蛤银耳，件件美好。然后忽然想起来，抬头问老板，你们苏州拧怎么吃？老板十分轻蔑地用眼角扫我一眼，铿锵答：炒虾仁。

　　啧啧，完败给苏州拧。

恽南田花卉

馋 冬

之一，天一冷，很馋腊味。

上海人家的酱油肉，酱色饱满，小肥流油，真是甘美无敌。依我的偏见，似乎入得全球腊味前三甲。广东人家的腊鸭子，油润姜黄，细美娇柔，骨肉之间，有种韵味深深的香。某年某夜，友人携来顶级腊鸭腿，迫不及待当场现煮了一锅菜饭，静心拆尽骨碎，端给友人，人家毫不领情，恨得跳起来，Darling 真是疯了，这么好的腊鸭腿，侬竟然拿来做菜饭，暴殄天物十恶不赦下次再也不给你了云云。按伊的心思，是要沸火清蒸了，吃酒才好，黄酒或者清酒，那是多么好的良宵。煮了菜饭，简直是银铛砸碎一枚青花细瓷。

今年有福，微信里流流口水，南方友人隔日便快手递来了肥仔秋，东莞的名物。很迷粤式的腊味，饱含酒香，偏甜，偏肥，人间美味。东莞肥仔秋的腊肠，香港蛇王二的润肠，滚烫时刻，一刀切下去，真是酒香喷薄而出。以前一直以为那个酒，是粤人的双蒸，原来还不是，是汾酒，难怪如此香彻云霄，让人软软上瘾。新得了肥仔秋，当晚清蒸了数枝，切成细粒，一壶普洱，一卷闲书，美极。

友人在微信里问，Darling 是不是又拿肥仔秋当零嘴在吃了？我的恶习，昭彰到了南粤。

之二，晃去菜场白相，晃到相熟的肉铺跟前，老板娘远远就笑，小疙瘩来了。一边笑一边两条大刀眉凛凛一弯，姿色别致成一枝花。跟伊买肉肉，先要闲话一满筐。啧啧，小疙瘩，叫侬去纹眉哪能不听话？看看，侬两条眉毛，淡得腰细，一点力气都没。问伊，今朝有什么好肉肉，便献宝一样，献过来一堆小白蹄子，羊蹄子哦，热气的。跟肥胖粗蠢的猪蹄子比起来，真真纤美弱质，娇嗲得芭蕾小舞女一样。抱回家，煮羊蹄子汤，几粒茴香，一把好豆子，一整瓶古越龙山，可惜手边没有上等当归。那一碗羊蹄子汤，吃了不仅荡尽细皱纹，还绝对可以上山打老虎。

之三，友人疼爱，觅得极清美的霸王花，不声不响快递送来。

霸王花是件相当奇怪的食物，仙人掌科的植物，国外出在墨西哥，国内出在广东广西。除了煮汤，好像不做他用。此物清润养肺，口感肥滑，小有莼菜的灵魂。于如此的雾霾天气，收到一大箱子的顶级霸王花，跟雪里送炭是一个意思。霸王花煮汤，在南方极是寻常，到了上海，却成绝响，几次在昂贵不堪的粤菜馆子吃到，酸涩破败，不是滋味，勉强吃完半碗，惆怅得腰细。

那晚煮了霸王花汤，青盈盈一碗碧汤，嫩滑肥糯，细香袅袅，安慰得不得了。跟友人微了两句，人家答我，吃完了吱一声，粗东西，再给你。

小饕的春天笔记

　　之一，跟春天一起来的，是病。起先还是婉转清浅，一点点小病，亦就不怎么在意，渐渐疙瘩起来，绵延两个多月，竟泛滥深沉。看看不像是讳疾忌医拖得过去的样子了，暗暗跟知己闺蜜小钢打听，有没有可靠的中医啊？不想去做手术哦。闺蜜铿锵，立刻答有啊，一等一的中医潘华信医生啊。当日中午问的，当日黄昏，小钢就请了潘医生来舍下看看我的小命还有没有得救。潘医生好儒雅，烟灰的围巾于纷纷的暮色里。进门落座，诊了两腕的脉，便成竹在胸的模样，缓缓宽慰道，不要紧的，放宽心，人一辈子，谁不遇上一趟两趟毛病呢？身体会好的，当伊没事体就好了。言辞宽容淡渺，举重若轻。中国人的好意境，总是于此种绵绵悠长之中，有力透纸背的道劲力道。我的一粒七上八下乱腾腾的心，还没有吃汤药，已经安放妥当了。

　　隔日，细雨霏霏的乌苏天气，捧着潘医生的药方，去淮海路劲松药房配药。方子递进去，劲松的配药师傅，一个个地，手机亦不玩了，凑着小脑袋围观起来。我隔着柜台默想，嗯嗯，换了我，也

122

是要围观的，潘医生那么漂亮一笔字。然后劲松们，一套一套的八卦问题就问过来了，潘医生最近哪能啊？多少年纪了啊？之类。我张口结舌呆了久久，感觉自己，蓦然从潘医生的病人，变成了潘医生的亲人。然后是，吃了两天的汤药，病情豁然开朗，真的免了动刀动枪的苦头。

很多很多年不曾吃汤药了，闺蜜体己，殷殷送了苏州的玫瑰粽子糖以及厦门的花生酥糖来，香香甜甜的，吃药吃得跌宕开心。第二回见潘医生，跟潘医生讲，汤药一点也不难吃，潘医生亦莞尔不止。

锦春日子，有得名医良药吃，是不是天下饕餮第一份的好福气？

之二，病一有了转折，心思就多如牛毛起来，精神百倍地，琢磨着去苏州吃口好的。春光烂漫里，一车飞驰到十全街，掐着时辰，急吼吼奔进同德兴，离收市关门的午后一点，只剩了一刻钟。坐下抚着心口叹，还好还好总算赶上了。焖肉面面端上来，一箸入口，与对面的友人面面相觑。那面呢，大约是多煮了半分钟吧，失却了最佳口感，半分钟之差，让一碗百年老店的看家面面，变得索然。友人饕客一枚，不置一词，默默吃完，肃穆讲，下趟，还是在苏州住一晚，吃还是要吃头汤面，收市之前的面面，不堪吃，厨师忙着收拾灶台周边，不会有全幅心思煮面。百年老店？又如何呢？

推门出来，隔壁是裕兴记，跟友人对看一眼，不用商量，低头进去再吃一下。裕兴记的两面黄不错，如今已经很少店家肯做如此繁复的面面了。虾仁浇头么，亦是苏州人顶拿手的一件饮食小事。友人默默品鉴之余，来一句建议，若是添几滴糟油，就更对了。一边吃一边另外点的爆鱼以及爆鳝浇头送了来。爆鱼浓香不枯，滋味渗透，够甜，皆不错。只是茴香落得过重，压制了鱼味，本末颠倒喧宾夺主，十分该死。至于爆鳝，我这个不懂吃鳝鱼的人，没什么意见可贡献，友人朝我翻翻白眼，哼哼，上海如今，哪里还有人家肯做爆鳝？被伊讲得那么珍奇，不免挑一小箸入口。爆鳝必得肥润鳝背入菜，很考炸功，身手略差一点，皆不成功。

渐渐晃去同里，退思园嘉阴堂略略瞻仰一眼，友人询问夜饭如何打发，我是一点不饿，随意吃点素的就算有了。苏州人的一碟荷塘三色，算是不错的素馔。莲藕，菱角肉，以及鸡头米，相依相偎快炒在一起，三种曼妙口感交相辉映的意思，吃了，真是出尘得很。

之三，美丽岛的岛主，是微信群里的群友，从来不曾见过面。岛主老家浙东，我们聚在她的美丽岛，跟伊每个礼拜唧唧喳喳买浙东的生猛海鲜，如此而已。那日春和景明的，岛主在微信里豁然宣布出门春游，到了中午，就贴了一张灰水粽的照片上来，我体内那根叫做饕餮的神经，立刻，跟雷达一般转了起来，追着岛主问哪里哪里在哪里？原来，是桐庐的茨村，当地竟然还有灰水粽。兴奋得我，手忙脚乱，把那张照片分享各位男女饕客友人，竟然，无一人识得是何物。

灰水粽，即是碱水粽，只是古法不用碱，用果木或者稻草，烧成灰，用那个灰水，浸泡糯米，然后裹粽。灰水粽晶莹透明，如珠如玉，不仅美貌无比，吃起来，亦是温婉凝柔，不动声色泻尽了糯米的刚猛，是极为难得的至美味道。灰水粽，远远高明于碱水粽，因为粽内，没有一点化学气。这半辈子吃过的，最好的碱水粽，是香港陆羽茶室的枧水莲蓉粽，制得极好极温润，灭尽千年火气。当年寄居香港期间，有段日子跟苏富比一起工作，午餐时候，常常与一帮考古行业从业人士跑去陆羽茶室，饭后总是一枚枧水莲蓉粽。呵呵，一桌子老家伙，分食一枚粽，人人一口，点到为止，酣畅食毕，无比甘心。竟然，在这个春日，意外邂逅灰水粽于此。

隔日岛主春游回家，携了大袋粽子并山里野菜送我，一文不肯收，闪送到舍下。暮色里，当场煮一肉粽与一豆沙粽，以肉粽佳美第一名。这种灰水肉粽，不落酱油，着盐，袖珍盈盈一枚，剔透如玉，肉肉甘香不肥，浸过灰水的糯米，不需壮肉肥油，已有足够莹润。吃完，跟岛主长叹，托岛主的福，多久多久，没有吃到过如此雅丽的粽子了。

之四，南方闺蜜温存，问 Darling 啊，最近想什么吃的没有？想也不用想，答闺蜜，想念府上的肥仔秋和白菜干，闺蜜二话不说，隔日就顺丰了来。闺蜜府上东莞，绝美绝香的白菜干，一打开袋子，深呼吸。奇怪，我怎么会，这么爱菜干的香？这个是不是，就是所谓岁月的香？香奈儿没什么意思，菜干的香，更迷我。寻枚乌鸡来炖汤，浑然天地于一镬的馥郁，真真美极了。再剥点白果来炖菜干粥，亦是清秀亦是香糯，饱足得不得了。至于肥仔秋的肉肠与润肠，多年闺蜜最了解，一向是我的至爱，清蒸了，滴尽油，切片，吃茶看书当茶食。东甲原枝龙珠茶，浓浓泡起来，十分醇，十分透，十分解肥仔秋的腻。而肥仔秋高远的汾酒的香，衬着原枝老陈皮厚朴的茶香，更是说不尽的送来迎往层次分明。

Darling，我们中国人的四季，美好总是具体在那里，一茶一食一药，总总嘉美有情，一言难尽。

关于中年的千言万语

斯文在兹

岁暮清寒，扫松踏雪，去瞻仰海上名中医潘华信教授的书法以及文献展。

展览取名"归复平正"，意自王羲之语，"夫书家贵平正"。世道峥嵘，潘先生只取平正二字，襟怀气魄，不可言说。

展览珍美，于开幕式之前，独自缓缓浏览，深觉斯文在兹，前辈风流。有静水深流的宁谧，亦有望尘莫及的叹惋。

潘先生称自己五十余年笃好书法，一日不书便觉思涩。一笔小字写得绝美，展眼过去，满纸清华，剔透空灵，气与韵的辗转腾挪，苍然有致，意到笔到，水墨浑成，真真美不胜收。最最漂亮，是纸上秀静得不着一点烟火气。久违的文人笔墨，令我想起溥心畬那座遥远的丰碑来。这样书卷气饱满的字，如今，是十分罕见的了。跟潘先生开玩笑，这是因为侬不收钱，一收铜钿么，哪里还写得出这样的字来？潘先生的小字里，有腴美的苏字，亦有萧然的董字，潘先生自承，老来沉酣董其昌。我大概亦是有了一点年纪了，仿佛略略偏爱一点董字的瘦与透。

最为别致的，是几幅潘先生的老派处方，清美得不得了。头一天，是潘先生的学生云龙兄陪我细看了一遍，还告诉我男左女右，陈左么，是陈先生，王右么，是王小姐，方子上的剂量亦是老式的钱两。后一日，等潘先生腾出点时间，亦请潘先生领我边看边讲了一遍。说到这几幅方子，潘先生谦谦，说是随意抄了几幅。记得有一回陪友人去看潘先生门诊，那日黄昏难得比较有闲，诊完病，还跟潘先生闲话了久久，原本是烦学生们帮忙誊抄的方子，那日潘先生不厌其烦亲自抄了送我，真真意外开心。

　　另一幅苏东坡的《望江南》，亦让我驻足良久，悟了一会儿，跟潘先生讲，其实呢，书法跟写作亦是相通的，书法要透气，文字亦要透气，疏密黑白，中国人是最懂的。潘先生嗯嗯不已，这种知己，再往下讲，就是赘言了。人生百业，到了巅峰，都是一回事，潘先生的医与书，一通百通，是水到渠成的功德。而我国医与书的高峰，无疑，都在唐宋，唐的法度以及宋的意趣，后人们除了望尘仍是莫及。

　　潘先生的大字，亦极好，稳妥，开扬，凝然。听潘先生告诉，是得自挚友周慧珺的鼓励，才开始写大字的。展堂内，一幅"白日依山尽"，气势凛凛，不可一世。有江山如画之甘畅，亦有霸业如梦之苍古，壮丽可观，十分过瘾。另一幅"小柱焚"，亦干净拙美。潘先生给我讲了讲，千金方说的，养生需小柱焚膏，陆游诗句，秋风弃扇知安命，小柱留灯悟养生。细水才可以长流之意。潘先生常常叮嘱我们，省点用，省点用，就是小柱焚膏的意思了。

　　展堂内，在播放一卷潘先生电视采访的视频，谈的应是书法，偏偏我听得久久难忘的，是一句跑题的。潘先生在采访中回忆自己的恩师，伟大的中医严苍山先生。潘先生讲，苍山先生谦谦君子，儒雅得不得了，脊梁骨是很硬很硬的。这一句，我思忖了好几日，为何潘先生谈医谈书，忽然跑题谈到了脊梁骨。慢慢才想通，没有这样的脊梁骨，便没有这么一份清高，没有这份清高，就不会有这样一笔清凛的字。而文人的清高，于万丈红尘里，我们仿佛，都快忘记干净了。

尼采说的，在自己的身上，克服这个时代。谢谢潘先生高贵的书法，让后辈如我，再一次，有勇气，努力克服时代。

恽南田花卉

气质这件物事

气质这件物事，实在不好搞明白，究竟算物质还是算精神？茫茫想了半生，很完败，一次也没想明白过，再想下去，大致就只有往玄字里勘探了。

然而，还是忍不住手痒，写点气质。

先写女子气质。

最优的女子气质，总是血里带来的。所谓好人家出身，听得懂的人，想必知道，这淡淡一句，是最优级的赞美。那种一针一线边边角角，无不自然熨帖严丝合缝，没有计较，一无破绽，让人无比服气。横写一笔，记得女友跟我讲起过，去后台探看坂东玉三郎，人间国宝的牌，果然大到惊人，眼神微微一飘，立刻有无数双手，扑向伊飘及的胭脂水粉，速速无语递到心口面前。坂东算不得女人，却是比女人还玲珑得多的尤物。难的是，这样的血，已经几近干涸了。连王妃，都无可奈何地选拔自民间。洗血是比洗钱吃力得多的事情，再过多少辈子，才会出一股子这样的血，就真的不好憧憬了。

腹有诗书气自华，这样古老的道理，很要命，如今也不太讲得通。从来只看见遮瑕霜精华素卖得奔走相告风生水起，何曾看见过女子们奔赴巴黎罗马排队买书买唱片了？于是一座华城，日日夜夜充斥的，尽是些天赐美艳的年轻女孩子，女子们一过了中年，天然本钱用完，便一路颓唐荒谬，没几年的功夫，粗旷沦陷到无法卒读。更加诡异的是，亦见过很多次，明明是满腹诗书的女子，一到中年，那点秀雅娟好的书卷气，却一夜消亡，举手投足衣食住行，一件一件，比村妇还村妇。这样的震惊，在踏入某些精雅小馆子的那一刻，常常将我猛烈击中，面对一位或者一群气质变貌的中年美人，操一口粗话，谈整容打针，那种中年的放肆浪荡，Darling，我真的是食不下咽心寒极了。

天下还有一种女子，她们是芭蕾舞女。上帝对这一路女子，实在是眷爱有加，人家一站到你面前，那真是气质好到蓬荜生辉。这个不是孤例，而是普遍真理，古往今来，比比皆是。奇异的是，舞女天下多了，唯独芭蕾舞女出类拔萃，其他伦巴舞肚皮舞荷花舞千手观音舞甚至佛莱明哥舞，统统没戏。这是怎么回事呢？Darling 你想得明白吗？

再写几笔男人气质。

男人大气，霸气，才气，英气，贵气，灵气，和气，书卷气，气气要紧，不过气气都不是最要紧，顶顶要紧，是这些气，务必收拾好，细密藏在骨子里，不要轻易跑到皮肉上。藏得圆满妥帖，这些气，一一都是迷人暗器，藏得不好，丢三落四，一不小心露个馅，便十分败相兼败兴。古往今来之利刃，无事时分，都是静静藏在刀鞘里的，偶而露一下峥嵘，那叫光芒万丈天地失色。日日夜夜赤裸在外面的，总是三流以降的笨蛋钝刀，不试也罢了。

马龙白兰度演老教父，搂个肥猫松松坐在太师椅里，神貌像极冬日负暄的暮年孤寡老男人，谈的是杀人越货，满口却是家常琐碎，最后对着死敌，游刃有余缠绵一句，跟你说多少遍你才信呢，我是如此地爱你？柔媚的意境都依稀有了。这样色厉内荏的欺世霸主，岂是常人演得来的？Darling，想想看，上一次看见色厉内荏这个词，是什么时候？恐怕都想不起来了是不是？这是一个形将消亡的词，这个世界已经没有这种气质了，这样的词，可以入土成古董了。

　　男人的气质，懂得藏起来，大致总要有一把年纪才会，生猛小子来不及地前进前进前进进，实在前进得累了，想偷懒歇一下，无不往嬉皮里钻，还死撑着跟世界说，我没累我没累，我不过就是想换一种风格啦。男人中年，总算明白退一步江山无限。气质里的圆融温暖，一点一点渗透出来，霸气做底，斯文为表。

　　不过例外总是层出不穷的。周作人那样的男人，天生澹然，澹到无可再澹，一笔俊逸出尘小文字，自民国独步到今天，倒也完全不分前中年后中年，人家就是秉性如此眼热亦无济。他家兄长愤世嫉俗骂人骂足一生一世，如此气贯长虹不吃不喝，亦是天性使然。周家一门数杰，总是有神助的吧。

江南花乱

之一，我是，对春天，很没有见地的那种人。

春天，极尽一个闹字，于我这种深秋出生的静谧蝎子，性情相违，很难亲昵。彼此勾肩搭背，硬要挤到一条春意盎然的细径上去，那真是很煎熬的事情。

江南自然是蓬勃花乱，大张旗鼓万花齐放，汹涌饱腻，相当狰狞。匆匆一夜，便败倒了天地之间涵养了一整个冬天的清新且珍贵的胃口。

白玉兰是一种高度突兀的春花，争先恐后，开得万马奔腾，格调相当荒唐，分寸完全失控，完美丧失花之矜持体面。

桃花灼灼，说得好听，叫饱满，说得不好听，是凶相。那花，只管往死里浓稠，像调得失手的色彩，小脏，厚腻，拖泥带水。

樱花总算清嫩，不动声色，粉了一片天涯。最好最好，是好在一个败象，照样亦是滑嫩飘逸，不悲不恸，含蓄得有点意思。

花是难搞不过的物事，开时要好，败时亦要得体，委实是难的。

之二，春日黄昏，尚有一丝残存的清素寒意，薄薄吊在空中，很是牵扯人的灵魂。此时此刻，宜默默散步于嫩柳浅水疏林左右，宜独饮一盅微热小酒，宜想点不久远的紊乱心事，宜吵一局碎碎的小嘴，宜撕一叠松脆信笺，宜拍肥一两枚半旧睡枕，宜小盼人归，宜长吁短叹。春寒是一种煨不熟的寒，最是难以相与。

某日春寒寥落黄昏，一边苦读某某先生厚得坠手的回忆录，一边饮点轻薄小酒，一边将书中句子，一字一句，于微信里，搬嘴给远方友人消遣。东一句，西一句，慢慢就讲到酒边闲食。友人蓦然动了馋心，叫拍张酒食照片来仔细端详。一碟子细细粉粉的白切猪肝，蘸一盏调得绵密的花生酱，再来一碟杨振雄《剑阁闻铃》幽咽铿锵。拍过去，友人吼吼两声，嘱咐吃完酒，Darling 记得多游 500 米泳，那么肥的腻的万恶的酒食。一边笑一边回嘴，跟那么料峭的日暮春寒，岂不是绝配？

之三，跟着春天一起乱，有一种，我是喜欢的，乱翻杂志的乱。某日翻到一册本埠发行的英文杂志，*Shanghai Time Out*，看看广大鬼佬眼中的好玩好吃好晃，其实，还真的满开阔思路，影响世界观的。比如，这一册，有篇兴高采烈图文并茂的采访，整整一个对版的规模，神秘兮兮地，探访到本埠理发业巨头文峰的培训学校，鬼佬记者编辑，显然有挖到金矿的欣悦。文峰规模惊人的培训学校，女生做空姐打扮，男生做海军打扮，军训式的列操，集体舞，不要说鬼佬惊艳无比，我亦大开眼界。鬼佬还十分敬佩的写着，文峰董事长创始人陈博士的头像，贴在全国 300 家门店的店堂内，骄人极了。春天的乱翻，果然长人学问，乱亦是有乱的好处的，我承认。

人生中年邋遢始

初冬夜，友人邀约，去听琴。

立在音乐厅门口，寒风有点刺骨，不由自主，躲进检票口，等友人从里面出来接。年轻的黑制服检票员，满面戾气，朝我凶，出去出去出去，没票子外面去等。见了友人从里面出来，一肚子的委屈摆在眼睛里。多年没来了，这所音乐厅，寒酸得腰细，等到坐下，已经两肚子委屈了。

友人上来弹李斯特《梅菲斯特圆舞曲》，前一夜，已经告诉过，今晚弹此曲。看伊款款出台，落座琴前，敛神静默片刻。我亦平静心气，时刻准备好，等伊疯狂炫技。李斯特此曲，确实绝色绝伦，炫技炫到眼花缭乱。我亦很久没有听过舞台演绎这一曲了，委实期待畅肆疯一把。谢谢天，当晚友人落手极佳，琴音美艳精灵，酣畅淋漓一气呵成，绝无半粒疙瘩，精彩精致，真真一件不缺。可恶，弹完满台小鬼献花，吵吵闹闹，瞬间破尽李斯特气场，竟无安可绵延。

晃去后台致意，友人冲破簇拥人群，过来寒暄。朝伊不满，没有安可算什么意思？钢琴家低眉含笑，抱歉 Darling，感冒初愈，体力不支。听完此言，亦只好翻翻白眼低头无语了。同行友人，手势低调地献上翡翠烟斗一枚，钢琴家立刻雀跃不已，笑成一朵本埠大丽花。此时此刻，背后台上的李斯特，已经灰飞烟灭。

隔日详细微信听后感，通篇赞辞之余，亦表达一点肺腑。Darling 以后选曲，不宜过分炫技之作，中年钢琴家，宜择不动声色的作品，方显功力。人家 Darling 回复，侬真懂。

咬牙切齿没有告诉人家 Darling 的是，那一晚，坐在音乐厅里，裹着一身大衣，自始至终，一粒扣子都不曾松开过。又冷又脏，就那么听完伊的华丽李斯特。

觉得自己，真真邋遢得彻头彻尾不堪言说。

想得起来的是，上一次，在大厅里裹着大衣欣赏艺术，还是在复旦相辉堂，看张艺谋试映《红高粱》。年轻的张艺谋，一身土黄军大衣，枯枝一样立在台上，木讷峻刻，辞不达意，一副初出茅庐的生涩倔犟，跟头蛮力十足的骡子似的，无法无天闯进高等学府，一脚踢翻复旦的满堂斯文，饮酒狂歌，苍狼一般，狠狠划开一个时代。那个真是，史上留名今日始。

说真的，我好怀念，当年那枚，完整淋漓干干净净的土包子。

二十余年的光阴，就这样流水飞花，弹指过尽了。

夫妇善哉

　　四九年以后，人间比较隆重的称呼，流行叫老王老张老李老毛，这样子叫来叫去，男女通用，不分级别，全社会口径一致，真真别致极了。这种新派称呼里，不光是有了足够的尊敬，亦有了恰如其分的亲密，朗朗上口充分百搭。至于更亲密一点的恩来少奇那种，虽然听着悦耳动人，毕竟不是平常小民可以放声乱叫的，亦就只能做特例看待。

　　革命性的是，老王老张老李老毛，不仅男女通用，还内外兼行。人民群众回到家里关起门来，夫妇之间，亦是相敬如宾老来老去的，这就相当惊人了。从前的默存啦明瑄啦，都不叫了，夫妇之间都叫老钱老杨了。若干年前，香港同胞初回祖国，听见家里夫妇老过来老过去，单位里领导之间老上老下，十分瞠目。私下悄声发表感想，阿拉香港，只有家里车夫才叫老张的哇。

　　再后来就乱了，万马奔腾的年代，称呼自然也跟着翻江倒海，枪林弹雨里，一个"总"字迅速突围而出，成为时代头号体面金字。任何时候遇见一个略微像样一点的男女，闭着眼睛大胆总上去好了，

139

一定不会错到哪里去。王总李总潘总曹总，无缝取代了老王老李，而老王老李，倒真的成了司机保安收废品大叔。

厉害的是，总字的取代老字，亦是全面性的。回到家里，夫妇之间也颇有总来总去的。听妇人闲话家常，无数次听过阿拉王总这礼拜出差西安，阿拉雷总明朝不回来吃夜饭，云云。顶顶惊悚，是听男人讲自己贤妻，阿拉汪总今朝穿的靴子，是刚刚从巴塞罗那买回来的。第一次听到，没忍住，哗哗笑场了，惹得那个娶到汪总的好命男人，白眼乱翻的说。

还听过太太叫自己丈夫张先生徐先生的，效果亦十分惊悚，阿拉张先生长阿拉张先生短，听起来，无论如何不像和谐夫妻，倒更像假面夫妻，道貌得不行。亦听过连名带姓从头到尾一套叫全的，叫起来口感很差，听起来耳感很硬，总体效果真真要命。再来便是叫英文名的，玛丽海伦强尼詹姆斯，婉转是婉转了许多，分寸却不好拿捏，毕竟是中国人夫妇，当众叫自己太太一声桃丽丝，语调稍稍跑歪一点，就十分猥琐可疑了。当然，顶顶经典响亮万世流芳的一个称呼，一定是，老头子，老太婆。粗是粗的，俗是俗的，恩情却是半世满载的。这个也只有深谙中文奥妙的中国人，才能懂得了。否则，你要怎么跟外国人解释，这不是骂人这是昵称呢？而且我们还有登峰造极的杀千刀的，真真爱之弥深，啦啦啦。

在春风里

纳博科夫《普宁》小句子：她的灵魂，在我的身上到处乱爬。

随手抹抹，十来个家常字，又妖又腻，才情浩瀚齐天。

小抄小改，感慨时日：春的四肢，在我的灵魂里，到处乱爬。

闲笔宕宕，小差开开，灵魂牵回来，端正写春风里。

周末清晨，远征浦西，观看本季最末一场学生足球联赛，用力替包子的球队助威。

郊外球场，晨曦中无限辽阔，春风的首要特点，是浩荡，挪到郊外，浩荡更上数层楼。春风的次要特点，是冷暖无度，一忽儿阴冷，一忽儿爆热，此刻晨光淡漠，春风如鞭如撕，撕来撕去，撕得我灵魂小颤抖。瑟缩着，看完第一场比赛，赢了赢了，众家长纷纷立起身子舒畅筋骨。我抱紧肩头，跟人讨衣衫，外套有没有？借我赶紧。众家长清一色魁梧鬼佬，男男女女单衣短裤，壮硕如牛，人家无比诧异地看住我，Darling 你竟然冷？Darling 你是佛罗里达来的吗？我黑着脸，十分配合地告诉他们，老子斯里兰卡来的，摄氏十五度的天气，把我冻疯了。然后鬼佬一枚深情救我，车子后备箱翻箱倒柜，一件厚袄满满覆盖在我肩上，通身的血，终于，于冷冽的春风里，如酥回暖。

　　学生球赛，玩得跟真的一样。鸡皮鹤发的老外婆，搬个折叠椅，一手咖啡一手苹果，坐在场边，气贯长虹地大力吼叫，冲啊，马蒂阿斯。我坐老外婆身旁，佩服得不行，你孙子？老外婆眉飞色舞跟我讲，侬看，12号，我孙子，盘球是不是超级炫丽？我哪有功夫看她孙子，我觉得老外婆比孙子迷人一百倍。这边隔肩，是位意大利爸爸，奶油头，猫王墨镜，繁花衬衣，脖子里无微不至塞一团锦绣丝巾，牛仔裤也还普通，点睛的是腰间一条朋克皮带，比春风还恣肆，比阿飞还阿飞，比帕西诺有过之。说话倒是文静腼腆，一点匪气不沾。而且人家说普通话，比我说得还字正腔圆，很惊人、急人以及恼人。寒暄几句，意大利爸爸寄居上海将近二十年，做的，倒是意大利人拿手的服装行业，难怪一大早，穿得如此弹眼落睛，艳冠全场。于周末郊外的球场，一大清早欣赏这样这样的友邦男，真真耳目爽朗如坐春风。然后是一群韩国妇人，携各色韩国美食，轰隆隆扑到球场，慰藉奋力苦战的孩子们，顺手还分了一盒子饭卷卷给我，然后我们谈谈闲天。彼此英语都不够用，不要紧，我们讲日语。这类韩国妇人，派驻上海之前，大多曾经长期派驻过日本，日本经济落寞，无奈战略转移至上海。韩国妇人普遍好学当地语言，驻日几年，都能讲不错的日语，驻沪几年，亦能讲一点普通话，这一点，我是深心佩服的。这种上进之心，这种刻苦力气，这种开阔眼界，于中年妇人，绝非易事，不信，Darling 你试试。

　　赛事至午后，春风喧腾热闹，皓日满满当空，闺蜜太太党亦姗姗而至，抹上防晒霜，打开小核桃，在场边大呼小叫，叫累了，拍

142

拍老公肩头，阿拉儿子，是要踢哪个球门？老公上等好人，娓娓科普，左边这个球门，踢进去，就得分了。右边那个千万不能踢，不小心踢进去，就乌龙了。

气势磅礴的助威，我亦是拿手的。凭借日日游泳练成的深喉肺活量，依偎着春风吼两声，嗯哼，绝对不输给鬼佬众家长。

包子的球队，苦战至黄昏，点球大战，惜败，得亚军。诸位大男生，落下寂寂英雄泪。众家长勾肩搭背互相安慰，输有输的好，输是成长必修课，输得起，才是真男人。

然后，我们于春风里，堵车两小时，气喘吁吁，蹒跚滚回浦东，累成棉花一朵朵。

虢国夫人游春图细节之一／张萱

143

糯 字 诀

赞，嗲，作，炸，然后，轮到糯了。

跟"炸"刚好相反，一个炸字，集中了形形色色的不堪言说，大致十恶不赦。而"糯"，一个字，承担了几乎十方全面的赞美，被赞一个糯字，真是可以梦中笑醒的上等好事。美妙的是，"糯"这种赞美，跟"赞"，还绝不一样，"赞"有点恶狠狠，咬牙切齿，用力过猛的意思，而"糯"，含蓄悠长，点到为止，懂经得吃不消。"赞"以脆亮取胜，"糯"以雍容流芳。

举例说明，周瑜是赞的，诸葛亮是糯的。贝多芬是赞的，莫扎特是糯的。鲁迅是赞的，胡适是糯的。

听戏听评弹的，听个糯字，基本上，是最高境界。行云流水，不着一力，味厚，还秀逸，真真难的。蒋月泉好像人人会唱，难不到哪里去，唱到糯，格么是人精里的人精了。中年以前，这件事情恐怕是妄想。年轻演员聪明伶俐，学得祖师爷十二分的相似，然而听在耳里，终究一把细骨头零零碎碎这里那里，刺得不行。问你哪里不妥，还很难说得清楚，敷衍一句蛮好蛮好就混过去了，你怎么跟人家讲，不糯，夹生，没味道，不好听？就算你讲得出口，人家恐怕也不见得听得懂。赞，是给外面人用的，糯呢，是自家人用的。隆冬深夜，陪老友听个堂会小唱，曲终，私底下问一句哪能，老友泪眼婆娑，答一句，滴滴糯，滴滴糯。拍拍伊手背，这一夜，彼此都安了。

　　糯最大众的用法，还是关于食物的。天一冷，去上海小菜场买菜，买的和卖的，两个老男人，在讲，

　　这个青菜，糯吗？

　　糯的糯的，侬放心。

　　上海男人们这样子问过来答过去，霜打菜，矮脚青，再四确认糯的精度与高度，让外面人听见了，以为痴人说梦搞什么搞。

　　家里有孩子在欧美留学的，大概都有如此的经验，小人们放假回家，疯狂爱吃的，是一切的糯食。八宝饭，汤团，烧卖，粽子，双酿团，芋艿，鸡头米，橘红糕。欧美人的饮食里，根本是没有糯这种味觉口感的，吃了三四个月面包土豆的孩子们，回家复习糯，常常复习得热泪盈眶，一餐滚热的糯食落肚，嗯嗯，这才是，回家了。江南饮食博大精深，什么东西没有，为何小人们独独对一味糯食眷眷？这个事情，我至今没有想通透，想来，总是糯这种食感，太高级的缘故吧。一切的甜酸苦辣麻，都好言说，唯糯，难描难画一言难尽。

　　年暮，于伦敦小住，晃来晃去，看见制得极好的皮裙，我这个极少买东西的女人，居然忍不住，一口气买了两条。英国意大利西班牙的皮裙，制得极糯，轻软柔腻，熨帖，不皱，实在好穿极了。糯到什么地步？糯到配羊绒大衣不稀奇，糯到配中式真丝棉袄亦不

突兀，稀奇吧？

　　某日陪友人去医院看潘华信医生的专家门诊，缓缓排队，默默旁听潘医生跟患者的对话。一位老年病家，气喘病，女儿在旁殷殷切切告诉潘医生，老父早上起来，喘得不行，好不容易喘定了，早饭就一点也吃不下了，不吃怎么行呢？哪来精神体力呢？偏偏老父还闹着要吃腐乳，又咸，又是发酵的东西，潘医生侬讲，我要不要给爸爸吃？潘医生静静听完，安详地跟病家女儿讲，不要紧，不要紧，腐乳，想吃，就吃一点，可以骗点粥下去，也是好的。潘医生真真云淡风轻，糯是糯得来。友人跟我，双双叹了一息。

　　糯，说点哲学的，其实，是中国人的中庸思想的外溢，无锋芒，无极端，圆融通透，厚积不发。糯这种字，是专为中年以降的人生预备的，年轻时候，只晓得吃糯食落胃，年纪大了，就懂得，做人做事，糯是高山仰止。

　　雪夜友人来访，一室融融炉火，彼此酥软，临走，跟我叹一句，你家的猫，越来越糯了。

访友琐琐记

经少英先生是我老师，说友，实在是我蹦蹦跳跳厚颜地高攀了一下下。

我在复旦读书的时候，经老师教世界语，少年时候贪玩不怎么读书，并没有上过经老师的课。经老师二十年前从复旦退休，如今是八五高龄的霭霭长者。今春因了一点因缘，去经府看望老师。

经府宽敞，电梯门开，经老师夫妇在门边迎我，望一眼老师，我心里有点小热泪，三十年阔别，流水小半生，弹指一挥间，等等，于一瞬间，有点黑白电影般的摇曳匆匆以及黯淡苍茫。

经老师精神极好，一身橙粉嫣然的毛衣，温暖甜美，充满人性光辉。亦在心中跟自己点头，今日穿黑白一身来见老师，算是正解。多年心得是，拜访老人家，务必礼让老人家穿暖色，自己年轻人穿冷色，与老人家争锋，那是找死而且一定死得很难看。

一边吃茶，一边与经老师夫妇叙旧。两位老人家，一枚圣约翰，一枚老沪江，言谈教养，一茶一座，令后辈无语。经老师六十年代学完英语毕业，在复旦竟然没有用处。被学校派去北京学俄语，学了回来，总算有了事情做，给复旦的苏联专家当翻译。等到中苏反目，苏联专家一撤走，又闲了下来。格么，再去学世界语，后来成了世界语专家。岁月往事，听起来充满大大小小哭笑不得的荒谬。经老师讲，还好，一辈子在复旦，亦全程经历了"文革"，没有吃过大的辛苦。

乱世里穿行，平安是最大的福气了。

晚年生活，用经老师夫妇的话讲，满忙的。圣约翰一只圈子，沪江一只圈子，老人家们有他们镶了银边的花样年华，晚辈如我，听起来，亦陶然，亦景仰。

半日里，闲话三十年琐碎往事，令我无比感慨的，是两位八旬老人，言语之间，竟然没有一点啰嗦，那种干净，简白，除了智商优质脑筋灵光，更是养在世外桃源的那种清平贵气。仔细想想，所谓啰嗦，其实就是百般的不放心，心思乌苏，兵荒马乱。这样不啰嗦的人情世故，如今，已是很难遇见的了。国事上的三令五申，家事上的喋喋不休，人盯人，人盯物，抢完这样抢那样，啰嗦得没完没了。眼前的两位老人，清明，静谧，令我如坐春风。

吃饭时辰，经府摆了一桌的讲究小菜，举杯跟两位老人 cheers，心里有点不知时空在哪里的恍然。经老师照顾饮食之周到，令我大为惊讶。一尾清蒸鳜鱼，鱼骨剔得干干净净，一一布到你碟里。鸡汤热得滚烫，搁到你面前，一举箸，老师体贴语，鸡肉油腻不必吃。饭后，经老师一杯一杯咖啡煮上来，连伴咖啡的饼干，亦递到跟前。这是八五长者，我的福气，实在是好得过了分。经老师讲，家中七位姐姐，他是老八，亦是长子。难怪，女人丛中长大的精贵公子，心思细密，不输红楼中人。

　　经老师嗜甜食，像很多老人一样，饭后一口甜食，无论如何省不得。偏偏孝顺女儿管得铁紧，经老师小小皱眉小小惆怅人生小小不得志。那日带了一点巧克力给老师，回家途中便在发愁，经老师不知如何瞒过女儿的眼睛，吃得到那点巧克力。

恽南田花卉

春 邂 逅

　　今春，竟然奇异地漫长。

　　无以消遣，自然是千年老法子，不假思索地浪掷复浪掷。

　　乌苏午后，柳烟轻笼，晃去友人府上，慢慢饮茶，并有一句无一句地，瞎话三千。友人默默，忽然皱眉，怅惘道，霾日苦多，健康受损，倒还罢了，读书人的清俊气质，恐怕，这一两代，亦是不可期的了。我听了无语呵呵，友人立眉，翻个大白眼，侬还笑得出？心肝在哪个江湖里掉了？春日饮茶，人是喜怒无常的跌宕，说翻脸就翻脸，怨天好了，尤不得人。

　　饮到几番茶淡，差不多想告辞了，忽然门外飘进来一枚男生，精瘦，秀挺，眼睛亮得简直有一股子凶光，赤着一双脚，又轻又凛地飘到身边，我的牙，一下子都冷了，何其提神的说。

　　如今是中年老人家了，不止读书不求甚解，阅人常常亦是不求甚解，看过飘过，无非嘴脸，丝毫不会搁到心里翻腾个隔夜。不过，懵懂午后，劈头邂逅这种刀刃一样锋利的男人，还是饶有兴致解一解的。

人家极是谦虚，坐下饮茶，温暖寒暄。老友插嘴，伊在斯里兰卡读书做事，宝石专家。我不免小惊诧，巧不巧呢，刚好，本人数日之后，将去斯里兰卡旅行。人生里，一枚出自斯里兰卡的走地友人都没有。这便，于无声处，赫然就天降了一枚。

小心翼翼开始科普式对话。

读什么书？

修佛。

在哪里？

在斯里兰卡中部的 Kandy 古都，University of Peradeniya。

很多年？

是，从前在莆田广化寺的佛学院修，然后去斯里兰卡继续。

我在心里浩叹，怪不得，气质这般殊异，热腾腾的红尘里一立，寒光四射。

为什么会去斯里兰卡？

人家呵呵，说来话长，下一趟慢慢讲给你听。

斯里兰卡，是小乘还是大乘？

是南传佛教。

一边吃茶，一边顺手拿过一张白纸，开始给我画地图。印度洋里的一滴泪珠，斯里兰卡，出科隆坡，如此走，这样那样盘桓。记得去看这块石头，记得绕道去那里吃个午饭。爱旧爱古喜欢小古董？要淘自然有的，葡萄牙人荷兰人英国人，来来去去好几百年。等等。

临行，又在微信里问，带什么衣衫带什么鞋。带夏日衣衫，夹趾拖鞋和运动鞋。依言而行，在斯里兰卡散漫乱晃的日子里，一双拖鞋一身棉布裙子，青天白日底下，常常想起，陌路邂逅的这枚又轻又凛，冷风拂面一般的佛徒子。

说到人生初遇，早二十年的话，总是十分俗气十分兴致盎然地，努力端详人家的家世背景，读什么名门，做什么伟业，弄一串惊叹号在心里。顺便提一句，当年寄居香港，香港各阶层人民，于任何初遇，都有敏捷本事，在最初的一刻钟内，探明你家住哪里。香港寸土寸金，置宅何处，便标明了一切身价背景，第二句话，都不用啰嗦的。混香港，此是真理第一条。

人生来到前中年，渐渐恍然，名门伟业，统统不算东西，看人是看细节，举手投足，一餐饭一杯茶一踩油门一通电话，底牌就翻尽了。如今是，连细节都懒得察看，有什么好看的？人飘到面前，瞄一眼气质，祖上三代的血，都淋漓尽致倾盆倒在眼前了。

见过肉麻麻的男人女人，肉夹气滔天，面对如此人物，能做的，唯有屏息。

亦见过满面深仇的男人女人，浑身苦成一缸子咸菜，真真苦海无边无际，费解的是，通常还是富人。

亦见过瘦极的书生，应该大有滋味，可惜，瘦得不像竹子，像筷子，立在那里，随风就要倒的模样，相当酸麻。

亦见过粉团团的男人女人，春水柔橹一般和煦，混熟了，每次见面礼，就是伸手掐人家一把唐僧肉。

亦见过有一点年纪的白面书生，精致的眼镜，搭配精选的衬衣，谈吐清秀，举止规矩，似乎满打满算不露破绽。只是眼睛深处始终闪闪烁烁，磷火一样，有克制日久的欲望。这种掩饰得不错的书生，呵呵，破绽还是有的，嘴角大多坚毅。是好是坏，就难言说了。仿佛，有人喜欢饮茶的杯中，要有一层厚腻茶垢，赞成无上隽品。有人就最最见不得这种龌龊腌臜。克己复礼的书生，Darling 你喜欢吗？我是深厌之。做人如此拘谨，不如不做了。人生还是畅肆的好。

恽南田花卉

戏事一帧

上海博物馆办一个玲珑精致的小展，明代吴门书画家的书札展，随展，将数封书札，改编做评弹开篇，择一清白秋夜，请评弹演员们，于上海博物馆内演唱。是个很剔透的想法，且不说吴门书札与评弹的天生相契，更令我想起西方著名的 Tiny Desk Concert，小书桌音乐会，请音乐家到极为窄小的书房内，做数支或歌唱或演奏的小型音乐会。沙龙式的，面对面的音乐会，温暖、绵密，让音乐家与听众之间，不再有万千人头，彼此于寸步之内，感受直指人心的艺术力量。这个小书桌音乐会起源于 2008 年，邀请的都是当今一流音乐家，至 2016 年底，已举办过 550 场，网上观赏的观众，将近一亿。

回过来说上博。事情呢，总是不如想得那么美满。

当晚的弹唱，于上博的大厅内举行，挑空四层之高的巨幅空间，坚冷的大理石地面，简陋的钢管折椅，白得刺眼的冷光灯，满地直播用的电线器材，一切的一切，繁乱粗犷，跟吴门书札，跟沙龙演唱，都有点风马牛的意思。好吧，看在第一次的面子上，一切的一切，都可以忍无可忍从头再忍。

　　黄海华唱《祝允明致文贵札》，坐定之后，几句念白十分沉着，错落铿锵，平仄辉煌，三两句内，尽显吴语的千年魅力。念，往往比唱，还难。黄海华渐渐有了一点年纪，念的功夫亦精进。岁月真是个好东西。登高望远上山峰，蓦地吹来落帽风。几句蒋调落落大方，宽敞、松融，不徐不疾，稳中有飘。蒋调最得中庸之道，亦因此而最得人心。炉上驼蹄香气溢，酒兴顿时起，邀请知交文贵兄，速抵寒门饮几盅。一篇平淡简白的书札，黄海华唱得舒展、秀逸，有内容，有丰神。比较可惜的，是雪亮的大厅，音质极差，观众虽然没有太多的窃窃私语，却有一种说不出的烦乱，跟黯沉沉的专业剧场内的静谧安详，不可比。弹唱中的种种精致细微，亦就难以抵达人心。让我极为期待的那种沙龙式的动人肺腑，亦就无从谈起。事后跟黄海华讲起，演员自己倒是没有那么纠结，说，不是专业的剧场，观众肯定静不下来。这种坦然的职业觉悟，让我这个疙瘩得腰细的听众，一个警醒。

　　姜啸博唱《陈鎏致陆师道札》，极好的嗓，极幽咽跌宕的杨调，雅逸，奇崛，声遏中庭，过瘾。

　　陆锦花唱《蔡羽致王守王宠札》，亦是好嗓，丽调甜润，雍容，妩媚，要唱得静，才是妙品，一闹，就完了。陆锦花当晚唱得略为潦草，恐怕，亦是受环境影响所致。

　　当晚一共七支开篇，却未能一篇一篇一气呵成，一再的领导致辞，一再的主持人大篇幅介绍，一再的这个那个，好不容易安静下来听戏的一点点心思，一遍又一遍，被乱拳打得七零八落，让人极不耐烦。最糟糕，是还要来一大段热闹胡闹的科普评弹。Darling，帕瓦罗蒂唱的是意大利语，意大利歌剧，全世界没有几个人听得懂，可是，你看见过帕瓦罗蒂立在台上科普全世界听众吗？帕胖胖只管闭起眼睛唯我独尊地唱好自己的咏叹调，剩下的，是万千观众被感动得涕泗横流滚回家里埋头恶补。堂堂上博厅堂，广大肃穆听众，变成无知文盲。这种观戏经验，殊为恶劣。

评弹演员的旗袍与长衫，一向是重要看点，当晚各位演员都穿得精致精彩，十分得体。只一位先生一件豆沙色长衫，败笔得惊人。豆沙色，Darling，就算是张国荣再世，都很难穿得好看的一种颜色，轻易还是不要拣起来穿。长衫翻起的袖口上，绣上彩色的花枝，实在是趣味有点问题。中国男人的一袭长衫，全部精华，在虚怀若谷四个字上，若爱花枝招展，是不是考虑改穿范哲思比较省力些？

最后，批评一下当晚一排一座的观众。从黄海华开口唱第一支开篇起，一排一座观众就频频摘下近视眼镜，低头刷看微信朋友圈，对于咫尺之内的演员，缺乏起码的尊重，作为一排一座的观众，非常不得体。我怎么看见的？呵呵，Darling，当晚本人全程站立在后面，听完整场演唱。虽然身旁有座位，但是观看效果不行，于是起立。

看见民国

亚妹妹招呼，姐姐有空，来鲁迅纪念馆看看展览，看完还有曹景行大叔送的黄山好茶请姐姐吃。两件好人好事，我都喜欢，不用亚妹妹劝，自己囫囵择个日子，就晃去了。

鲁迅纪念馆深隐于虹口的鲁迅公园内，一路摸索过去，心里无比奇异，公园一隅，有这么一间秀挺的纪念馆，竟然长年一无所知。亚妹妹笑，莫说姐姐浦东乡下人一枚，便是附近住了几十年的山阴路甜爱路的老人家，亦有浑然不知的呢。

纪念馆跟前，一片空阔之地，倒是一点不冷清，一幅红尘万丈的模样，后中年前老年的男人女人，捉对跳着艳舞。一大清早的，有穿着白皮鞋黑旗袍的，亦有踩着马丁靴一身短打热裤的，起码六旬半的老妇人们，理直气壮，步调一致，献美献丑，一举献齐。叹为观止地停下脚步，看望鲁迅之前，先看望广大奇葩。

纪念馆甚是小巧玲珑，爬上二楼，兴致浓郁地看鲁迅展览。鲁迅的故事，于我们这一代文学青年，实在是烂熟于心于骨的。从百草园藤野先生到刘和珍君，妖娆一点的，一路拐到子君涓生，莫不是字字句句耳熟能详。然而，看到一半左右，我竟开始心潮起伏，中年以降的鲁迅，定居上海，五十岁生日的那天，左翼文人们在荷兰西餐社，给鲁迅庆生。鲁迅一席长衫，松松依在藤椅里，身后是相当精致的花园子，胡子头发一一修饰得十分讲究。我在这枚史沫特莱拍摄的照片跟前，沉吟再三，觉得，蓦然看见了民国的安详。

　　鲁迅与许广平，携幼子海婴的照片，实在是姣好的民国人家画面，鲁迅并不面对着镜头，而是侧脸看着太太怀里的海婴娇儿，一派暮年得子的绍兴男人的怜惜模样。鲁迅一家与冯雪峰一家的合影，鲁迅着中式长衫，雪峰着西式帕克大衣，两枚幼儿揽在怀抱里，竟是那么宁馨的亲眷一幕。鲁迅的原配夫人朱安，着小凤仙装，秀丽得简直有几分妖娆，眉眼深凹，唇角修扬，乡间不识字的缠脚女子，竟是如此的清媚，大约亦只有民国，才办得到吧。我对着朱安，真是看了一眼又一眼。再来一枚瞿秋白，此君英勇就义之前，留在福建长汀的一枚照片，西裤短靴，眉清目秀，闲闲优雅那么一站，东方遇见西方，在这么一枚青年身上，天然浑成。我猜不出，马云看见此情此景，会怎么想？

　　中年鲁迅的雅玩，有点不胜枚举，制版画，印笺谱，收集欧洲明信片，有一搭没一搭译点外国小说玩玩，随手写一份德文书单子琳琳朗朗，还要生点断断续续的病，还要写那些很厉害的杂文小说故事新编等等等等。民国文人的流水日子，委实让我羡慕不已。

　　看完展览，晃去亚妹妹的馆长办公室吃茶，看着亚妹妹办公室里，那幅老式的钢窗，那柄铜质的窗栓，慢慢发了一个长呆。

　　特别要，添一笔。鲁迅纪念馆内的工作人员，气质有点特别。我在馆里上上下下独个儿晃了两圈，遇见三五位完全陌生的工作人员，不绝如缕地，再四跟我讲，小姐，你的项链很漂亮。我那日戴着一围珊瑚链子，红腾腾的。十分吃惊，这仿佛不是在晃鲁迅纪念馆，倒像是在晃梵高或者毕加索博物馆。如此气质摩登海派的工作人员，在本埠的博物馆纪念馆里，哪里是那么容易邂逅的？

恽南田花卉

愤怒青年与愤怒中年

愤怒青年留长发戴墨镜打耳钉，邋遢长裤包紧年轻屁股，看人看事，眼神微茫，不知在看还是没在看。这种大好无畏青年，裤子脏兮兮绝对不是问题，一身弹进弹出的灿烂肌肉，才是花样重点。很多时候，浑身上下的那点脏，倒是点睛之笔，让愤怒青年看上去比较满分，愤怒得比较挺，不苍白。

愤怒中年天不怕地不怕，就怕一个脏字，中年男也好，中年女也好，跟脏字沾边，会死得很难看。所以愤怒中年，大多愤怒在内心，外表基本和谐不突兀。当然，中年男也有留长发戴墨镜打耳钉的，那个不是愤怒中年，那个是中年阿飞。不过说真的，男人一路披荆斩棘坚持不懈地阿飞到五十岁，无论如何，都是强大的。

愤怒青年埋头猛追有深度的熟年妇人，天真的说法叫做姐弟恋，不天真的说法叫做恋母。换了是愤怒中年埋头猛追有深度的熟年妇人，那就不大方便高声说了，种种场合，大家静静围观，人人心里赞扬愤怒中年懂经，而愤怒中年自己，不用说，自然是暗爽在心的。

愤怒青年大多博览群书，追求有品质的精神生活，即便读闲书，

160

务必亦要满载猛人猛料，读到绝色的怪诞的惊悚的，读到栏杆拍遍心服口服，愤怒青年格么才困得着。

愤怒中年虽然一腔沸腾滚烫的抱负，经世救国发财平天下，有条不紊一一开展得有声有色，而他们关起门来的读书路子，却是疲软懦弱的。形形色色的养生书，堆砌了小半个床头，背着人的时候，还偷偷摸摸按书索骥地实践一二。当然，这点底，他们是绝对不会透给你的，再过二十年，他们才会放下愤怒面具，甘心变老。

愤怒青年热衷夜生活，歌房里款摆腰肢嘶声 K 歌一路嘹亮到天明。愤怒中年偶尔也在歌房流连忘返，他们煞是厉害，青春绝对挺拔不走样，K 起金曲老歌来，亦是山河浩荡云蒸霞蔚的。唯一不同，是愤怒中年基本采取端庄坐姿，十分稳重地坐着献歌，鲜少活蹦乱跳满房飞窜的。愤怒青年夜生活的另一个重点，当然是追看先锋盘片，一夜狂扫，看完三碟起码。愤怒中年不甘人后，思想前卫，亦追看先锋盘片，看完一张碟，要三个夜晚起码。

愤怒青年写诗是出了名的拿手，遇见精神领袖写一首，遇见梦中情人写一首，上街遇见盲流再写一首，徒步旅游到山沟沟里，少不了再要写一首。愤怒中年宝刀不老，时不时地，也玩一首。公司上市，来一首，顶头上司升迁，来一首，新产品发布会，来一首，记者招待会，那是肯定要口占一绝来一首。

愤怒青年和愤怒中年，彼此是不大看得惯的，这对旗鼓相当的人生死对头，彼此都想漂漂亮亮一举干掉对方，可惜，这是一个千古难题，永远无法实现。

而我这种幸灾乐祸的旁观者，倒是十分乐意，一五一十地欣赏愤怒青年和愤怒中年，他们斗来斗去，斗到鸡冠也折了，肌肉也松了，眼袋都浮了上来，呵呵，太好玩了。

外滩小峥嵘

　　之一，外滩呢，是个相当雄迈的地方，跟上海的城市气质，其实是比较格格不入的，纵览浦江两岸，除了此地，似乎再也寻不出第二幅如此劲道弥满的街景了。每于此地行走，必在心内小小玩味外滩的这个外字。真真神来之笔，通俗点讲，就是外得多么海派。

　　圆明园路那一小段，外滩源，一共没几栋楼，栋栋沧桑足够拍连续剧的，比街口对面，乡村气息袅袅的半岛酒店，稳妥多了。Darling，岁月真是好东西。北京西路口上，第一栋，安培洋行的老楼，如今是佳士得。十分惭愧的，这些年，于门口路过无数次，竟极少入内去叹赏，多是去了隔壁的巴黎胭脂见人吃东西。人生太直奔主题了，的确就会错过很多好人好事，所以我们多么需要 slow down 一点。上礼拜，Amy 领我去了佳士得，坐在一排一座，听取两个高水平讲座，《毕加索与玛格利特》，《设计百年——最受追捧的设计师》，由佳士得的两位全球巨头，专程飞到上海来演讲。不过一人60 分钟的讲题，讲得极为灿烂有神，格局开扬。茶歇时分，Amy 的友人，佳士得中国区董事总经理 Charlotte 亦过来寒暄，这才知道，

162

今天的讲座，已经是佳士得今年以来的第 35 场讲座，真真吓了我一跳。佳士得如此看重中国市场，不遗余力调集全球专家，到埠科普艺术，为拍卖铺路的同时，亦彰显自己极端非凡的专业水平。隔几日，再赴佳士得，一个下午，听完三场讲座，讲吴冠中，讲韩国现代艺术，讲莫奈，自然是为秋拍暖场。佳士得某主席，于三年之前的圣诞前夜，应老友之邀，长途驱车，去巴黎郊外某地看东西。当时人人心不在焉，圣诞在即，跟春节停工停产是一个意思。结果，却在那个寒夜里，极为震惊地看到一大批完整的莫奈作品，私人信件，甚至私人用物。这批东西，五十多件，经过佳士得三年的求证，整理，终于拿出来拍了。此场拍卖取名"亲爱的莫奈先生"，真是完美体现佳士得暖洋洋的心情。听完讲座，看了一圈佳士得带到上海的部分拍品，莫奈布了一个小房间，确实柔软富丽。隔壁房间内一套石涛册页，亦让我俯身良久，请专家打开来，逐页细看了两遍，跟专家惊讶，怎么会这么干净？专家亦长吁短叹，是啊，我当时第一眼看到，也以为是假的，怎么可能这么干净？后来仔细求证推敲，才确定东西没问题。不免继续再问，是哪里来的？答，京都。

　　之二，外滩 27 号，罗斯福公馆，翡翠联盟与瑞士商会大张旗鼓合作的一日玩乐，午宴西式饮食，长条桌子排排坐，左手是亲爱老友，右手是瑞士女青年，一坐下，瑞士女青年笑容可掬标准国语寒暄过来，三十岁的未婚女青年，瑞士商会的可亲可爱小董事，我跟左手老友翻翻白眼，天啊，这些洋人，个个讲这么字正腔圆的中文，万恶死了。友人笑我井蛙，Darling 外滩来得太少了，此地人人国语，根本不需要拎着英文来。井蛙目瞪口呆咽下餐前面包，一边深思一边侧耳细听侍宴的竖琴演奏，弹琴的男生，浓眉卷发并轻肥，来自巴拉圭，井蛙一曲听完，软融融的，很想跑过去跟伊耳语，Darling 侬是我此生遇见的第一位巴拉圭人物。然后丢下老友，专心跟瑞士女青年吹水。人家来上海两年，一直服务于瑞士商会，上海之前，在内蒙古逗留了两年。哇，Darling 你在内蒙古做什么？女青年春风满面答，在内蒙古的乌海，那里有个当地的葡萄酒做得很好，我跟他们做事情。然后女青年开始科普我，乌海靠近宁夏了，是个煤炭城市，很多北方去打工的移民，所以，那个城市，说很标准的普通话，我的中文就是在那里学的，有点北方口音，但是没有方言口音。那里的人啊，太好太好了，面食太好吃太好吃了，上海就不行，太甜了。井蛙继续目瞪口呆切羊排，女青年翻手机，秀照片，伊家乡在瑞士阿尔卑斯山脚下，家里有酒庄，三分钟以后，我们约好明年九月一起去她家乡摘葡萄。问伊在上海玩些什么，女青年眉飞色舞起来，去杭州爬山吃茶，去武夷山跑马拉松，下礼拜去深圳跑 30 公里，很忙很忙，我回到瑞士一个礼拜就呆不下去了，就想着要回来上海了。老友看我们吹水吹得水深火热，凑过来问女青年，你的中文名字，冯埃玛，是谁替你取的？女青年答，我最好的中国朋友姓冯，她把她的姓送给我了，所以我也姓冯。井蛙听到这里不免心旌荡漾，人世上还有这样的礼物，何时何地，井蛙亦挖空心思谋一个？

　　黄昏回家路上，搜索了一下，内蒙古乌海，当地主要方言有三种，一是宁夏的兰银官话，一是山西的晋语，还有一个是蒙古语的鄂尔多斯土语，井蛙看完无语。

中年人恋爱

　　梁实秋名言，中年人恋爱，仿佛老房子失火，一发不可收拾。这话说得大俗大雅，深究起来，有骨有肉，色气腾腾。上好注脚，是梁前辈自己，当年与韩美人轰轰烈烈一场熟年之爱，火烧火燎，奋不顾身。小报笔法写起来，简直天地为之久低昂。不过在我的见闻范围内，好像梁前辈是一个绝无仅有的例外，通常听闻的中年爱，无不苟且卑微，缩手缩脚，男人女人，个个一步三回首，十步九踌躇，爱不能说出口，性要靠幻想，清明大方牵一个手，简直要拿出大义凛然的气概，真真吃力。想想也是，人到中年，岂止是恋爱一事无法淋漓尽致，大事小事，不许纵情一欢的，似乎多到不胜枚举不提也罢的地步。所以，人到中年，爱起来，真是慢板，真是寡味。

　　不过就此不爱了，洗手不玩了，当然也是不肯的。中年有中年的玩法，双方严守游戏规则，人生还是斑斓得眼花缭乱的。

　　中年男女爱到水深火热，最动人的一句枕边心语，说什么好呢？我爱你吗？似乎过于淡白空洞了，一点新意都没，智商情商两两输给活蹦乱跳的大学生。我觉得，如果立志狂追熟年美人，要这样表态才够情深谊长：Darling，侬放心好了，我一定让侬比我先癌起来，先痴呆起来，我一定会好好照顾侬。真的，都爱过小半辈子了，阅尽人世了，不摆下一两句肺腑之言，又如何打动得了一颗饱熟的中年之心？识货识人的熟年美人，听到这样的衷肠，大概会在心底暗暗尖叫，然后不动声色飞一个软熟媚眼，内敛低调地表示默默心许。

女子中年，恋爱起来口味千奇百怪，不一而足。女人里，真的有那么一种，大好男人搁在面前，一概没有兴趣，独独只对别人的丈夫兴致盎然志在必得。我的女友里，这样的中年女真的不是一个两个。常常跟她们出去吃饭饮茶，眼睁睁看着她们费尽心机猎取人夫。这种野心勃勃的女人，骨子里那份霸道辣手以及寂寞孤寒，真是叹为观止。爱情是她们最爱的成人游戏，猫捉老鼠，一擒一纵，亲手写一部三国甚至四国演义。

再说另一位前辈余光中，有过一句名言：女人的爱，深而不久；男人的爱，久而不深。这一句爱情点评，剔透干脆，一剑封喉。洋洋爱情生活里，这么惜墨如金的精评，需要反复咀嚼，深思熟虑，才有二三体悟。令人不解的是，余光中这个男人，他是怎么搞清楚这条真理的？也许是上帝密授？诗人通灵不算稀奇，诗人通天才叫厉害。

风流不用千金买

　　之一，十月里，桂花蒸的天气，一举一动，一身细汗。不要紧，晃去松江清凉白相。

　　车至华亭老街，南宋名刹西林禅寺宝相庄严，难得的清寂整洁。一落车，劈头一阵骤雨淋淋沥沥，洗得禅寺愈发地空灵简静。弯到后面吃素斋，素面滚热一钵，小小热泪盈眶。此地素菜包子制得精洁，一问，说是刚刚开始发面，等蒸出来，总要下午才有了。等不及，无缘放手，不执着。

　　晃去方塔园，雨后的园子，人迹杳然，不可置信的寂寥脉脉。修竹滴翠，曲径通幽，塔下两株老桂枝金灿灿，满树蓬勃冷香。何陋轩坐下来吃茶，这座冯纪中先生设计的茅草棚子，近日莫名地红遍微信，同行老派建筑家，是冯先生学生，讲讲这个棚子的奥妙，一言以蔽之，无非是西方的力学结构，以东方的竹子茅草来实现。包豪斯的风致，以用为上，是不讲求美的。确实，一点不美。建筑家继续回忆了跟冯先生读书的种种辉煌，那一辈人的学贯中西，几乎是绝响了。往事故人，讲到这种地方，总是令人长吁短叹。

跟茶博士讲，一杯咖啡一杯茶，付了钱，坐到水榭边。等了一歇，茶博士走来悲情商量，客人啊，咖啡被老板锁起来了，老板出去办事体了，咖啡吃不到了，侬改吃毛峰或者龙井好吗？Darling，人生有些滑铁卢，真的是莫测。亦好，何陋轩里，继续修炼随遇而安。

之二，晃去一个庄严隆重的学术会议白相，满堂伟人专家，人人白发苍苍，句句振聋发聩，我都不是很有兴趣，坐在庭院边吃茶开小差。进来一位精神抖擞的学者，主人家隆重介绍此公学界泰斗，而且八十高龄。人人瞠目刮目，看着，顶多六十的样子，健旺得不得了。话题就从学术转舵至养生。八旬翁自言尚能轻而易举劈叉一字开，座上所有人集体眼热到滴血。八旬翁讲，我的作息时间比较特别，下午一点睡一觉，晚饭吃过，八点又睡一觉，夜里十点来钟起来，这一起，要起到凌晨三点再睡下去。一日八小时睡眠，我是分了三段来睡的。有泄气的听众恶毒地问，夜里不饿啊？八旬翁答，饿的，亦吃夜宵，吃点芋艿玉米，粗粮那一路。每日还写字作画，一站四个小时，腰腿健硕，绝无问题。说得座上客纷纷依次气馁地低下头。八旬翁摸摸耳朵，慈祥鼓励大家，讲，耳朵长过七公分的，都有长寿的希望。这一句独门八卦，弄得集体抚摸耳朵，人人窥视人人，我的耳朵，有生以来第一次，剧烈地羞红。

之三，夜里亦不寂寞，松江剧院听戏，北京京剧院经典折子戏，珠帘寨野猪林状元媒春秋亭将相和周仁献嫂以及红灯记，各路才子佳人飙戏炫技得动山摇，琴师激越，鼓师铿锵，喧腾得一刻不停。懂戏爱戏的中国人，真真有福。吾国之辽阔，历史之久远，地方戏之繁多，穷一生，都叹赏不过来。

风流不用千金买，月移花影玉人来。

小红娘唱得妩媚，桂花蒸蒸得跌宕。

关
于
中
年
的
千
言
万
语

喜筵

老友夫妇嫁女，天一样大的喜事。一路小跑，奔赴喜筵。

进门大力拥抱新娘子父母，热泪盈眶发自肺腑说三遍恭喜恭喜。新娘子是巴黎长大的上海小姐，新郎是硬堂堂的德国男生，喜筵现场人文环境相当复杂。首场婚礼已在德国某海岛举办，婚礼之后，一对新人从德国搭火车，一程一程搭到上海，如此的蜜月旅行，多么丰盛悠长一生回味。上海这一场，是第二场，最最主要的目的，是为了新娘子的上海奶奶，85 岁高龄的老人家，宁波闲话叫阿娘。当晚十分动人的一枚细节是，全场宾客，无论种族母语，德国人法国人日本人美国人，人人一句字正腔圆的阿娘叫得琅琅上口甜蜜芬芳。老人家翩翩银发，娟娟红妆，那份摩登以及挺拔，富含宁波女子的强悍坚韧与上海女人的优雅剔透，让我蓦然想起了虞姬，那个霸王的女人。当晚除了新娘子，阿娘绝对是女二号。这样的老妇人，我城，恐怕也就剩这一辈绝响了。

近年的真理是，上海女人，老的，比小的，好看两万倍。

开筵之前，与旧雨新知觥筹交错。米歇尔远道自巴黎来，胸口挂一架小巧玲珑的老派照相机，跟满场菲薄如纸的手机格格不入。最爱这样的人间清流，亦提醒自己，媚俗日久，不要把魂也俗丢了。我们好几年不见了，贴面左右亲两个，开口第一句，是问候他家的猫蜜蜜，素姬好吗？素姬是他家的缅甸猫蜜蜜，典丽雍容确实不输给缅甸国母。米歇尔一听我的问候，哦哦，那位 Old Lady，以下省略三千字。

　　喜筵不点蜡烛，不切蛋糕，不倒香槟，不走红地毯，因为主人家不喜。这四件上海滩婚礼 must do，一件都不让干，婚庆公司目瞪口呆束手无措。老丈人一脚踢飞婚庆公司，容光焕发挺身而出，自任金牌主持，言辞机锋聪明，生趣飘逸盎然。丈人实在不老，以下称伊丈人先生。嘉宾献词，某国驻沪总领事，口袋里摸出演讲稿，英语日语法语致辞，然后以一口秀丽端庄普通话朗读演讲稿，其中深情满怀，赞美丈人先生，于某国以及某国人民，积年累月，贡献无数，是恩人一枚。此语一出，我于喜筵上幡然笑倒。丈人先生过来巡桌，附耳跟老友讲，Darling，格么今夜以后，我亦改口叫你恩人了。老友嘿然，满面羞红，丈人风采十足。

　　新娘母亲致辞，看着台上美好的老闺蜜，一句一句，慢慢祝福女儿女婿，从今往后，将照顾女儿的重任，交到了女婿手上。老闺蜜甜美地讲，很放心，女儿找到了一个非常好的女婿。某日去看望女儿，竟然看见女婿在给女儿熨烫裙子。说真的，一整晚激情四射的喜筵，动人言辞数不胜数，最最让我难忘，却是老闺蜜这朴素的一句家常话。天下的母亲，根本不关心女儿所嫁，是有钱还是有势，她关心的，只是谁会心疼女儿的冷暖，待她如心肝宝贝。

　　第一支舞，自然是恩人与女儿翩翩起舞，一身白色旗袍的新娘

170

子，美极，甜软极。最爱看喜筵上，父亲与女儿的这一支舞，没心
没肺的娇柔任性小女儿，自今往后，为人妻，为人母，成长为大地
之母一般百折不挠要什么给什么的妇人，这种剧烈的成长，男人哪
里做得来，只有女人，是这个人世不绝如缕永远悠长的赞歌。舞毕，
女儿给予父亲的盈盈一拜，娇美深沉，像足小津安二郎的演绎。我
这个旁人，亦是热泪夺眶。

事后数日，与恩人闲闲吃茶，赞美喜筵有品有格，亦笑他，请
柬写得真够直率，务必正装四个字，一字不漏写在上面。恩人白我
一眼，没办法，不写的话，估计至少一成客人会穿短裤来。然后再
补一句，Darling 我跟侬讲，办喜筵，要想弄得体面，不能请两种人，
老人和小人。

这番闲聊之时，我家隔壁，陕西路上著名的马勒别墅里，正在
轰隆隆地举办婚礼，慷慨陈词地动山摇，还抽奖还抽筋，几乎个个
周末如此。这种小型扰民事件，自然不宜拨打 110。住他家隔壁，真
是不大不小的累赘。下一个周末，我想还是去朱家角吃茶避一避
的好。

人无癖，不可交

最初，在 Rita 那里，看见汤马斯和泰勒兄弟的小照片，啧啧个不已，心里反反复复一动又一动，拔剑四顾，茫然久久。然后自己跟自己切齿咬牙，不行不行这个真的不行，家里已经有一对娃了，再添一双兄弟手足，怎么得了？然后就拎着这对 T 兄弟的照片，逢人就问，要不要要不要要不要。嗯，对，汤马斯和泰勒，是一对 14 个月大的生姜猫，他们生下来的第一个月，是花园子里的无籍流浪猫，第二月被收养，收养他们的，是一位在上海生活了十多年的德国妇人西蒙妮。我看到他们的时候，两个小伙子，又美又威，拖一条蓬蓬的长尾巴，龙腾虎跃，壮观得腰细。

辗辗转转，静妹妹在微信里头看见了小兄弟的照片，还一见就倾了深深的心，半夜里贴给我看，跟家人开的家庭会议，写的责任明细，矢志不渝地，要领养 T 兄弟。静妹妹说，上一次家里养猫咪，还是 15 年之前的事情了。我亦雀跃不止，帮着四面着火似的张罗。比较任重道远的是，静妹妹家在武汉，我们要想法子，把两个精壮小伙子，从上海，活生生地搬家去武汉。

　　我跟静妹妹，于长江的一头一尾，问航空问高铁问各色物流，像给娃娃找托儿所似的，翻出可动用的一切陈年人脉，一条一条拜托，再一条一条被轻飘飘推翻，呵呵托运猫啊，吼吼吼，以下省略数百字。静妹妹披荆斩棘最后找到一家物流，勉强答应捎带上小兄弟，但是当天抵达不可能，必定会在物流车的集装箱里过一夜。

　　静妹妹咬了牙，跟我说，我自驾去上海。我吓一跳，往返 1600 公里，这是个什么故事啊？静妹妹一尘不惊地答我，再不疯，就老了。

　　那一日，静妹妹在公路上奔驰，我亦拔脚跑去了西蒙妮的家。本埠西郊一间宽敞的半旧宅子，四周树林子密密层层，一点一点寻过去，略略曲径通幽的意思。跟西蒙妮亦是初见，十分家常十分亲切的德国妇人模样。进了客厅，西蒙妮并不请我坐，因为实在没有地方坐。沙发是有的，庞大一圈子的沙发，只是沙发上密密麻麻，全是猫咪的窝窝，埃及艳后般的，蹲着一位一位的猫人物，对我这种不速之客，一点让座的客套意思都没有。我叹为观止地肃立在客厅里，跟西蒙妮畅谈猫经，几个小时下来，实在站累了，在沙发扶手上，略略靠一靠，广大艳后们白我两眼，算恩准。

　　西蒙妮说她在德国从来没有养过猫和狗，现在她在上海养了六猫二狗，备齐一切健康手续，随时可以带回德国故乡去。她那个家，上上下下，还有无数收养的猫咪，养熟了，再找人领养了去。最厉害，是二楼的一间育儿室，都是婴幼儿的猫咪，以及一头盲眼的成年白猫，千娇百媚，说不尽的柔弱。此情此景，当真开了我的眼界。

　　等到静妹妹长途跋涉地奔来，西蒙妮帮汤马斯和泰勒，剪干净指甲，干湿粮食吃饱，上完厕所，于笼子里铺上软毯，安好便所，

恽南田花卉

甚至还留好玩具，最后，在笼子门上挂上安全锁。再跟静妹妹千叮万嘱，送上车。

那两日，弄得我泪眼婆娑的，隔两个小时，就问下静妹妹，到哪儿了？

事成之后，跟 Rita 讲，壮举。

跟静妹妹讲，感谢 Darling，把一件有趣的事情，做成了有味，了不得。

跟自己讲，人无癖，不可交，是真的。

尴尬中年

　　人到中年，变得怕死。从前死这个事情，跟中年甚少关联，大多要爬过中年丰盛绵延的丘陵，才会邂逅这个面目嶙峋气质卓异的冤家。如今世风迥异，各色癌变，非常精灵地挑战中年前线。不夸张地说，人生无常，中年上下，大有可能已经访旧小半为鬼。所以焉能不怕死？不过中年惨淡还胜过老年，因为中年怕死之余，尚有一个更怕，就是怕老。这桩苦难心事，反倒是老年长者早已淡泊放下，无需日思夜想天人交战。中年很吃力，怕死怕老，恐怕自己亦无从想个透彻，究竟是更怕哪一个对头，弄来弄去，弄成一个左右为难基本无解的局面。

　　人到中年，很怕世故，那种油滴滴八面玲珑的大中小人物，遇见了，心里刹那高悬起一个巨幅的怕字。不过中年怕世故，更怕天真，来一群潋滟粉丝，白痴一样堵在人生要道上，涕泗横流大力挥舞荧光棒，对不住，以中年锐目看起来，真的超级可怕。既怕世故又怕天真，中年男女好生难搞大致也是有理有据的社会定评。

　　中年一把，很怕见到蠢字当头的人物横空出世，那种人物惨不忍睹地奔到面前，一五一十蠢给你看，啧啧，真真不堪消受。不过，中年见不得蠢，却也更见不得精怪，那种事无巨细件件明澈得天人一样的家伙，实在不是东西。偏偏这个时代最是量产这种非人之人，让中年撞上，委实当头棒喝胸闷无比。

人到中年，相当怕累。劳心劳力，一件也劳不起。再好的前程摆在面前，一想到那个累字，自己就偃旗息鼓劝也无从劝起。那些力挽狂澜的大事业救国救民的大悲愿乃至三房四妾的大蓝图，中年人大致的策略取向就是跟一跟吧做点力所能及的小零碎吧，好听的说法叫做务实，其实说穿了，倒是很朴实的一个理由无非怕累罢了。可是可是，怕累的中年人，更怕的恐怕倒是不累。大好的中年，白白闲置着无人问津，那真是情何以堪。你没有中年过，你大概难懂，你自己中年了，亦就切肤地懂了。

人到中年，该见识的，好好坏坏差不多都见过看过了，所以很烦很烦再见那些熟极了的人和物，人家处心积虑刚开了一个头，中年人已经在心里不耐烦地尖叫又来了省省吧，可是真的端一票簇簇新的东西出来孝敬他们吧，中年人又心慌心虚心跳得不得了，那种中年的外强中干，恐怕是天知地知你知我知的人生底牌。中年的脆弱难缠，一斑全豹，这里算是都有了。

一次酒会

　　阴恻恻的黄昏，往某官邸，奔赴一个酒会。

　　跳下车，隔街一句嘹亮的呼叫，叫的是我的连名带姓，一个开心，在街的这边，对着街的那边，那个呼叫我的一等亲友人，笑了又笑。很多很多年，没有被人当街这么哇哇大叫过了，好喜欢，这样子的元气淋漓。

　　与友人携手进了官邸，静谧的老宅子，咯吱咯吱的旧地板，一个厅堂连着一个厅堂，搁着粉绿的沙发，法兰西分分的迷离，推开落地门，外头的园子真是轩朗的，肚腹深深，郁郁葱葱。夏天的时候，这个园子里，某次派对上，大使先生致辞致得汗流浃背，无声无息出人意料地溜出来一枚苏菲·玛索，然后大使先生在说些什么，就没有人记得了。

　　友人拖着我的小手，逐一给我介绍各路人杰。当晚一屋子的建筑师，主宾是法兰西建筑大师 Jean Nouvel，老头子倦容深沉，时差倒得吃力，仿佛一肚子说不出的过劳，默默屹立着，一声不吭。旁边的谭盾，年轻，光滑，跳跃，举止通俗易懂，跟他的鬼才音乐，迥异。男人们不分国籍年龄事业领域，人人一身黑，弄得人，感觉像是在黑手党教父的家里喝喜酒。

友人最后把我领到 Fabien Chareix 跟前，Chareix 先生是法国大使馆的最高教育官员，后中年的年纪，肤色黝黑，面容安详，关于法国教育，我们好像没什么好谈的。寒暄之后，一个拐弯就谈到了 Chareix 先生的业余爱好，此人喜欢拍摄音乐会，尤其是重金属那一路，据说办公室里，墙上都挂着此公的重金属摄影作品。嗯嗯，这是个什么爱好呢？从哪里来，要到哪里去？我的一百个问题汹涌而来，谢天谢地，终于碰到一个闪闪发光的好玩老男人了，我们终于不必谈红酒谈海岛谈高尔夫和房地产了。人家对着我的严肃问题，给出最朴素的解答，因为我喜欢音乐，我还喜欢摄影，我就去拍音乐会了。这样子直来直去，一点也不像法国拧。我笑起来，同时拥有这两种爱好的人，倒是不少，不过，九成九呢，是会精心地给自己的摄影，配上音乐。Chareix 不苟言笑地看住我，跟我讲，我到上海工作一年半，跑去拍了三次音乐会，结果，都给人家扔出来了，因为我没有许可证。哦哦哦，那么，侬在上海，是继续拍重金属呢，还是也会去拍拍昆剧评弹绍兴戏之类？老男人毫不犹豫，我统统有兴趣。中年铿锵，掷地有声，这个我喜欢的。十分钟之后，我们约好了日子，去他府上，看他的摄影作品集，老男人高兴得有点手舞足蹈的意思。

夜里散了酒会，与友人缓缓散步回家，才得知，这位 Chareix 先生，父亲是法国人，母亲是马达加斯加人，他自己，于留尼汪岛上长大，法属领地。讲到这里，我立在当街，等等，这三个地方，地理位置，Darling 你比给我看看。友人于淮海中路上，捏着两个拳头比给我看。然后，此人从小是个响当当的学霸，高中读的是巴黎第一名校亨利四世，大学读的是巴黎第一名校，法国高师，索邦大学的哲学教授，弄物理哲学的，然后又奔到阿联酋的阿布扎比，做了一轮索邦大学阿布扎比分校的副校长，然后就来了上海，在大使馆分管教育，日常业务之一，是替那些想申请中国的工作签证，但是没有签证所需的大学毕业文凭的法国同胞，为他们出具证明，这些优秀的法国各行各业的精英，虽然不一定有大学文凭，却具有大学同等学力。这个听起来，简直有一点慈祥。

　　散步到家门口，眼巴巴地跟友人讲，那，过了中秋节，侬要早点回上海来，我们一道去看人家的重金属摄影。友人讲，不用等我回来啊，你自己去好了，你们两个人可以讲英文的啊。我说我才不要，我要听老男人讲法语，要 Darling 帮忙翻译。吃字的人，于这种事情，总是疙瘩得腰细。

恽南田花卉

老 戏 骨

　　之一，早春之夜，去看裴艳玲先生的《寻源问道》。漠漠暮色里，缓缓走去戏园子，心里一遍一遍地在痴想，这样的国宝啊这样的国宝啊。而春寒薄薄吊在空中，沿途是络绎不绝的黄牛，热气腾腾奔走相告，十分诧异近年竟有那么多的母黄牛横空出世。

　　无论如何，这个千金不换的春宵，看戏的气氛，着实是浓郁的。

　　裴艳玲先生高龄 65 岁，今晚着一件粉蓝水衣，一条黑绸宽脚裤，利落俊美得飒然。端着包子给我准备的俄罗斯军用望远镜，将老先生一寸一寸端详遍。哪里有 65 岁老太太的没落痕迹，完全是正当大好中年的醇厚。灯光下，夜奔的林冲剑眉刷地一立，真个是海沸山摇的意思都尽尽尽有了。几句河北梆子，哭城，哽咽苍茫，亢亮流金，唱尽人生角角落落的幽咽恨意，聊聊数句，已是满台的霸气铺张，浑厚拔群。

　　哄堂彩声里，老太太推心置腹道，26 年前，曾经来上海演过夜奔。26 年前的我，多棒啊，现在的我，多老啊。我要是能演到 70 岁，该多好啊。那种岁月唏嘘，黑沉沉的台下，有几个观众，是能

180

够刻骨懂得的？

回家意犹未尽，连夜搜出 26 年前，小戏骨时代的裴先生，依然是夜奔，确实更脆更英气。然而，我还是觉得 26 年后，今时今日的裴艳玲，远远优过当年。如此聪明伶俐的老太太，是人间神品。

戏骨绝对是老的赞，赞到天地泼墨的大好程度。

之二，梅丽尔·斯特里普演撒切尔夫人，形似神似，笔笔入骨，奥斯卡不颁给她，还想颁给谁？可是我超级不喜欢。

梅太太演这本戏，太过深思熟虑，敌我之心太重，演的痕迹太峻刻，说得通俗些，便是用力过猛，犯了初出茅庐的小演员才会犯的低级错误。大概是演铁娘子，太有得戏做了，便通篇做足，撑得满满的，仿佛全熟牛肉，比较没劲。

梅太太亦是老了，年轻时候的灵气，十分可惜地，渐渐流散，逐年添起来的，倒是那种火候过了头的一寸一寸的柴。裴艳玲先生日臻佳境的那种恣肆放浪，梅太太是不一定能懂的。

两位老戏骨，一位 65 岁，一位 63 岁，西方凝视东方，我举手举脚，投东方的票。

我们中国人，真真有福。

女知识分子

这两年，添多了一件害怕的事情，Darling，我很怕跟女知识分子同桌共饭，那种有点中等年纪，还有雷霆地位，以及卓著名望的女知识分子。跟这些名动四海的伊人们共饭饭，实在不是一件容易忍受的精神浩劫。

恕我直言好吗？中年女知识分子，很奇怪，大多容颜局促，戾气横生，基本没有书卷气，从女教授到女作家，多的倒是一枚苦大仇深的贫农脸，一幅大手大脚啪嗒啪嗒的举止风格。这是一个令我匪夷所思的深邃难题，女知识分子，想必长年埋首古今书堆，往来亦料无苦寒白丁，熏染炙烤，无论如何，亦是一身书卷气修在身上了，怎么会，竟弄得如此草莽草根与草率？说句白的，读书不知读到哪里去了。这个事情，女子确实比较吃亏，男人就好办得多。落拓不羁硬汉风格的知识分子，很容易遮盖过去，动不动还风靡大众，振奋人心半个世纪。

遇过的女知识分子，大多，有一种狠劲，或内，或外，或由内至外，总之是狠，这个绝对是我国特色，惊人一景。有的是言语铿

锵，说一不二，长江黄河，滔滔不绝，比男人狠得多。饭桌子上一
开口，若是一枚女知识分子独唱，还算有救，人人默默噤声低头听
训就是了。若是不幸，有两三枚女知识分子同台，就完了。一枚领
导训话风格，开口先是各位，然后今天，接着我们要相信，云云，
举杯复举杯，吃力得苍茫。一枚大内秘闻微透风格，狠辣之外，还
带一缕满腹阴骘。再来一枚挥斥方遒指点江山风格，隔着巨幅的圆
桌子，直接点着你的戒指嘹亮问话，这个东西，什么牌子的，几克
拉？几钱？一餐温存小饭饭，演练成浩浩荡荡泰山压顶，可怜再好
的饭食，亦无法力挽那种狂澜。我想了久久，最后无奈想通，
Darling，那种狠，是长在气质里的，要拔掉，总是百年大计了。

　　如今的女知识分子，人人都知道，出门见人，要穿得好些，然
而，人生莫大难题是，穿得好，不等于穿得体面。赴个晚餐，一步
踏进华丽包房，看完第一眼，常常是，厌食的心，我都横生了。她
们好像都是爱穿大牌衣衫的，穿得咬牙切齿杀气腾腾，可惜，穿衣
这件事，爱拼不见得就会赢。

　　我是真的困惑，我们还会再有黛玉宝钗那样的女知识分子吗？
伍尔芙，杜拉斯，费舍尔，撒切尔夫人那样的女知识分子，我们会
不会有？几时会有？今生今世，不知有没有这个幸运，领略一二？

去看丰子恺，就不冷了

　　上海的冬天，已经变得很离奇，亦好，绝了破暖清风的心思，亦灭了弄晴微雨的意头，倒也真的死心塌地了。暮冬沉沉，阴寒漠漠，不要紧，Darling，我们去看丰子恺，就不冷了。

　　晃去虹口鲁迅纪念馆，一堂"敝帚自珍丰子恺漫画展"冉冉呈现。展堂玲珑，含蓄，温存，如珠如玉。爱叙事宏大的博物馆，亦爱这种盈盈一握的小甜心，有家常的体温，亦有婉转自喜的安详。

　　而丰子恺帧帧连绵，一种莫名的依依，三步之内，已经中枪。这个男人的小画儿，有一种熟，一烫即熟的那种熟，从不用力，一无滥觞，那个度，真真好到无法可想。人到中年，千辛万苦，终于懂得，于人于事，最难的，总是那个度。丰子恺萧然佳美的度，想来总是天成，后天自强不息的把控，终是劣迹了。那种抹手就得，那种先天一般的后天，一幅一幅端详过去，无法不佩服。

　　虽说是小画儿，却帧帧必有人迹，即便是"人散后，一钩新月天如水"那种无人之境，亦让人觉得，画中人仿佛刚刚起身离座，步履轻尘，袖拂微风，桌上的残茶仍温暖。丰子恺于这种小民起居，人

184

烟缭绕，最是拿手，独步一个世纪，想来绝不成问题。难的是，一个男人的笔下，一辈子如此重重叠叠累累世相，居然还能不鸡犬琐屑，不旁落小家气，年年笔致饱满，岁岁意境谦和，可是真不好弄的。出生于深秋季节的天蝎男人，丰子恺一生僻静，自外于名利场，天赋一种高贵的消极，于这些默默传世的小画儿里，一一说得清清楚楚。这当中，是人迹还是神迹，有时候，真真不太好说。丰子恺的隔壁芳邻木心说过，中年，如一场长途跋涉的返璞归真。人人跋涉得辛苦，而丰子恺这个男人，仿佛一成年，已经轻易站在了终点，衣也翩翩，髯也翩翩，让人兴叹亦无从兴叹起。

展中，除了浙江博物馆远道而来的丰子恺作品，上海鲁迅纪念馆亦贡献一部丰子恺为鲁迅巨著《阿 Q 正传》所画插图。鲁迅年长丰子恺 17 岁，两个巅峰才子，一实一虚，一怒一喜，将一个痛心疾首的国民故事，讲述得血肉淋漓。一枚一枚浏览过去，恍然觉得，一层包浆匀润的古垢，凝在那里，好看得不得了。

看完丰子恺，晃出鲁迅纪念馆，于鲁迅公园漫然闲游。冬日午后，人烟寥寥，腊梅枝横，萧索之中，倒也很有一点日长如小年的静谧。晃饿了，园子里有汤团吃，略略硬质的糯米粉团，一边吃，一边继续琢磨丰子恺那种空前绝后的糯米气质。

寒夜里，跟包子吃茶，慢慢将白天拍的丰子恺拿给小人看。

小桌呼朋三面坐，留将一面与桃花。

一般离思两销魂，楼上黄昏，马上黄昏。

香饵见来须闭口，大江归去好藏身。

云云，等等。

而上海，到底是，有过丰子恺、有过鲁迅的城。

我对中年有要求

我对中年有要求。其实，我对中年，还是满有要求的。

真的，中年不是打着哈欠，松垮，猥琐的欧吉桑，也不是穿着睡衣，皮松肉驰，斤斤计较的欧巴桑。中年，不说是人生的五星级，至少，也应该是四星级的那一段华采精美岁月。

中年，无论如何要有一点栋梁的自觉、自信和自傲。放眼四海，舍我其谁，那种睥睨天下的、雄赳赳的气概，摆在这种时段端出来，最是恰当不过了。青春稚嫩口齿混沌的小屁孩儿，也就是眯眯眼飞飞车，在外貌上猛烈装一装睥睨的姿态，里面那幅幼弱肝肠，终究欠着大把火候，总而言之是不大配的。国家社稷，说什么也得交到成熟稳重的中年人手里，党和人民才能放下心来。我知道全球的青春人类要生气了，生气就生气好了，为这几行字生气，也正好说明青春诸君，尚不是栋梁啊。

所以，中年男人和中年女人，不要自己泄了自己的气，垂头上班，丧气下班，五斗米背来背去，把那点中年的壮丽气概，胡乱挥霍了。你们是货真价实的栋梁呢，真的，不骗你。

　　我对中年的另一个要求，是请各位中年人，不要在人生的这个节骨眼上，随随便便就背叛了浪漫，灰扑扑地，甘心情愿地，一俗再俗，俗不可耐。人到中年，千头万绪的，自然是繁忙，焦躁，不进则退的，中流是务必要砥柱的。很多算盘不得不打，种种关系不得不周旋，真真苦难得可以。说真的，不是我当面夸你们，那些千难万难的局面，也只有中年应付得来，换了青年和老年，早就趴下玩不动了。不过呢，即便如此，任重道远的中年人，我还是要拜托你们，不要那么放纵自己痴肥；不要那么穿着拖鞋牛仔裤啪嗒啪嗒就去了友人的葬礼；跟女人吃晚饭的时候，多少也花五分钟时间，记得把棉毛衫裤掖掖整齐；一定要、不得不拍马屁的时候，也小小开动一下脑筋，尽量拍得不是那么露骨无耻……我的要求好像有点过了分，不知道你们是不是已经开始嗤之以鼻了？

　　我对中年再提最后一个要求可以吗？我想请中年人，回家去，今晚就回家去。我的意思是说，你们不光是在深夜里回家去，找自己的那张床和自己的那台电视机，而是在暮色苍茫的晚霞里，行色匆匆地回家去，跟你们的家人一起，携子之手，与子共进晚餐。我是真的有点看不下去，我们的中年人，还像二十出头的大学生一样轻狂，一到黄昏，便急切地疯打手机，千方百计丧家犬一样，要在城市角落里找妥一个饭局子，眉开眼笑地挤进去，一路不混到中宵不算完。而你们的家人，寂寞地，在冷冷清清的家里，守护着繁冗的作业和繁冗的电视剧。当然，中年人你有一万条驳斥我的理由，你有客户你有项目你有老同学你还有那种叫做抱负的玩意儿，一一都要在饭局子上摆平，你最辉煌的理由是，你要养家。真的，秉烛夜游这件事，本来倒是满旖旎的，到了中年人的嘴里，却变得如此

187

恽南田花卉

没劲。Darling 中年人，回家去吧，那里有你的骨肉，还有你的家园，今生今世，还有什么，比这两样，会更让你放不下呢？不要再举着各种名目，在外面疯玩了。吃夜饭了，回家吧。再说一句比较悲的，都中年了，Darling 啊，还有多少次家可以回呢？再背诵一句老教父的经典给 Darling 分享：不花时间跟家人在一起的男人，不是东西。意大利人浓密的家族宗教，有没有启发到你的天地良心？

各位中年人，我的话说得有点不那么好听，不过你们还是听一听吧，我是真的为你们好，就像你们常常对青年人说的那样。

艳 非 常

　　等坂东玉三郎，一等，就等了好几年。这位人间国宝，在苏州唱了，在北京唱了，就是绕开上海，没有来唱。身边好些发烧友，飞机大炮地，扑东扑西追着去看。我不喜欢这样的兵荒马乱，宁可守株待兔地等，一等，就眼巴巴地等到了今年。

　　坂东先生姗姗而来，拣了个阴寒漠漠的季节，究竟来了上海开戏。戏开在兰馨，戏码是昆剧《牡丹亭》。这一趟，亦是第一趟，坂东先生唱全场。

　　等了很久，终于等到这个全场，心里觉得百般值得。我很难想象，这位绝色男优，唱完了游园惊梦，后面接棒登台的那个杜丽娘，不知要如何开口、如何撑下去。

　　幕一启，坂东扮的杜丽娘，芳菲寂寥地，悄立在台上，一派大家气象，弥漫全场，不用开口，亦不用抬手，静悄悄地一站，已经浓浓地，样样都有了。不是我要灭自己人的志气，这个日本杜丽娘，当代第一名了。

　　坂东的气韵，想来想去，真个难以言传，不是一个美字可以讲述的。同台的柳梦梅，也是千挑万选面如傅粉的俊美书生，跟坂东一并肩，真是惨淡。年轻的书生，一开口，愈发又轻又嫩，很可怜。我想也不是他不努力，这种事情，岁月天成，实在也不是努力就可以有的。

坂东的眼波非常悠长，跟中国美人的那种水汪汪圆溜溜的眼波，完全不同。伊的眉眼，始终是低垂的，连亮相的时候，都微微收着，唯一一次饱满地亮出来，是在谢幕的时候。全剧那种敛眉低眼，娇怯怯，媚隐隐，眼波略略流转，让人永远望不真切，真是疯狂勾魂的说。通常中国美人噌地一个亮相，一双大眼睁得溜圆逼人，坂东跟那种一览无遗的美眼，是两种境界。

谢谢天，那晚我坐在第二排，将人间国宝的身上细节，一一端详仔细。我坐的，刚好是舞台偏左一侧，从这个角度，最宜欣赏坂东每一场的下场背影，细腻娇媚，风流无限，这个半百男人的一双肩，一缕腰，真是花瓣一样娇柔，满载唐诗宋词，令人无限怜惜。

这个国宝，想来是个绝顶聪明的。年近六旬的外国老男人，竟然将全本的昆曲，连说带唱，载歌载舞，学到九成像，这是很惊人的事情。俗世里，到了这把年纪，人人暗自担忧的，是老年痴呆症是不是快要临头了。

那晚，我在剧场里，陆续看见几位国产的大牌名伶，也在那里观看演出。我很惊心，她们穿着一身臃肿拖沓的寒衣，蓬着枯涩的头，挽着没有气质的手袋，就来看《牡丹亭》了。她们怎么可以？我心里一再地疼痛。

100 年出一个将军，300 年才出一个戏子。这是没有办法的事情。

190

中年的心血来潮

　　中年呢，说真的，基本上，已经没多少心血了，消耗得差不多了，剩一点残羹汪在碗底，不中看，更不中吃，况且，就这点点家底，还要克勤克俭算计着用，用到老，用到尽，真也是百般辛苦的。你说，还能怎么澎湃来潮？所以，就有那句千古名句流传下来了，老夫聊发少年狂，中年老男人，惊人壮观的心血来潮，左牵黄，右擎苍，真真壮得，简直不像是中年老男人了。这种奋发，亦就是诗人借着酒劲，让底下的小官僚们一起哄一马屁，偶尔鼓鼓中年的余勇，弄那么一回，当不得真。

　　少数好命的中年人，一把年纪了，心血存款倒是难得比较丰厚的，隔三差五小规模澎湃来潮一下下，还是足够挥霍的。可惜的是，他们和她们，蓬头垢面混到中年，即使有心有血，亦不知往哪里去澎湃了。心血委屈着，久久不得伸张，绝对是件高度不健康的事情。男人们拍案惊奇聚议国事天下事，女人们有血有肉合众疯跳广场舞，都够神经的。有钱的横扫名牌，没钱的跟着柏万青奔进奔出义愤填膺，这个不是心血来潮，是狗血淋漓。中年的心血来潮，沦落到此，算了，还不如不来潮。

中年老人家，最最不堪，是心血来潮的苍秀一刻，根本得不到铿锵的响应，轻则，遭一串子大白眼。重则，被嗤笑哪里出了毛病。栏杆拍遍，竟无人懂你的心血，更无人陪你潮起潮落。想想也是，谁有这等空闲？人人忙这忙那，恨不得三头六臂，剩你一个，在那里心血来潮，简直搞笑的意思都浓郁了。人生的寂寥，到此，算是一处刻骨铭心的谷底。我是近年添了一点慈悲心思，遇到男闺蜜女闺蜜大大小小各种蜜，出各种诡异心血，来各种莫名的潮，都于第一时间积极响应。中年可怜，那点微茫的念想，风中之烛一般，弱不禁风，哈一口粗气，就吹灭了。所以，能挺身的时刻，还是克服万难，力挺一下，圆满那些难得来潮的中年心血。

偶尔，我自己，亦心血来潮，勾引各种蜜们的心血，来那么一点潮起潮落。用力鼓动他们和她们，于常规的岁月边缘，狠狠出轨一下，溜出去，玩玩不曾玩过的，闯荡出去，看看从没看过的，一掷千金万金，置件无用的玩意儿，人生总要败一次家，尽一次兴，狠一次两次心，才不枉此行，Darling 你说是不是呢？

好了，下一次，Darling 你心血来潮，记得一定跑来告诉我，希望，我不是唯一一个响应你、陪你疯的人。

永远的十三点

毛主席说的，有人群的地方，就有左中右。

看过曹雪芹的读书人说的，每一个人群，就是一部《红楼梦》。

微幅展开一下，每一部《红楼梦》里，都有一个十三点的。正版红楼里的十三点，究竟如何个十三，留给红学大师们口若悬河去，此地只讲民间草根版的人群里，那些经典耀眼的十三点。

人群里的十三点，通常都是顶光鲜顶一目了然的那一位，笑容尺度很大，动不动就很开怀，能量奔腾，川流不息。十三点占领你的心，是从占领你的眼球开始的。她们总是很会别具一格地打扮自己，务必把自己整顿成一副十三点模样才出来见人。常用手法，我深思多年，归纳出来似乎只有一条，就是跟正常人反着来。怎么犯规，怎么来，越离谱，越摧毁人心。十三点就是十三点，那种极端另类的审美态度，你不是十三点，恐怕你是不会懂得的。

比如，私密商务宴客，人人一本正经西装领带齐膝深色短裙，十三点一进来，便如霞光一道照射黯淡沉闷小包房，上上下下大红大紫，能省的布料大刀阔斧一概都省了，肉腾腾毕现这里毕现那里，鸡窝头上还绑一只航母尺寸的杏黄蝴蝶结。上面看看疑似洛丽塔，中间看看梦露回春，下面看看就不方便直接写了，大家意会算了。

十三点通常都喜欢小小迟到一下下，她们需要那一点点拿捏妥当的迟到，以便在众人震惊不已的目光浴中，锋头十足地登场。在男人暗暗喘息，女人默默冷笑中，十三点一阵香风肉雨地卷进来，一边动静很大地落座，一边歉意深深地责备大家，哦哟哦哟，你们等我做啥啦，先吃呀。于是众人收起震惊眼光，依次低头扶起筷子，不声不响找点四喜烤麸吃下肚子顺便压惊。

为什么私密商务宴席上会有十三点频现？呵呵，Darling 问得真是深邃，对此我亦多年百思不得正解，最近得到高人开导，终于想通了。

私密商务会谈，大多谈些难以启齿不易成交的案子，万一双方谈僵了，有个十三点在场，胡言乱语无法无天，比真诚还真诚地恶搞一下，那是多么地救苦救难。我听完高人这一句开导，还傻兮兮问了下，格么，Darling 现在人才市场上，是不是有专业十三点了？简历怎么写法？月薪多少钱啊？

我是很喜欢看见十三点的，一个人群里，要是没有个把十三点胡闹，好生寡淡无趣。好在上帝疼我们，每一个人群里，他老人家都替我们安插好了他的掌上明珠十三点，让我们枯燥的人生之旅足够色气腾腾。

至于男版十三点，亦是有的，就是比较稀有。不过 Darling 我跟你说，十三点这种人，还是宁缺毋滥的好，质量太低的十三点，真是辱没了十三点这个光辉招牌，不要也罢了。

闲书偶得

阴寒薄雨天气，闷在家里翻闲书。

翻翻董桥老人家。此老近年人老笔不老，篇篇小文，字斟句酌。笔下娇嗲并举，堪称华语文坛春不老。伊写老女友的一波媚眼一枝发簪，务必举轻若重，用力写到笔笔流金，香艳得腰细。比较遗憾的事情是，张艺谋李安之辈，不能从董桥那里，匀过去两分糯嗲，否则华人电影的大业，大概可以有点小改观，比如张艺谋的《金陵十三钗》，李安的《色戒》之类，不至于拍得那么离谱十万八千里，多少可以有点女子的温润体温，攀升至一个崭新的艺术高度，思想高度是已经很巅峰了，不能再高了。

回来翻闲书。

翻翻王世襄，老先生的书，一向是闲书里面一等一好看的快意文章，前辈真真风流，白相得精致漂亮，眼界宽敞，肚子宽敞，笔致青翠流觞，一书捧起，从早一路埋头到晚。

情不自禁抄两句。

写鸽子。

长相好的母鸽子，总带几分妩媚娇娆，举止顾盼，都会流露女性的美。《鸽经》作者张扣之讲到佳种之鸽，态有美女摇肩，王孙举袖……昔水仙凌波于洛浦，潘妃移步于金莲，千载之下，犹想其风神。如闲庭芳砌，钩帘独坐，玩其妩媚，不减丽人。我这种对雀鸟亦有小情意的人，读完不免神往，望住家里的一笼美貌雀，思绪万千发初冬长呆。挪用前辈的字句来写，叫做至美极妍。

再一篇小文，写当年燕京大学校门外一间小饭馆，焦溜土豆丝，炒木樨肉，海米白菜汤，都还不算什么，两个别致菜就有点弹眼落睛，肉末炒松花，糖醋溜松花。前辈疏疏落落写几笔，神韵是大致有了，滋味却无可想象，顶多畅想到香港镛记的酸姜溏心皮蛋，就再想不下去了。翻来覆去看了两遍，看完只有一件事情可以做，恨自己生得太晚。想想我自己读书的时候，复旦门外，只有拿全国粮票换购的变态茶叶蛋，以及味精横陈的销魂小馄饨。

再来一篇写蛐蛐的，老先生写这种闲篇，顶顶精致好看，花鸟虫鱼，世故深邃，更有满幅流利无比的老北京切口，看着真是人世沸腾。写一位蛐蛐迷的老妻，对蛐蛐迷老伴讲，我要死，就死在秋天，那时有蛐蛐，你不至于太难过。写完这一句，老先生给了八字足评，相敬如宾，老而弥笃。这是多么好的爱情故事啊，在瓶颈里钻来钻去钻得无比苦难的电视剧编剧，赶紧捧着装到桥里去吧。

家里闲书翻不过瘾，继续晃去图书馆。

馆子是一栋垂垂老矣的贵气洋房，岁月蒙尘，支离破落，早已没有一丝洋气和贵气，还好是图书馆，至少还有一点清淡书卷气，否则晦暗壁角里堆叠万千杂物，气韵动人的楼梯扶手上搭满淋漓拖把，大概亦是跑不掉的腥臊宿命。

196

午后的馆子里，甚是寂静，一面是书客凋零，一面是管理员大妈穿着绒线衫，嗓门嘹亮地在闲话家常。感觉不像是在图书馆里，倒像是半个世纪之前，国营食品商店的淡静午后，烟卷可以论枝卖，隔夜的蜜三刀在玻璃柜子里奄奄一息。

那日图书馆里，除我之外，只得一位书客，半百老男人，穿保安制服，戴金丝边眼镜，在满屋子的书架前踯躅，时而轻叹两声，跟管理员大妈闲话二三。不用说，老男人似乎亦是此地常客。而管理员大妈直接就冷笑了，侬侬侬，弄了半日天，还是一本也没拣好，看看人家，一歇歇就拎了书出去了。老男人扶扶眼镜，两手抱在肚子跟前，慢条斯理叹气道，是呀，我也老恨我自己的。

侧目过去看看老男人，做了半世人，拣一本书都手软脚软，确实很废很废。

抱了一袋子书出来，满城的细雨依然下得泪流满面，图书馆附近最好有热气腾腾点心铺子，或者有幽暗小茶馆，扑进去吃碗小馄饨喝杯小茶，想想心事翻翻书，何等好。

再来一句啰嗦的。广大 Darling 有没有发现，本埠图书馆里看见的书，跟书店里看见的书，好像是完全不同的。换句话说得更加浅白些，在书店里看见的书，在图书馆里基本上是看不见的。这真是十分奇异的事情，你们觉得呢？

当老枪遇见老枪

年底，是全世界的老枪，集体熄火的高危时期。

本世纪最彪炳的老枪，菲德尔·卡斯特罗，终于，亦倒下了。多少世人，等靴子落地，等人头落地，终究，等来了老枪熄火。然后悲欣交集地，一夜之间，把窃窃私语的交头接耳，公然诉说成了泪流成河。

而摇滚巨星，乡村天王，Leon Russell，李昂·罗素，11 月 13 日，亦于美国南方小城，于睡梦之中，一声不吭默默故去。74 岁，生得伟大，死得安详。

摇滚巨星，这两年忽忽死了一大把，这一票死完，高贵傲慢不可一世的摇滚乐差不多亦就销声了。追着这票巨星一路跋涉长大的我们这一代，亦开始步履蹒跚见风流泪，扶老携幼走向萧条晚景。

一个时代，终是如此结束的。来时有声有色，去时从容清圆。

李昂基本上，是惊世级的全能天才，奥克拉荷马的一枚乡村小子，14 岁开始在小酒馆弹钢琴，二十多岁名满天下，一首《为君吟唱》*A Song for You*，被超过 100 位歌手录过唱片。另一杆绝色老枪

Ray Charles，1993 年，靠演绎这首歌，得了一座格莱美。而李昂轻描淡写，讲，那首么？我十分钟就写完了。想必，那十分钟，是上帝扶着他的手，写下的。此人于乡村，蓝调，灵魂，爵士，福音，无所不能，无所不包，宽广，丰厚，如神。

李昂长发茂盛披肩，年纪一大，须发飘雪，像愤怒版的圣诞老人。此人嗓音十分出奇，不仅豆沙，简直邋遢，却偏偏于这种粗而且糙里，透出绵绵不绝的苍劲温暖，充满原始美国的厚朴，深邃，辽远。一开口，笔直、笔直，直指人心。而且，最麻烦，是越老，越杀人如麻。

李昂拥有万千歌迷，自称是李昂的囚徒党，这都不算稀奇，稀奇的是，世上头号囚徒，是又一杆老枪 Elton John，那个人生花枝招展，才华奔腾不绝，音色极端华丽，人称钢琴老王子的艾顿爵士。一个纯色英国天才，一个纯色美国天才，看似毫无共同之处，却匪夷所思惺惺相惜造就人间种种奇迹。李昂年长艾顿不过五岁，精神上端详起来，两人关系颇像宋江与李逵。艾顿每说起李昂，动不动七情上面溢美溢得一浴缸的玫瑰花瓣。2011 年，李昂入驻摇滚名人堂，艾顿深情致辞，他是时空大师，他的唱法，写法，弹法，都是我无比向往的。李昂故世，艾老第一时间老泪纷纷，讲，他是我的导师，他激励着我，他对我那么好。他的音乐总是把我带回一生中最美的时光。

2009 年，艾顿邀请李昂，合作了一枚 *The Union*，翻译成联盟，是没有错，不过呢，我觉得译成《联军》更来劲。当老枪遇见老枪，不是联军是什么？

这是一张巅峰之作，两杆老枪火气渐渐褪尽之后的暮景陈酿，尽管，两人的嗓音，都已远远不及年轻时候精光四射挥洒纵横，吟唱之中时时泛滥的三分疲惫两分萧索，反而倒是，苍茫沉郁，意境雄浑，风光无限大好。

《没有明天》*There's No Tomorrow*，词与曲，皆简单，然而，两杆老枪一上阵，真是道劲。钢琴衬得，如一锤接一锤的地狱叩门。艾顿坚守，李昂飘忽，唱至后部，李昂于绝望之中甚至带一点点奇异的薄薄欢乐，呵呵，混了一辈子，我总算明白了，明天，是没有的，有的，能确定的，只是今天。副歌之后，吉他如兀鹜孤鹰，凌厉得逼人。于简白之中见老辣，联军不是吹的。

《一日之最》*The Best Part of The Day*，一开口，是十分艾顿风情的唱法，等到李昂昂然混入，两杆老枪珠联璧合，高潮不期而至。你是我的挚友，你分享了我的疯狂，男男相唱，那种劲道之弥漫，听来十分活血。美不胜收的是，两个老男人的混声，真是和谐绵密得天衣无缝。

《当爱消亡》*When Love is Dying*，于李昂擅长的叙述性吟唱中，穿云裂帛一般，艾顿嘹亮一嗓子，轰炸出伤逝主题，解渴如旱天之雷。这是两枚六旬老人家，如此满血，是要大赞一个的，李宗盛就没法听了。

全片最美一曲，*Gone to Shiloh*《去往夏伊洛》，夏伊洛，在田纳西，是南北战争时候的一处战场，李昂从容不迫的悲悯，如逐步深入的深渊，当旗帜与子弹一起飞扬，春雨如上帝之泪溽绿了山川，兄弟们寻雷而去，肩并着肩，于男人垂死的眸中，终究领略了盛大的狂喜。气场浩荡，哀而不伤，如此杰作，老枪们亦只是不动声色，一句一句缓缓唱给你。听完之后，经久不散的浓郁，如漫天阴霾，笼罩百骸。

　　李昂 68 岁那年，做完唱片，拿了钱，买了一部新车，继续上路，继续吟游。如此的摇滚健将，这个人世上，死一个，少一个，真真所剩无几了。

　　致敬大师。

恽南田花卉

中年满足说

聪明人毛姆，讲过如此一句聪明话：

养成读书的习惯使人受用无穷，很少有什么娱乐，能让人在过了中年以后，还会从中感到满足。

毛姆逝于 1965 年，今朝重温他的老派良言，让人戚戚有隔世之叹。

稍稍推演一下这句聪明话，如今的读书人，无论数量还是质量，江河统统日下，中年以后，尚能感觉身心宁静满足的，自然亦就少了。满世界的慌张，匆忙，狼奔豕突，人肉蒸腾，根子也许在邈远的读书小节上。

毛姆先生是 20 世纪老人家，比较一根筋。他觉得除了玩单人纸牌、解象棋残局和填字谜，几乎没有什么游戏可以单独玩而不需要同伴的。世上没有哪一种娱乐活动，可以那样容易地随时开始，任意持续多久，并且随时可以停止。老先生的年代自然是没有卡拉 OK 没有网络游戏没有家庭 DVD 没有卫星电视亦没有长篇电视连续剧以及形形色色达人秀的，书籍是暗夜里余烬般的一缕孤芳，女人不读书还可以做针线活，男人不读书就只有烟酒鬼混去了。那是黑白照片一样纯秀纯美的年代，跟今日电光声色的魑魅魍魉，是无法握手促膝侃侃言谈的。

毛姆老先生还说，养成读书习惯，也就是给自己营造了一个几乎可以逃避生活中一切愁苦的庇护所。几本引人入胜的侦探小说，再加一只热水袋，可以使任何人对最严重的感冒满不在乎。被他说得，缠绵病榻涕泗横流的糟糕日子，倒像是不可多得的良辰美景。可恨的是，那种好看的侦探小说，上天入地，请问要去哪里寻呢？爱伦坡和福尔摩斯显然拖沓过时，阿加莎和岛田庄司，翻译成中文，实在是崎岖拗口。抱着热水袋，四顾茫然，还真艰难愁困。

看最新的调查，说我国的中小学生，平均一年读六本书，这个是私立学校的学生，公立学校的学生还不到这个数字。正当读书旺季的孩子，每两个月才读一本书，看到这样的数据，我惊讶得一脊背的冰冷。家长和老师不知在做些什么？难怪今天的孩子，无论男孩女孩，要挑一个漂亮宝贝出来，真的超难。从前是吃穿不足，如今有足够的吃喝，有足够的穿戴，可是我们的孩子却越来越丑，容颜粗俗，穿戴恶俗，女孩不懂娇嗲，男孩不识俊拔，言语举止，更有多少良家风范？所谓三日不读书，面目可憎，言语无味，这是无法可想的事情。话说回来，也不光是孩子不漂亮，当今的男女明星，有几个是漂亮的？一个有没有？好像一个也没有。

我想毛姆老家伙，不幸真的说对了。

中年了，不如一灯如豆，一卷在手，闲闲看书，大欢喜，大满足。

我 偶 像

　　乌苏天气乌苏心情，傍晚时分回到家，尘满面，心如麻。手忙脚乱打开微信，应酬四海之内众兄弟。今日奇异，南方友人默默无言发过来几帧照片，第一帧还好，是两位长衫旗袍的评弹演员，一男一女，于空落落的会议厅里，温书热身，仿佛即将登台的样子，是拿会议厅当了后台。会议厅空阔，照片镜头拉得很远，看着，有一种华丽底下的孤单凄凉。倒也罢了。第二帧，就吃不消了。一位玄色长衫的中年男，自然亦是评弹演员，立在门里，神色匆匆地，在翻阅手机。照片从虚开的门里远远偷拍得来，窥视得紧密。让我心跳如鼓的，是这一位不是别人，是秦建国先生，上海评弹团团长，我偶像，当代评弹巅峰，上海版帕瓦罗蒂。急微友人，在哪里啊，友人忙着听戏，惜墨如金微回来三个字，演出中。害我一晚上，不离手地捧着手机，动不动打开，瞻仰一下我偶像的私密小照。

　　混到深夜，心思困倦，想要睡了，手机蓦然疯响起来，陌生电话号码，大约不是保险公司就是地产中介，还是慈悲地捞起来接了。电话里的男人，中气十足，声若洪钟，半夜了，还如此满血，真真厉害。跟一切骚扰电话一样，谨慎核对清楚你叫什么名字之后，一个急转弯，朗声讲，我是上海评弹团秦建国，以下省略三千字。跟我偶像泣不成声讲完人生第一通电话，我偶像把电话递给我友人，我们两个老友，隔着千山万水，在电话的两头，彼此你一句我一句地，长长短短笑了又笑，却一个字都说不上来，真真是，尽在不言中。挂电话之前，友人只跟我说了一句，此地的上海商会，请的他们。我友人是金融专家，绝非评弹知音，却为了我，又胆大心细地偷怕，又努力攀搭我偶像，真真难为伊了。

刚刚挂掉电话，我偶像已经加了我微信，还请我看精品《林徽因》。这一夜，我是在云雾里飘过来的。把偶像的私照微给我的亲爱编辑看，编辑咬牙切齿跟我讲，哼哼，等秦建国看了侬的文章，格么，侬就是他的偶像了。

Darling，人生最重要的那些事情，好像，都是在这种不期而遇的时刻与地点，没头没脑地，匆匆就发生了。

下面这段，是十年之前写的。

到了书场门外，友人排队买票，我站在小小的院落里看野眼。居然一眼就看到了当代最了不起的评弹名家秦建国先生站在院子里，伊的一口蒋调，独步海内，是我无比心仪的偶像。此时此刻，偶像就在面前，我却呆在了太阳底下。我偶像，穿一身咸菜色的夹克，用那副好听得杀人不眨眼的嗓音，在跟人讲事情，手里拎着一只灌满茶水的玻璃瓶，跟马路上所有的上海男人一模一样，家常得让人心碎。伊一边讲话，一边行色匆匆地去开车子，仿佛有急事要奔赴处理。我目不转睛地看住我偶像，坐进半旧的奇瑞车，车技不错地倒车，从那么狭窄的院子里，活生生把奇瑞倒出来，开上南京西路。望着绝尘而去的偶像背影，我满怀的惆怅久久无法消遣。

这段是去年写的。

晚夏的夜，去听戏，秦建国先生和盛小云先生的一折戏。秦先生是上海评弹团团长，盛先生是苏州评弹团团长，秦盛拼档，佳美赛过双酿团。围棋界有江铸久芮乃伟夫妇，人称十八段伉俪，格么，秦盛两位先生，是评弹界的双酿佳团了。

戏是一折西游记《白虎岭　遇妖》，盛先生的白骨精，扮成新寡少妇寂寞人家，遇着了秦先生一根筋西天取经的白胖唐僧，挖空心思要留住唐僧拜堂成亲，唐僧被这位女菩萨纠缠到苦海无边。盛先生一句递一句倾心挽留唐僧，温婉娇软，妖滴滴，殷切切，端美华丽，恩威并施，一句空有良田千万顷，真真清妖妩媚人间无两。秦先生人到中年，十分拿手完美呈现唐僧许仙这一路的经典废男，分寸极好，不吃力，不炫技，双酿团功力真真绝顶。戏至最后，盛先生终于未能如愿将秦先生酱麻油蘸蘸吃到肚皮里，戏迷如我，亦就可以放心回家了。

周末炆蒸炖

周末，母亲节，做一天义工。朝九晚十，于静安某五星酒店，帮忙一场规模盛大的慈善晚宴。

做一日体力劳动，让脑子空白。如此的周末，我喜欢。

拆箱，装包，贴花，把阿拉伯肚皮舞叮叮当当的沙丽绑到宴会的椅背上，奋力营造晚宴主题阿拉丁神灯的气质与气氛。林林总总，碎碎的手工作业。再先进再电子的时代，这些琐事，依然有赖于人的双手。手脚一五一十地忙，脑子清得碧空万里，慢慢想起遥远的童谣，我有一双勤劳的手，样样事情自己做。那些黑白的，中山装的，鸡心蛋糕的，踢毽子的苍旧岁月，一一于心头滑过。

午休时候，中年老人家想找一口热的水饮，看见隔壁的小厅，关着密密切切的门，有热茶热咖啡，不免推门进去讨水喝。一进门，被西装英语男热情洋溢请坐下来，哦哦哦，这里关着门，切切磋磋在卖墨尔本顶级豪宅。好吧，端着黑咖啡以及蔓越莓饼干，坐下来，跟西装英语男一对一谈房型看地图。一房两房三房精装修带车位温水游泳池，小规模天堂是不容置疑的。我唯一的提问是，Darling，这个房子，离维多利亚市场远不远？人家 Darling 惊喜地回答我，步行 500 米啊，亲。价钱呢，200 至 300 万元人民币的样子。大约坐了刻把钟，那么一个小厅里，七八张小桌子，五六对投资客，就那么片刻的时间，倏忽卖掉了三四套。道谢告辞出来，西装英语男殷勤送至门口，再四请我随时过去歇脚喝热茶不要犹豫。

　　飞快地忙到黄昏，于嘉宾陆续入场前夕，义工首领招呼众义工吃盒饭，休息一下，等会儿晚宴开始，是义工最需出力之时刻，帮助慈善募捐，多多益善。拣了个红毯附近的角落空隙，一边歇息喝点东西，一边看野眼，观赏盛装嘉宾们踩红毯。身边立着义工同志，彼此默默举杯。观望半小时，大概有点喝多了，跟义工同志沟通心曲，Darling 啊，怎么看半天，一个美女都没看到？是我女生眼光有问题吗？你们男生怎么看？义工同志面僵千秒，不动声色跟我讲，嗯，确实没有。吼吼，我在心里透口气，为自己健康正确的审美观，拍了拍心口。以东方女人的身量，硬要穿晚礼服，实在是吃力的，如何撑，都空旷。再没有气质带领着立起个精神，就真的只剩了白花花的肉肉了。爱玲老前辈讲的粉蒸排骨糖醋排骨，皆不合时代之宜了，眼前这种杀气腾腾的肉感，倒是像川菜里肥霍霍的大刀白肉。这些都还罢了，最拧我的心，是整容啊整容，技术差啊技术差，欲盖弥彰这种词，一百年用一次，用在此时此刻，准确到满血满分。

　　奇异的是，身边立着的这位义工同志，一身朴素蓝衬衫，苍立在浓郁艳丽的衣香鬓影里，再平平不过了，却不断地不断地，有艳冶女嘉宾，不远万里纷纷绕过这个角落来，特意跟伊亲密举杯致敬。终于忍不住，问一句，Darling 是做哪一行的？义工堆里，常常卧虎藏龙这个常识我是具备的，不过写字的人，好奇心一辈子偏重亦是

208

请你要体谅的。义工 Darling 低调谦虚答，做环保的。我有点目瞪口
呆，义工 Darling 显然人精一枚，不等我脑筋笨转弯，低声继之以，
我擅长政府关系。哦哦哦，跟伊频频举杯之余，我已经不敢开口驰
骋好奇心了，还是人家 Darling 精致，十分低调地解密，你知道，我
城教育资源一向稀缺，通俗讲，就是优质幼儿园优质小学，很抢手，
这里很多年轻妈妈，常常需要找我弄名额。啊啊无语之后，晚宴开
幕义工上岗之前，我们喝完香槟未能免俗地互扫了微信。

晚宴澎湃开幕，主要工作，除了饮食，是拍卖捐资。当晚主持
拍卖的女子，身量普通，却拥有一副惊人嘹亮的喉咙，咆哮全场，
叫卖拍品。全世界如此暴烈的拍卖场面，我承认，我是初见。无论
苏富比拍卖毕加索，还是印度市场拍卖鸡鸭鱼肉，统统望尘莫及。
Darling 真的不是我刻薄，那个是叫卖，不是拍卖，真真是，惊魂碎
一地。

深夜收工回家，酒店扶手电梯旁，瞻仰了一眼当晚五星酒店内
的大小宴会内容，五岁娃生日宴，十龄童生日宴，澳大利亚房地产
展示会，以及两档慈善晚宴。

寂寞母亲节，没有一席，为母亲开。

第二天午后，接到西装英语男来电，询问墨尔本豪宅购买意向，
感谢人家一茶一座之情，然后十分道貌地跟人家讲，Darling，我考
虑一下哦。

出门就好

出门就好

于屋里坐腻了，心内不免枯荒，两脚亦不免轻痒。何苦为难自己？这就放下手头的杂事，出门走走。望望野眼，饱饱眼福，填填肚腹，顺便亦富足了心肠。若是一个散漫，不小心走得略远了点，便成了旅行。

旅行一字，说起来仿佛阔大宏伟，隆重得不堪，其实，没什么不得了，无非出门走走。

出门就好。我的灵魂，成年之后，总有点不安于室，隔三隔五，就想独自溜出去，胡乱晃晃。慢慢成了一种深邃的瘾，于骨子里生了细密的根，再也拔不掉。中年老人家，万事随缘，兴致来了，便随着兴致奔走，看一眼大漠长风游牧民族，亦看一眼青山绿水如意江南。一点点闯荡，一点点不确定，一点点心乱如麻，一点点回头是岸。出了门，什么事没有？这便有趣。除了山水，花鸟，以及人物，亦跟古今赤诚相见，甚至肌肤相亲。这便提神。出门如此地好，那就频频离家。

年轻时候，总是一幅刻不容缓的性子，想到就要有，从来不甘

213

恽南田花卉

心等。这种坏脾气，如今是灭了九成，唯是出门一事，仍是不容等待，心思一动，收拾收拾就出门。亦苦口婆心劝人人，不必等明年，不必等退休，不必等此等彼，出门就好了。

包子是我的孩子，一两岁就被我拎着走。男孩子早晚是要出门的，早出门，比晚出门，也许还来得好些。于是我，一路上，不辞辛苦，拎着这枚小包子一起晃。脚不点地的，居然，已经晃过了十多年的岁月。一枚旅途上渴吃渴睡小眼珠子乌溜溜的肉娃娃，转眼，长成了理直气壮睥睨天地的青年人。人世的沧海桑田，门里门外，谢谢天，无一不是至美风景。

老城隍庙纵横记

　　老城隍庙，每隔个三五年，总要历久弥新地，去晃一趟的。初冬日子，响应友人邀约，去一趟童年的天堂花园。

　　先晃豫园。隔夜友人再四叮嘱，Darling 记得，从安仁街的口子进来，不要走九曲桥那个门。一大早的，地理白痴一路缓缓行，一路一遍一遍请问路人，安仁街怎么走。过了洪荒的中山路南京路，一个侧身，便是窄小拥挤市井累累的永安街，过了永安街，便是安仁街了。转入永安街的刹那，仿佛是，跨过了一个时代。南京路中山路如此的路名，皆是五彩中国的，永安街安仁街，则是黑白民国的。路与街们，坦然相处着，似乎并不很在意其中的岁月山河，心跳叹息低回不止，举着手机拍拍拍的，只是我这种路人甲。转到安仁街 218 号，豫园有一扇门，即开在此处，友人早早候在门首，看我一脸内容的走过去，呵呵笑道，怎样，安仁街味道好吧？跟友人嗯一句，便不做声，默默立在晨光里，看窄街上的老妇们搬枕头晒棉被拥着蜡烛包里的小毛头走来走去，不好意思对着人家的头脸拍拍拍，就低头拍人家阳光里的脚脚。老人们的脚在地上，岁月的脚，

215

不知在哪里?

看够了野眼，进去园子里，看一个展览，展览的名字是:《瓷上园林——从外销瓷看中国园林的欧洲影响》，复杂得腰细的题目，通读三遍，才回味过来，友人吼吼，像足博士论文的题目。话才说完，背后就有接口的，是啊，我的博士论文，就是这个题目。是马晓暐先生立在身后。这个展览由中国园林博物馆主持，全部展品，来自马晓暐捐赠给园林博物馆的私人藏品，捐了400多件，这次展出的，有200多件。马晓暐特地跑来，亲自给我们做讲解。

确实是个比较偏门的角度，收藏中国的外销瓷，马晓暐学园林出身，在欧美工作十多年，东看西看，偶然一脚踏入了这扇小门。从元至清，紧密短促的几百年，中国瓷巨量销往欧洲与中东，据说当年仅广东一埠，就有瓷器画工一万名之巨，中国累计外销瓷以亿计数。外销瓷全部通过海运出洋，销往欧洲，一向是皇家与贵族的奢侈用品。马晓暐讲，中国瓷上的山水风景，园林模样，一天三次，影响着欧洲贵族的审美，那是一种什么样规模的洗脑啊。普通人，一辈子里，看见大卫看见蒙娜丽莎，最多两三次了不得了，可是他们观看我们中国的山水，中国的亭台楼阁，那是一天好几遍的熏陶啊。马晓暐讲着讲着，那股北方汉子的血，不知不觉就蹿热起来了，跟他收藏的那么细腻秀致的古瓷，非常的气质撕裂，端详起来，拧来拧去，层次很多。

瓷比较特别，好看好玩不在少数，一枚一枚写过来，可以写上两万字。写两个瓷以外的。

一个是外销瓷，欧洲贵族要订制，通常要找到远洋货轮的船长，请船长把订单带到中国，再请船长把制好的货运回来。船长先生是天天写航海日志的，于是，这种订单，精确到某年某月，这类中国瓷有明确的年代月份，如今，成为判断中国其他瓷器断代的一个重要坐标。这是一种意外得来的精准参照。

另一个是外销瓷，通常要在海上航行数月，为了避震，船工装货之时，把黄豆撒在包装箱内，再泼入水，沉在舱底压舱的瓷器，在航行途中长出茂盛豆芽，豆芽成为一流环保的避震材料。这还罢了，泼水进去的时候，还带入了不少蟹苗，日后成为法国德国水道里的蟹患，而这种品种纯粹的大闸蟹，如今还被引种回中国。马晓暐的趣谈，让我想起来，20世纪90年代初，曾经在巴黎吃过绝好的大闸蟹，壳青得不可思议，个头大得不可思议。

看完马晓暐的瓷，在豫园里晃了一会儿，惦记那块玉玲珑，特地转过去看一眼，跟友人讲，从前上海小囡，谁没有一张跟玉玲珑的合影？友人煞风景，指给我看亭台楼阁曲水流觞之间，喏喏，那个地方，差不多日日有游客落水下去，办公室里长备T恤衫给游客替换。骇然之余，跟友人讲，既然日日有人落水，做啥不做个栏杆？友人狠狠白我一眼，那园林的意境还要不要呢？然后我就止语了。

晃完出来，规定动作，吃笼南翔馒头，吃碗宁波汤团，转到松月楼，眼大肚子小地看着海棠糕发呆，松月楼的重油素菜包，一如既往地，渗透着一汪重油，忍不住，买两个。菜馅子是甜的，正点极了，最说明问题，是松月楼的素菜包子，馅子里有碎碎的面筋，全上海独此一家，口感殊异，绝赞一个。我喜欢这种永远不走样的古老口味，很多事情，是不需要革新的，兵荒马乱的奔波里，我们需要一口安稳沉静的饭食，定海神针一样，安顿住我们的心神。

吃饱之余，晃晃福佑路小商品，友人严命，只晃一层哈，晃完

217

恽南田花卉

整座楼，要穷毕生精力。哼哼，说得那么斩钉截铁，结果呢，晃得
比我还来劲的，是 Darling 你好不好？

　　老城隍庙好白相，一百种玩法都有。下次去重温老饭店的虾子
大乌参，淘一条阔脚棉裤，吃一碗酒香咸肉面，再抱一册黄历回来，
格么圆满。

思 南 路

　　地铁 9 号线打浦桥站上来，1 号出口泰康路，著名的田子坊就在面前了。很多人是为了田子坊来这里的，我是一向跟群众格格不入，群众热爱的，基本上我都默默远离。田子坊这样的地方，依我的心思，三年五年，进去晃一趟，似乎很够了。顶顶不喜欢，是里面没有一样东西是好吃的。好好的一个地方，弄得塞满了游客，没了市井气，这个，便是我城的漏气。

　　1 号出口泰康路出来，右转，三分钟走到底，便是思南路的起点。这个起点上，有间吴越人家，常常埋头进去吃碗双份黄鱼面。多年厮磨，终于亦跟明掌柜混得水深火热成了自家人。明掌柜高兴了，有时亦会做些私房菜端给我，黄鱼春卷，清炖狮子头，家常菜，难得肯用心。写了几次伊的店子，近来几次去，明掌柜见面就拍大腿，喜了，玻璃房给你的读者订去了。我就默默走到玻璃小房间门口，窥看一眼，我的读者都是什么模样的。原来，基本上，是女生。从前我的粉丝，一直是老男人为主力的。

　　思南路走进去，这一段还颇喧哗，要过了建德路医院门口，方才换了人间。路的宽窄，刚刚合适，两行梧桐，宁静而气派，行人寥寥，诸事安宁。一个人散步的话，听萧邦很合适，两个人散步的话，讲讲闲话亦合适，三个人以上，就不要来这里了。路两边，有些死样怪气的咖啡馆小酒吧，一一默默无语，长年淡静，不知人家是怎么活下来的。老老旧旧的豪宅，鳞次栉比隐隐约约。复兴中路口子上的文史馆，那所宅子，干净，贵气，以前是金城银行行长袁佐良的宅子。渐渐就看见硕果仅存的黑色篱笆墙，不用问，自然是周公馆了。然后是梅兰芳的宅子。紧接着，是焕然一新的思南公馆，那个闪闪发亮头角峥嵘的劲头，我是看一眼，就饱了。无限可惜，唠唠叨叨，再来一遍，无限可惜。

补一笔，思南路复兴中路口子上，那个复兴坊，是颇值得晃进去怀旧下的，虽然当年的中产住宅，今天已经破敝得不成样子，却依然还是非常值得看看。那个弄堂口，三十多年前，是间烟纸店，老板是个瘦瘦小小的垂垂老男人，春秋四季，架副眼镜，戴副袖套，趴在柜台上，写蝇头小楷，心静得不可思议。我幼年，在这里进出无数趟，记忆最深刻，不是烟纸店里的糖果零嘴，是这个老男人。当街柜台上，做点流水小生意，日日安详写小字，这是什么样的男人啊？如今恐怕，连书房里坐着的读书人，都没几个会写小字了。复兴坊里，至今仍然静静来去着美丽老妇人，骨骼细致娟秀，容颜淡如兰菊，举止教养，跟时代格格不入。这点人间风景，总是让我迷恋不已。各路国际友人到埠，指名道姓想看点地道上海风情，我总是默默带来此地，一个圈子陪着细细转完，没有不浩叹的。

回过来讲思南路。过了思南公馆，是香山路了。右手边，小小浩荡的，是孙中山故居，如果不是那么倒霉遇上旅行团的话，这里真是漂亮雅静的一所豪宅。我幼年，在隔街的卢湾区第二中心小学读书，同班有位女生，家里是南京军区的首长，就住在孙中山故居一墙之隔的豪宅里。我们放学，常常在她家巨大的花园子里疯闹白相，胡天胡地的官兵捉强盗，躲猫猫躲急了，偶尔亦翻墙到国父家里藏一会儿。可怜香山路对街，就是腥气得腰细的菜场，和无穷无尽的百姓，历尽浩劫的资本家们，无一幸免，个个吓破了胆，人人小心翼翼粗茶淡饭。偶尔一句钢琴飘出来，立刻被隔壁工人子弟的手风琴声，压了下去。这便是，香山路的诡异。

再往前，是皋兰路，极短促的一条小路，可是内容真是多。我的母校卢湾区第二中学小学，从前就在街口，百年老校了，现在已经迁走了，改做了一间聋哑儿童的学校。每趟开车路过，必不厌其详指给包子看，包子总是一个意味深长的笑。左手一间东正教堂，洋葱头风雨兼程地，依然孤独耸立着，如今空落落地，关着，一度曾经是贵得离谱的法国馆子。右手边，一栋黯淡小宅子，张学良曾经在此地戒鸦片。转身，就看见复兴公园的后门了，从前叫法国公园，按着法国心思格局来的。进去转转，转那个中心园子就够了。这个公园屡经修改，可惜得无法可想。好东西呢，一向是留不住的，从来败家都是轻而易举，守望维持，可是至难。大自国运家业，小到爱情藏书，无不如此。

复兴公园转完，还是从皋兰路的后门出来，继续沿着思南路走，思南路豪宅林立，几乎每一所，都身世迷离，而 36 号是一所不可错过的豪宅。此地当年是杨森的府邸，这位爱国抗日将领，当年在此结交上海各界名流，赴抗日前线前夕，杨森把这所房子交给友人照看。巧不巧的，这位友人是京戏票友，把房子借给一对京剧演员金素琴、金素文姐妹居住，姐妹拜梅兰芳为师，梅家宅子近在咫尺，梅经常来此会友吊嗓，邻里们隔墙听听梅的居家唱腔，是颇简易的事情。金姐妹后来成了黄金荣的妾，这宅子亦易手黄金荣。我幼年读书时候，好几位同班同学，住在这所宅子里，于是，我对这所宅子，熟悉得不能再熟悉。当年第一遍读《红楼梦》，我贫乏的心思里，想象的红楼，就是这所宅子。后来再读到张爱玲，我依然贫乏的心里，能想象的，还是这所宅子。如今想想，真是大奇异。顺便说一句，杨森1977年在台湾故去，96岁。再说一句，卢湾区，已经不复存在，并入了黄浦区。我这种从小在卢湾区长大的上海小人，像被连根拔起，没了故土家园。

所谓草民，就是这样子的吧。

再往前，就是大名鼎鼎的阿娘黄鱼面，名气很大，东西草草，想吃的话，最好十一点之前到门口站好，等头汤面上桌，免得跟人家挤挤挨挨撕心裂肺。从前，听报社小记者讲闲话，去采访阿娘，午市过了寻过去，想阿娘比较有空，可是常常扑空，为啥？阿娘下半天欢喜荡荡淮海路，出门就是淮海路。我初听，笑软。所以，尽管东西一般般，路过时候，还是会去吃一碗阿娘家的面面，喜欢阿娘这样的不老老太太。而如今，阿娘已经离世，黄鱼面依然健在。

阿娘家再往前一点，过了南昌路，有间茶餐厅，近年名声亦是狂大。港式小馆子，东西极普通，卖的，是复古装修。上海人如今亦是没了见识，见了这种潦草小馆子，亦会三呼万岁失魂落魄。实在是，没劲。

思南路晃到南昌路口，向右拐弯，手边第一栋豪宅，南昌路57号，现在是科技发展陈列馆，不知道是干什么的，看状况，语焉十分不详。最早，此地是法国总会俱乐部，仿佛是，法租界的心脏所在。我幼年时代，此地是著名的卢湾区少体校。少体校这种怪物，天啊，我竟然亲身经历过。小时候，只记得那栋宅子里的体操房，简直称得上辽阔，能奔能跑能跳能连翻跟斗。现在回想，才明白，那体操房，应该是人家当年的主厅，盛大派对，浓郁舞会，等等，都在这里上演，是堂堂华厅。还记得的，就是那宅子的扶梯，实在是气派得弹眼落睛。少体校的宿舍在楼上，训练在楼下。再有，就是人家的花园子，被少体校弄成了操场，用来训练田径少年。这跟老洋房里种大葱，是一个韵律，而且还是政府行为。这宅子，少体校之后的时代，开成了私人饭店，大名鼎鼎的鲜墙房，当年我从国外回埠省亲，偶然被友人带来此地饭饭，脆弱得当场眼泪哗哗掉下来。

隔壁，是林风眠旧居。这条路上，名人旧居，基本上，密密麻麻层层叠叠，数也数不过来，就不一一写了，百度一下，都有。如今晃这条南昌路，除了迷恋那个别致的、独一无二的旧旧法兰西娇韵，亦是喜欢门径里里外外的一间间安静小铺子。光是做手工皮鞋的，就有两间，隔街相望着。一间小拇指，比较朴素，另一间Evduing，堂皇许多。都不是上海本地人做的，瞧着颇有意思。Evduing是福建人经营，做订制男鞋，价钱分开模和不开模两种，女鞋勉强也肯给你做，不过要自己带细节照片过去。

有间小小的烘培屋，我是路过，一定进去看一眼，吃得下，就吃一角蛋糕，吃不下，就跟老板或者老板的娘，闲话几句。那个老板是留日回来的大男孩，这小院子，是老板的娘的房子。我喜欢这家人的心平气和不慌不忙。东京遍地都是留美留欧回来的年轻人，硕士博士的，晃完一圈世界，收收心思，回家做豆腐，卖青菜，煮咖啡，无不相宜，无不相悦。闲下来的时候，亦打打小球，坐坐邮轮，都是家常日子，稳妥淡静。没有说，读个名校，就一定要闯荡硅谷，务必要震荡华尔街，弄得苦哈哈很拼命难自弃的样子。一座华城的身手姿态，修到这样游刃有余，于我国人民，还是很遥远的事情。

一间小小的云无心，卖手串之类的小铺子，一个很丽江很不丹的女孩子开的，每路过，亦晃进去看一眼。那铺子里，有头暹逻猫，跟我家的宝贝心肝猫蜜蜜，是同种，人家四岁的小女子，我家是十二岁的老太太。暹逻宝贝，巧克力色，秀软，娇憨，粘人，甜腻得一五一十。伊家的小女子养得油光水滑漂漂亮亮，每去看伊，伊对我翻翻幽蓝眼珠子，没什么兴趣，伊的小心思，都在铺子里的一笼牡丹鹦鹉身上。

南昌路的精华，是 47 号。那栋豪宅，从前是科学会堂，而上辈子，是法童学校。如今，却是一间会所，一走进去，百般地不对。那么华美的宅子，门厅里架一台老旧钢琴，算深沉。古今中外，哪有钢琴架在门厅里的？这种没规矩，看着深深刺眼。最近去，谢谢天，总算搬走了。某年圣诞，独自晃进去，温存透明暄腾腾的冬阳里，把整座宅子缓缓晃一遍。要命的是，满宅子的背景音乐，是一群小孩子尖细着嗓子唱圣诞歌，唱得我逃无可逃肝肠寸断。就算要放圣诞曲子，以这种场合，至少也来个爵士版的吧。花点心思，备几片正经唱片，总是至难。

还是回过来说宅子，说人就难免不泄气。宅子是顶级美貌，我幼年在此地来来去去，熟记每一个拐角，扶梯，花窗，水晶灯，地毯，花园子，还有一间不大的电影院，当年用来放科教电影。父亲时常来这里工作，没人照管的小人，独自在楼里消磨过无数光阴，当时并不懂得华美，只记得童年寂寂无边，很惆怅。如今再来，常常独自慢腾腾喝杯咖啡，独对那片碧绿花园子，长廊无尽，岁月杳然，几乎每一回，都只我一个人。这个，是在红尘上海闹市里的闹市，说给谁听，会相信？

过了57号，基本上，南昌路这一头，从思南路到雁荡路这段精华，就结束了。昨晚，听一位在上海科协做事的友人讲，南昌路，从思南路到雁荡路，除了17户居民，都是我们科协的，感谢陈毅市长，当年把这么好的地方，都划给了我们科协。口气豪迈，盛大绝伦，我这种南昌路土著，觉得深受无比刺激。

然后就是雁荡路了。非常短促的一条小路，一头是复兴公园正门，一头是天堂淮海路。雁荡路上名动四海的小面馆味香斋，国营的，小得急煞人，招牌是猪排，麻酱拌面，辣肉面，像所有的国营点心铺子一样，那店里，除了收钱的阿姨，是上海人，其余跑堂的，都是外乡姐妹。所以，进去店堂，尽量挨近收钱阿姨坐下，一边吃面面，一边欣赏上海阿姨的生意风采。我向你保证，没有一个当代大导演，拍得出这么好这么活的关于上海女人的戏。味香斋于我，吃是其次，滋味也实在平常不过，倒是人间风景生动看不完，食客几乎个个来劲。比如，一对小情侣进来，女孩子瞄一眼面牌子，立刻爽朗点下去，辣肉面，加猪排。收钱阿姨翻白眼，两个人吃一碗面啊？女孩子答，我一个人的，他还没想好。然后女孩子自顾自就去找座了，剩下男孩子立在柜台前，寻思良久，讲，我跟她一样的吧。这是什么时代，各位自己思忖吧。

味香斋隔壁，中原理发店，亦是国营的，上海的大牌理发公司，中原是不可忘却的佼佼者。进去洗个国营头，我喜欢，这种滋味，亦只有王家卫小电影里才有了，不信你试试。说不定，王家卫真有一天，遣金城武或者梁朝伟进来，洗个头，刮个脸。

洗了头，出来，对街，是金老太的粽子铺，最近老太搬家了，搬去淮海路成都路口的光明邨里。金老太的粽子材料好，口味正，还有点小小异想天开，这枚老太太，裹粽子，裹得浪漫兮兮，是我心目里，海派精神的大代表。她家的全赤豆粽子，骇人听闻，剥开来，赤豆累累，多到窒息，这东西，煮得透极，软极，糯极，就成了作品，比红豆，还令人相思。腌笃鲜粽子就没有这么惊人，咸味粽子里，终究是肉粽最精彩。乌米粽子亦好，少见人做，有清香。其实，粽子能有什么诀窍呢？肯下猛料，肯仔细做，没有做不好吃的道理。最近一回去她家买粽子，遇见金老太神采奕奕的，我相信，吃了她的粽子，老虎都打得动。

雁荡路还有一间洁而精菜馆，亦是国营的，拿手的，是川菜。从前是很厉害的馆子，如今亦寥落得很。不是上海土著，你跟他讲洁而精，他答你，怎么像个洗洁精的牌子？然后，我就止语了。

雁荡路到头，便是淮海路了。右手边，小小弄堂口，有家北万新，菜馒头出名。一家大名鼎鼎的国营点心铺子，长年盘踞在弄堂口，像个不法摊贩似的，这个是相当好笑的细节。去这铺子买馒头，如果开车去，实在是至难的工作。这件事，至少要两个人，一部车，才搞得定。一人掌车，靠边略停，脸皮要厚，胆子要大，对后面成排成行被堵住的车子滴滴成一片刀山火海，要置若罔闻。一人跳下车，飞奔进去弄堂口，火速下单，火速付钱，火速抄起馒头就奔走。

扑回车里的刹那，掌车人负责刻不容缓赶紧闪。因为是这么高难度高风险的一件工作，所以，开车去买馒头的女人，就变得十分狠十分贪十分辣手，每次拎个半百之数逃荒，好像是起码的。

北万新门口，十多年前，我是常常看见港台同胞立在那里当街咀嚼，闭目品鉴。我觉得同胞们惨透了，这种水平的包子，在港台，多如牛毛，奔到上海来朝圣这种水平的包子，肯定辛酸透顶。果然，这些年，再也看不见港台同胞立在弄堂口了。

那么，我会不会买北万新的馒头？我会的。不是因为他家馒头好吃，而是因为我中年老人家怀旧。他家馒头，唯一让我留恋，是那个尺寸。我幼年，上海人管这种尺寸的馒头，叫中包，鲜肉中包，豆沙中包，一笼四个，不大不小，端正美貌，对于上海人的胃口，是十分恰当便宜的。如今，大概除了北万新，上海已经没有人家做中包了，不是大包，就是小笼包。

北万新对街，就是大名鼎鼎的全国土产，俗称培丽，通常，这里面都是人山人海的，清一色中老年人。排队买酱菜，买辣酱，买十分新鲜的腌制肉，比如南风肉，火腿，等等。我不爱排队，但是我爱看这些排队的老人家，来这里排队的，几乎，个个都是懂经老家伙。他们和她们的言谈举止，够现在的影视明星们，琢磨半辈子的。

培丽对街，晃两步，是卷土重来淮海路的老人和，老大昌，淮海路热点光明邨，哈尔滨食品厂，长春食品店。老大昌门口排队热卖刚出炉的中码蝴蝶酥，光明邨日日夜夜排长队，哈尔滨里没有哈尔滨土特产，是精致西式点心，大多论斤卖，水平整齐，都值得小买小吃。如果论国营店子，恐怕，哈尔滨食品厂是我国最高水准，

227

是丰碑。我路过，有时亦进去买点绿豆糕，哈尔滨的绿豆糕肥滴滴油润润，高度解渴，以我的胃口，只能吃一片，第二片要等半个月之后，才吃得下。今年以来，哈尔滨亦做印糕，花生味，薄荷味，粉腻，甘香，吃抹茶，实在是非常周作人，变成我家必备的茶点。

再往前，走到茂名南路口，这是一个奇异的路口，四个角，分头代表着四个时代。一个是重要的地铁口，改革开放上海进步的代表。一个是国泰电影院，三十年代的豪宅。一个是古今胸罩公司，三十年代由俄罗斯人创立，49 年以后公私合营，如今是国营公司，一贯以出产舒适胸罩著称。从前的女服务员，负责给客人量尺码，一把就贴肉抓上来，纯真得吃不消。前些年，还多次在不同场合，听到风投朋友热议，如何弄点投资跟古今胸罩混混。我听得目瞪口呆，古今胸罩简直是国产维多利亚秘密啊。人家风投精英笑我痴呆，Darling，不是看中胸罩，是看中他家名下的多处重要地块，光是淮海路茂名路口这一块，就价值连城了。最后一个角上，是优衣库上海旗舰店，店子格局盛大，完全复制优衣库银座本店，第一次看见，高度恍然。再说一句，第一次在银座看见优衣库的本店，我是真的震撼，一个廉价衣衫品牌，居然可以做成银座大佬，跟广大奢侈品平起平坐，优衣库那些百搭衣衫，琳琳琅琅，铺满十几个楼面，实在太富有想象力和创造力了。日本首富，不是电子业不是能源业不是通信业不是任何高科技，是廉价服装品牌优衣库的老板，这个真是太颠覆了。

从思南路，经复兴中路，香山路，皋兰路，南昌路，雁荡路，淮海路，一路晃到陕西南路地铁站附近，这条线索，就这样差不多了。

苏州的老街

上海这座城，四季总算是清楚分明的，其中，春秋两季比较得人心，气候大致合适，东西清秀好吃，春有上海之春，秋有国际艺术节，视听娱乐满城耸动，水平不孚众望逐年飙高，广大旅居海外的国际友人，亦就不约而同热爱于春秋二季翩然回乡省亲。我这种闲人，到了这两个季节，竟亦忙碌得脚不点地，陪进陪出，不胜仓皇，一季操劳下来，形销骨立，十分峥嵘。其实，我还是满热爱这种三陪工作的，每一位到埠的国际友人，都有一张异想天开欲壑难填的 Must Do 的漫长单子，奇奇怪怪啰啰嗦嗦，疙瘩起来匪夷所思，常常让我这个陪看陪走陪吃之附庸人才，恍然大悟豁然开朗，立在某个熟得不能再熟的路口，顿悟多年没想明白的人生关节。而国际友人们带来的错位审美的眼光，以及另一个星球的价值判断体系，通常亦是发人深省的，脱口而出的一筐一筐的人生隽语，亦是让我受用不已必定笑成粉的。

自我暖场完毕，回来讲本题。米容自东京来，陪看顶级中医，陪吃重磅走油肉，陪买培丽哈尔滨，陪看荷兰现代舞团，然后是，陪逛苏州百年老街。

　　苏州呢，是个让上海人十分纠结的古城，不去白相吧，不甘心；去白相吧，不挖空心思，当真没什么好白相的。而挖空心思这种事情，是必要有闲至极，才办得成功的，略一匆忙，便无味得很。园林是挤不进去的，观前街平江路是不逛也罢的，城门都是簇簇新并挂着红灯笼的，国际友人看见，轻则别转头去，重则老泪纵横。还好，苏州尚有一条硕果仅存的百年老街，依稀仿佛，仍有温度正常的人间烟火。

　　这条街，是葑门横街。

　　抵苏州，抓个出租车，坐定第一句，跟师傅讲，去葑门横街，第二句，问师傅，侬阿是苏州拧？阿拉讲苏州话好不好？师傅高度谨慎地白我们一眼，上海人啊？你上海话讲得不太标准，硬邦邦，像浦东乡下口音，你朋友的上海话讲得比你好多了。师傅调整了至少五分钟，才从普通话调整到了苏州话。人家老司机，工作语言是普通话，完全不习惯跟客人讲苏州话。然后国际友人就来了，师傅师傅，教我一句苏州话的骂人的话。深切希望老天找个时间开解我一下，为什么国际友人都那么喜欢学骂人的方言？是不是他们在国外都没有什么机会亮开嗓子骂人？是不是用母语骂人特别的劲爽脆亮？司机师傅沉吟良久，温柔地讲，滚你娘的蛋。阿拉苏州人骂人，差不多就这样了，再下去，就不像样了。我在旁边笑得滚翻，吼吼吼，苏州男人，这么滚个蛋，就算骂人了吗？人家老司机一口苏白行云流水，国际友人拨开我的笑声，鼓掌赞叹好听好听煞解渴煞解渴。老司机起先还有些紧张腼腆，以为不慎载了两个疯子，渐渐眉目间亦自豪起来，虎丘塔2500年了，苏州话至少也有2000年了，比你们顶多 200 年的上海话，当然好听了。

　　至葑门路口跳下车，一间陆长兴立在街口，国际友人哪里抵挡得住苏帮面面的诱惑，脚一软，已经踏进店堂里了。看看水牌，样样想吃，斟酌再四，十分节制地点了爆鱼面，焖蹄面，鳝丝浇头，腰花浇头，笋肉浇头，两碟姜丝，半台子家常食物，罢手不敢再点了，一举吃饱了，就完蛋了。面面端上来，宽汤紧面，一卧俊逸鲫鱼背，爆鱼酥甜，焖蹄糯极，国际友人热泪盈眶。店堂内安坐吃东西的苏州老人家们，人人清爽不油腻，真是好样的。2500 年古城，谢谢天，风范犹存。

　　面后晃过左手十米路，葑门横街，冉冉展开。具体来讲，这是一个菜场，苏州最古老，最原味，最大的，菜场。

　　劈面就是点心店，顺便说一句，我比较不喜欢小吃这个词，从小到大，没有小吃过，稍微吃一点东西，称点心，早点心，夜点心，干点心，湿点心，甜点心，咸点心，吃晚饭还早，侬先点点心，多少雅致和节制，小吃一来，立刻滚一身泥，从心落到嘴，粗糙得不能想下去。回来街口。汤团很勾魂，水牌上花样繁多，字字句句推敲过去，魂飞魄散。仗着陆长兴打了底，终于互相翻翻白眼步履维艰扬长而过。类似的诱惑，还有生煎小笼火烫出炉的香酥烧饼，个个有名有姓，没带三个肚子来，只好滚你娘的蛋。

　　横街古老石板铺地，宽窄适度，是宜于闲晃的老街格局。街边各种菜物售卖，河边还有埠头，水八仙一件一件应景应市。如今写横街，都爱用"枕河人家"四个字，读上去，好像也太文绉绉了一点，扭捏得不爽气，跟横街蓬勃的人间烟火，意境不在一条路线上。我们到的时候，早已过了早市的热闹喧哗，亦没有那么熙攘，正宜慢慢细看。街边三步五步，坐个老农，东山西山的农人，携了自家的稼穑收获，来卖。极美貌的红豆，漆黑细密的芝麻，满面沧桑的榔头老南瓜，无不收拾得干干净净。米容看见硕大的白果，立住了脚走不动，跟农妇一句一句渔樵闲话。人家早上五点就出家门，那么新鲜漂亮的白果，只卖六块钱一斤，米容瞠目都瞠目死了。夜里一边吃点滚热的小酒，讲讲半世界的闲话，一边慢慢剥白果，果肉玉色莹润，煮过一浦苦水，随手丢一粒进嘴，嗯嗯，糯是糯得吃不消。再接再厉，顺手弄一碗桂圆白果水浦蛋，漫长秋夜，补得不能再补的夜点心。米容买白果，我立在旁边看农妇，东山西山的农妇农夫们，尽管清早五点出门，一个个，面目干净，整齐得体，浑身没有一点窘相与穷相，吴地的富裕从容，于这种容颜衣着里，一目了然，看在眼里，是深感安慰的。外貌胜过万语千言，年纪越大，越相信这句真理。日本人讲，你的穿，比你的说，说得还多。

对街，一条细窄的门廊，一个人通过，恐怕都需要侧身，偏偏还摆个一点点大的摊子，卖用直酱菜。江南人，大多对饱满浓郁的酱色，没什么抵抗力，一见倾心是常有的事情。停了脚步细看半日，忍不住手，买了最贵的一种酱萝卜，老板讲，是腌制了一足年的，沉甸甸的一包。这个东西，切了菲薄的片，当茶食，饮厚朴的熟普，相宜得不能再相宜了。麻烦的，是沉重。想想我们这种吃客，实在是欠缺良心欠缺诚意，农人亲手劳作腌制一足年的好东西，不过卖20元钱，我们却犹豫再三，嫌鄙太重，推三阻四差一点不买，实在是，很不作兴的。买了酱菜，隔壁一位街坊妇人端着饭碗跟我们闲话，上海拧啊？坐地铁到花桥啊？不是啊？个么高铁？来苏州白相啊？网师园去过了吗？啊？专门来白相小菜场啊？哦哟哦哟，胃口

232

好是好得来，云云。

再朝前挪几步，好了，又挪不动了，巨大的油锅，在炸慈姑片，全世界是不是只有苏州人吃这个东西？我童年，家里仿佛只有过年，会炸一回慈姑片，顺带着，将龙虾片以及春卷，一并炸起来，那是隆冬年节里，难忘的欢喜。长大以后跑遍地球，再没有见过这个东西了。想必，这个小零嘴的历史，漫长过薯片吧。油锅是巨幅的，炸得的慈姑片堆成松松的小山，而门口，犹有大盆削干净皮的慈姑，老板娘一得了空闲，戴个纱线手套，一把抓两三枚慈姑，嗤嗤地在刀下磨出薄片。看着这种手工劳作，总给人一种生生不息的烟火滋味。买了五块钱的炸慈姑片，尝了几片，略嫌油重了一点，清香倒是还在的。米容怕咳嗽，浅尝辄止，歪在隔壁的摊子上，买了两个藕圆，分我一圆尝尝。

再转头，是黄富兴糕团店，铺子不大，数了数，价目表上一共有三十多种糕团，苏州人于吃一事上的精益求精花样百出，实在是外埠人民难以想象的。店里的妇人看我们两个上海人御前会议开了半天，低声切磋了十分钟，还没有拿定主意，不免好笑，指着粉白的方糕，讲，喏，方糕保证侬好吃的，馅子有薄荷有玫瑰，阿要来两块？听到玫瑰二字，两个上海女人已经口水如瀑了，迫不及待拿一块来，掰开分享，那个米粉细致，玫瑰甜香，白腻嫣红，真是心都粉粉碎尽。买了各色粉糕，粉团，不远万里携回上海，回家吃了几日，吃一回，拍一回大腿。苏州这一路的寻常小点心，比上海实在是制得灵光多了。

横街满街都是手工豆腐铺子，一点都不稀奇。热腾腾的一板豆腐，制好了，浩浩荡荡端出来，肥肥切一刀回家，沾个味噌就是无

233

敌美味，配上新米饭，炒个矮脚青，真真神仙饮食。

忽然来一家手工做丝绵衣裤的，湖州手艺，国际友人又看呆过去，唠叨了一百遍我要做一身丝绵棉袄我要做一身丝绵棉袄。一转头，炸得辉煌灿烂的肉皮，旁边一张练习簿小纸，藕粉。国际友人又扑过去，打开藕粉看得眼泪汪汪。老板放下饭碗过来做生意，那藕粉真是漂亮的，阳光下浅浅的藕色，不知多久没有看过这么妙不可言的藕色了，老板再三讲，这个是自家荷塘里的藕，侬放心吃，自家手工打的粉，绝对没有添加物，我们苏北盐城的，在这里炸肉皮炸了二十年了，藕粉是小生意，顺带着做的。如今吃点藕，吃点藕粉，都是至难的事，水可疑，藕可疑，藕粉差不多十恶不赦，童年的美味，都已是难以回去的遥远。Darling，有钱有什么用呢？

横街上，再一个美物，是此地的茭白，娇娇小小，秀气得不得了，这个才是，茭白啊。平日里见多的，都是壮硕得跟张飞似的茭白，质粗味恶没有天香，就不讲了。

一个圈子缓缓晃完，择间茶叶铺，买些碧螺春。正好是中午闲暇时间，老板殷勤，让我们进店堂坐，开顶级茶罐子，浓浓泡两杯碧螺春，然后应国际友人要求，开讲苏州话。老板精瘦一枚，西裤笔挺，尖头皮鞋雪亮，简直是横街一哥的规模。我瘦？哦哟哦哟，侬看见我吃东西么，侬要吓色格，我是薄皮棺材肚子大。龙井么，粗来兮，浓来兮，江北人欢喜吃，还有么，就是吴江同里那边的乡下人欢喜吃，阿拉苏州拧么，向来是覅吃这种浓来兮的茶格，苏州拧么，吃碧螺春，清爽，淡，经泡。侬吃吃看，泡四五开，还味道十足。一边讲，一边从冰箱里抱出各色好茶来献，跟过去视察冰箱，看见旁边还有个小冰箱，顺手拉开了看看，一看看出事体来了，啧啧，鸡头米啊，冻在那里，捧出来一看，哦哟哦哟，半辈子不曾看见过如此美貌的鸡头米，老板得了意，苏芡啊，今年最盛的时候剥的，啥地方去寻啊，以下省略三千字。然后是，买了两种顶级碧螺春，虞山茶，以及鸡头米，然后是未能免俗地跟老板互扫了微信。据说，横街从前有好些老派茶楼，如今是一家都没了，我们却在茶叶铺老板这里，吃了一回心满意足的好茶。出来跟米容叹，那个老板，做生意精得很，一分钱不让。可是人家请我们吃茶，却是一点不计较，拣最好的茶叶泡得浓浓的，分文不收我们。生意是生意，体面是体面，从前的人情世故，是如此的。

一条横街晃完，买足两手杂物，花小钱如流水的大半日。

顺便说一句，横街的物价，比上海，便宜太多了。

恽南田花卉

一个洋盘在日本

这个洋盘，名叫 Michael Booth，英国人，写饮食与旅行的作家，2009 年出版《英国人一家，吃遍全日本》，写他携丹麦籍太太和两个稚龄儿子，从北海道吃到冲绳的旅与食，此书让他在欧洲和日本，成为明星级美食作家。我手里这本，是 2014 年 5 月日本亚纪书房出版的日语版。花了半个周末，读完，觉得这位洋盘先生，还是相当可以的。文风满载英式幽默，内容充满田野调查，洋盘精神抖擞，以一个外国人的姿态，殷勤告诉日本人，日式饮食究竟好在哪里。这种阅读，于不宜出门的雾霾周末，是近乎完美的低碳消遣。

之一，洋盘先生到日本旅行，申请了一个寿司学习课程。东京一处极为僻静的寿司铺，寿司职人林师傅，一幅拳击手的身躯与容颜，气场十足。洋盘对此人一见倾心，浩叹，能够在东京这种寿司发祥地，二十年如一日，战斗在火线，伺候这个世界上最挑剔的寿司饕客，这是何等厉害的厨师，云云。而林师傅一上来就没有什么好脸色，看着学生团里的两个女生，高度不爽地讲，世界上是没有女人做寿司职人的。女人的香水和化妆品，无端污染了米饭与生鱼，而且女人的体温偏高，生鱼在女人手里变成温吞鱼，等等，鄙夷之情溢于言表。

洋盘先生与各位学生，现场学会捏寿司饭团，那种长方形的小饭团，九牛二虎，终于下死力捏成。偏在这种辉煌时刻，林师傅又一指摧毁了小饭团，重新捏起。并透露一条寿司秘诀，第二次捏成，是要让米饭之中，有一定的空气。洋盘先生跑了一点点题，说，林师傅此时此刻，跟世界上所有的优级厨师一样，以相当傲慢的优越感，侃侃而谈：捏寿司饭团，跟操控女子是一样的。太紧致，捏过头，绝对不行。太松，寿司还没入口，已经溃不成军，亦不行。最理想的状态，是不松不紧，入口即松软，而且小饭团表面要略有山形隆起，以便搭载的生鱼安然不坠落。啧啧，这等寿司师徒，够拍一部言情电视剧。下课之前，林师傅额外奉送心得若干。进寿司铺，想吃得好，务必不要点餐，听任主厨安排，一定吃得最好。想讨人厌，就一路不停地点金枪鱼。甫坐下，就给客人端来味噌汤的，这类寿司铺，大多是中国人和韩国人经营，不堪吃。去回转寿司铺，先吃白身鱼，后吃金枪鱼，手卷不要吃，因为卷的鱼，多半糟糕。最后一条警示，进寿司铺，先看一眼生鱼，鱼皮务必如少女处子一般丰盛鲜丽，才坐下。

之二，和牛，是英国洋盘，很难想通的一个高端课题，疑问有十万个之多。为什么和牛的价格高得吓死人？为什么和牛的肉质软得吓死人？日本人喂牛吃什么饲料？喂啤酒，听莫扎特，马杀鸡，究竟真的假的？洋盘在日本一路逡巡，私心里，最深邃的妄想，是有机会亲手给和牛做一次马杀鸡。

洋盘记者出身，田野调查的精神十分充足，亲脚跑去松阪和牛产地，拜访和田金牧场。喂啤酒，是提高牛的食欲，促进多吃饲料。听莫扎特，那是胡说。马杀鸡，不是为了帮和牛推出霜降雪花来，而是为了和牛心情愉快，心情愉快的和牛，才会好吃。而且，据说，和牛的脂肪，健康不下于橄榄油，胆固醇没有想象的那么高。和牛价贵，是因为耗费人力无数。和牛肉质软，是因为日本民族长年吃米，不习惯过于坚硬的肉食。洋盘在牧场如愿以偿，亲手马杀鸡了松阪和牛，然后义正词严地指出，和牛，偶尔吃一下，是极端美味的，但是，如此柔软，如此高脂肪的牛肉，吃多了，绝无益处。我还是愿意吃点坚韧口感的牛肉，肉肉怎么能入口即化呢？毕竟，这是动物的肉，又不是豆腐。

之三，洋盘在冲绳，吃到顶级海胆，声情并茂地讲，是这辈子吃到过的，最色气腾腾的食物了。味道像什么呢？像美人鱼开的小小的冰淇淋铺子，卖的手工制的香草冰淇淋，海胆的味道，就是那一口美人鱼冰淇淋的味道。

我只能说，这样的句子，也就这种洋盘写得顺手还写得好看了。

早春二月徐悲鸿

　　早春二月，清风剪剪，去苏州保利剧院，看原创中篇评弹《徐悲鸿》青春版。

　　《徐悲鸿》由无锡阿福文化出品，与上海评弹团联合制作，统共四回书的中篇，零星在上海听过其中一回，想听个完整版，不免追剧跋涉去苏州。晃去隔壁天堂听好戏，于这样清健的早春岁月，最是相宜不过。

　　上海评弹团人才济济，各个年龄层的出色演员，一捞一把，看得人眼中生花，心中生喜。年轻演员虽说欠些岁月锤炼的浑劲火候，不过那股扑面而至的虎虎生猛之气，真真俊气响亮，于徐悲鸿这样的轩昂故事，亦是百般妥帖。

　　第一回，诚邀。撷取徐悲鸿人生第一个高峰，22岁受蔡元培之邀，履新北大。青年徐悲鸿耳目一新，手段亦新奇，不拘一格，盛情邀请木匠齐白石入北大讲学。黄海华起徐悲鸿，风骨俊朗，潇洒之中有沉稳，十分难得。王承起齐白石，一口湖南官话大俗大雅，人物风貌亦于雅俗之间流利穿行，将一个木匠出生的大画家，演绎

239

得极有分寸。说实在的，这个夹心齐白石不好演，演土了，成笑话，演雅了，同台的徐悲鸿和梅兰芳，往哪里搁？台上顶出色出彩的，还是下手坐着的梅兰芳，姜啸博起梅兰芳，一袭月白长衫，雅静通透，气质飘逸，真非尘世凡人。几句梅派《坐宫》，唱得亦是惟妙惟肖，满台生色。台上四句流水，台下不知多少功夫。

三个男人一台戏，民国极了，风雅极了。

第二回，义救。编剧聪明，择徐悲鸿与田汉的一段意气相投惺惺相惜入剧，十分讨巧。俞圣琦起田汉，年轻，刚勇，血性，才情浩瀚，与俞圣琦的气质甚是相宜，演来格外好看。以评弹唱《义勇军进行曲》亦是神来之笔，亢昂奔腾，听来神旺。一个中篇，演到此，便凛凛立了起来。侯骁晟起徐悲鸿，似乎是全剧最年轻的一位演员。这位小徐悲鸿的好看，在于工整，端正。青年演员是否前程锦绣，除了天赋要紧，这种端正恐怕亦极为重要。表面看看，不过是台上一点工整架子，其实呢，芯子里有很多东西，关于这一点，需要另启一文好好写一下。

两位热血男儿之外，再来一位徐悲鸿家的无锡娘姨，芳华伶俐的吴啸芸一口无锡方言，饶舌热闹，穿针引线，四两千斤地，把这回书挑得蓬松饱满，不闷，不干。

第三回，反目。朱琳起蒋碧薇，平日大多穿素色登台的朱琳，这晚穿一袭丝绒繁花旗袍上来，气场十足的宜兴大小姐，一笔就有了韵脚，十分有神。此时此刻的蒋碧薇，是个怨妇，朱琳唱她拿手的琴调，怨起百般，怨得铿锵，这都还好，难得的是，朱琳把那种妇人风致演得很是地道。怨妇不好演，演过头，成泼妇，非但辱没闺门大小姐蒋碧薇，亦辱没了徐悲鸿。演得太悲戚，太扭捏，又显得村妇小家气，斤斤计较亦不合蒋碧薇身份。一个不当心，还容易演成骄横跋扈幼龄女中学生。朱琳出彩，亦是陆嘉玮起的徐悲鸿托得好，被盛气凌人的怨妇怨得四苦八苦的男人，容易沦落成小男人，而陆嘉玮的徐悲鸿起得很清正。两位演员长年拼档的熟络默契，在这种时候，就显得严丝合缝进退有据，戏呢，亦就不踏空，不跳脱，不突兀，便好看。

第四回，情归。黄海华再起徐悲鸿，此刻已不是第一回里22岁意气风发的徐悲鸿了，黄海华的风致中，添了中年沧桑，贫病萧瑟。解燕起廖静文，干净，清秀，十足女学生气质，解燕演来亦是得心应手。两位演员的对唱，婉转，周详，妩媚，呼应再三。于前一夜听他们排戏，就觉得大好，问黄海华，说是此剧艺术总监是我偶像秦建国先生，偶像到底厉害的。王萍起个妖冶女说客，浓妆艳抹，软硬兼施，与清贫的徐悲鸿廖静文，走往另一个极端，王萍拿捏妥帖，风姿绰约，令一回书层次多多，好看好听。

再来几笔戏外花絮。

前一天，深夜于旅舍中，听演员们排戏温书，从一个房，串到另一个房，等串到黄海华王萍解燕房里的时候，他们三位，第一遍书已经排完，我有点叹息，没赶上看他们排，黄海华安慰我，我们还要排第二遍的啦。其实，那天黄海华下午还在宝山演出，演完送太太回家，一路再赶至苏州，十分辛苦。解燕一直到排完戏的深夜，还没有吃晚饭，眼巴巴等着同事打包一碗青菜粥给她。三位演员一遍一遍，一丝不苟温习了好几遍才歇息。

在我写稿之前，跟侯骁晟要剧本唱辞参看，侯骁晟赶在登台演出之前，匆匆拍照微信给我。我看到的剧本上，密密麻麻，都是侯

恽南田花卉

骁晟的心得笔记，我亦跟着琢磨了一遍，十分有意思。

　　最惊魂，是那晚散戏之后，从保利出来，十分洪荒的姑苏街头，冷风飕飕的，惆怅了十分钟，相问一位路人甲，这里，有出租车吗？答，难有。然后说，要不，我送你回去旅馆？那是个摩的小师傅，然后我就蹒跚爬上了他的摩托，十来分钟的车程上，这位安徽籍的小师傅跟我讲，我白天不上班的，晚上才出来，我主要的工作，是接送夜晚的小姐们上下班，遇到因为工作需要而喝醉的小姐，我还负责把她们背上楼，送进家门。啊，啊，深夜街头的好人好事啊，惹得我，有点迎风落泪的感慨。

　　《徐悲鸿》余兴三折，保利有戏，人生有戏。Darling，春宵珍贵，殊不寂寞。

晚清的栈房，以及民国的剧场

之一，正月里，天气清肃，冻雨缠绵，江南蚀骨销魂的著名阴寒，说起来，比阳关三叠更难消遣。

午后，烦苏良兄引领，去了湖丝栈。

静安寺过去，沿着万航渡路，不几分钟，就望见了苏州河，以及鸽灰色的天空。我这个上海人，不知多少年，没有跟苏州河面面相觑过了，有点不思量，自难忘的况味。略一转弯，车子就驶入了窄巷子，苏良兄轻车熟路地进入去，竟是处将近150年历史的湖丝栈，我在车里裹着围巾探头探脑地，忍不住呜呜哇哇了几句。

1874年同治年间建的，加工来自湖州的丝茧，是工场，亦是堆栈，清水砖瓦的厂房与仓房，高旷，清白，跟当今的极简精神，倒是很有岁月的默契。想想湖州一方天下的富庶，想想中国人身上软滑性感的古老丝衣，想想一个半世纪的颠三倒四，想多了，就有点想不下去了。

如今，此地的两栋小楼，改成了一些年轻的店铺和塞满梦想的办公室，俗称创业园区，弥漫一种静悄悄的野心勃勃。苏良兄引我看了链轮，一家经营自行车赛车的专业铺子，据说，链轮于全国的自行车业内，都是极有盛名的。跑去新疆，摸出链轮的名片递过去，对方立刻就匍匐了。转过身来，苏兄指一间黯沉沉的办公室给我看，喏，这个就是，我们办环法中国自行车比赛的办公室。第一次跟苏兄吃饭饭，就听了他讲述，如何说动世界上最厉害的自行车比赛，环法自行车比赛的主席，将这个比赛，亦办到了上海来。我当时听得，搁下筷子，目瞪口呆，这个太壮举了，直接跟苏兄坦承，我不免要崇拜你了。环法是如此卓越的赛事，竟然被眼前这枚上海大男生端到了上海。苏兄讲，当时他请人写了环法两字的中国书法，送给主席先生，法国人懂经，竟然雀跃了半天。隔日，我亦看到了那两个字的照片，果然一幅气韵荡漾、浑然天成的好字。

慢慢转上楼去，推开门，老式仓房改制的宽敞咖啡馆，取名候场，主人家伯小姐，上海女子，前中年的年纪，却是一脸的少女清洁模样，高高个子，长手长脚，一点点生涩的腼腆。这样的女子，宜远远观看，走近了，反而看不真切。馆子里，装点得随心所欲，颇有一番疏梅风景，坐下来，泡点新茶，说说闲话与废话，甲乙丙丁深切八了八，四十五十的身边人们，各有各的瓶颈，各有各的莫名的眼泪，听了半个下午的缠绵故事，结论倒是简单的，无非是，中年都是神经病。而一猫一狗，侧身左右，动静坐卧间，亦为人间的杂事，操了一腔的隔壁心。

黄昏离栈，车轮滚滚不过三分钟，原来就是江苏路中山公园静安寺这些寻常人间。我怎么觉得，那一个下午，去访了一趟聊斋一般别有天地？

之二，翔浅来，四个多小时的京沪高铁，一落车直奔我家，进门刚坐定，爽朗问过来，亲，明晚你干嘛？一起去看戏？不禁笑起来，翔浅是戏剧专家，进门二话没有先提戏，那一定是难得一见不容错过的杰作。原来，是英国国家剧院的《美狄亚》，古希腊悲剧，大师欧里庇德斯的杰作，两千年的大悲怆，于黄浦剧场，放映实况电影版。

隔日黄昏，细雨悱恻里，摸索去了黄浦剧场，说摸索，真的没有夸张，那是一个我从来没有去过的剧场，于北京路贵州路街口，乌漆墨黑的，毫无剧场的辉煌，一盏霓虹灯都没，走到跟前，再四确认了一下，才肯定没有走错门。而一步踏进去，竟是 1934 年的老剧场，当年柳中浩柳中亮兄弟建的，结构布局，今日看去，依然珍美玲珑，如珠如玉，大理石台阶，磨出岁月的包浆。那日白天，翔浅在闵行排戏，排完戏，匆匆跨半座城奔赴剧场。暮色里，兀立于剧场门口等待亲爱戏伴，将近 30 分钟的时间，很惊奇，发觉络绎而来的观众，九成，是各年龄层的女观众，于心底怅惘不已，跟自己浩叹，男人都到哪里去了？

开戏，剧场内部前两年经过改造，相当不错，瞻仰英国国家剧院的力作，十分体面舒适。而美狄亚的亲母弑子，鲜血淋漓扑面而来，那种手刃一双亲子的绝世狠劲，无可言喻的大恨，大爱，大嫉妒，狂风暴雨一般，穿透两千年，一剑封喉地直抵我的心尖。演员卓越至极，舞台聪明至极，密不透风的绵密推进，戏剧张力于不可能再紧密处，偏偏再一层紧密。剧终亮灯，真有透不过气来的虚弱。

与翔浅坐到剧场外小休息厅，吃几口开戏前买的肯德基，不过十来分钟的喘息时间，黑制服的男生跑过来赶人，我们要关灯关门了，砰砰砰砰，连女厕所的门都敲一遍，粗鲁得吓死人。识趣地收

恽南田花卉

拾饮食滴滴打车，毕竟，民国的旧剧场，只剩了旧壳子，神髓是早已散失了。

　　那样的大悲剧，看完自然是无眠的，与翔浅，不免剪灯夜话至午夜，猫猫绕着翔浅周旋，害我始终悬半粒心，不要舔坏了女客人一身的好衣服。

那些细水长流的眼泪

　　于人才济济的日本影坛，是枝裕和这个人，自入江湖的第一日起，便是个屡创奇迹的逸才。每次看完是枝裕和里里外外百分之两百浓郁和风的电影，总是浩叹，老天对日本人太仁慈，降给他们一个如此懂得日本、如此会拍日本的天才导演。

　　是枝裕和1962年出生，25岁早稻田毕业，33岁拍第一部电影《幻之光》，故事改编自大作家宫本辉的同名小说。片子一出，即刻获威尼斯影展入围，前前后后国内国外获奖无数。至今，被认为是90年代拍得最细腻雅致的日本电影。这个是处女作品，成就之惊人，不用我说。

　　然后是2004年的《无人知晓》，震惊戛纳影展。年仅14岁的柳乐优弥，击败梁朝伟，获最佳男主，创戛纳历史上最幼龄影帝。梁天王当年以王家卫的《2046》铩羽而归。美丽的是，颁奖典礼上，导演是枝裕和代替柳乐优弥领奖，因为14岁小朋友，家里有考试，先回国了。

　　再来是2008年的《步履不停》，2009年的《充气人偶》，2011年的《奇迹》，2013 年的《如父如子》，2015 年的《比海更深》，2016 年的《海街日记》，片片有奖，佳作纷呈。此人元气之弥满，风格之稳健，令人刮目。要知道，这些年，还是日本电影极为不景气的低谷期。

是枝裕和名作太多，择一部《无人知晓》，略写几句。

《无人知晓》，以 1988 年发生在东京的真实事件为蓝本，单身母亲抛下四个子女，离家出走。四个孩子 3 岁至 12 岁不等，柳乐主演的长子，负责照顾这个残破的家，一分一厘地花钱，不能上学的寥落，以致穷途末路的最后，断水断电，3 岁的小妹妹意外死亡，装在行李箱里，偷偷带出去掩埋，等等。细节密密麻麻，催人断肠。是枝裕和无比爱拍小人物，爱选本埠新闻版头版头条那种狗血故事，拍得纪录片兮兮的不动声色，一段一段，很碎很碎，不是一般的碎，是碎得捏都捏不起来那种碎，却像足一把碎碎的小锤子，这里敲敲那里敲敲，绵绵密密，把你的心，敲打得粉粉碎尽。故事一概平铺直叙，不玩技巧不玩时空，演员大大小小，不是面僵就是面瘫，连一句暴喝都没有，连一个深呼吸都不透，就那么流水落花静静而过，而音乐，甚至是清甜甘美的，让观众的眼泪无法滂沱，一步一步陷入是枝裕和高度委婉含蓄的圈套，一路颠簸跋涉，无法自拔地跟到故事之结尾。是枝裕和非常厉害的，是他的高度节制，克制和控制，无论多么哀恸不堪的故事，休想看到这个导演崩溃失控，这种神完气足，真是一等一。这部《无人知晓》，如此稳稳地控制长达 140 分钟，一无破绽。是功力吗？我想不是，这种东西，恐怕是血里自带，无人能学。是枝裕和的这种风格，被认为像足日本人的俳句，空灵，致远，哀而不伤，点到为止，等等。非常东方，非常日本，非常迷人。跟好莱坞的速度与激情，两种极致。

说一个镜头。母亲打算离家出走之前，悄悄给长子暗示。母子两个立在逼仄的阳台上晒被子，母亲断断续续吞吞吐吐地跟12岁的长子讲，妈妈有了心爱的男友，妈妈可能要跟他结婚。长子默默听着，慢慢把半张脸，埋入棉被里。据说，柳乐当年被是枝裕和选中，就是因为这个男孩子非凡的眼神。果然，梁朝伟的一双天王级的电眼，亦不是这个孩子的对手。

再来一个镜头。柳乐暗暗渴望上学，黄昏里，枯立在学校的铁栅栏门外，茫然地望住校园内。镜头随着视线扫过去，地上一袭被弃的塑料袋，一钱不值地，随晚风浮萍般飘荡。这种镜头，天啊，太俳句了。

是枝裕和的这一路电影，每看，总令我想起我们中国电影里的《乌鸦与麻雀》《我这一辈子》《小城之春》，一样的碎，一样的淡，一样的散。中国的这一路电影，不知去了哪里？什么时候，我们也出一个拍得出宋词意境的导演？

再说几句柳乐。

14岁得戛纳影帝，这种人生，Darling，真的非常不好过。辉煌之后，这个男生花了十多年的时间，学习长大，走过各色各样的人生，包括吞药自杀未遂，暴肥，暴瘦，最低潮，曾经在洗车铺和居酒屋打零工养家，时薪1000日元。然后在妻子鼓励之下，重新做人。去美国从头学表演，猛攻舞台剧，锤炼演技，演村上春树的《海边的卡夫卡》。整整12年以后，才一个圈子兜回来，蹒跚重归影坛，重回各种奖项的领奖台，最心仪的偶像，是德尼罗和帕西诺。

少年得志，不是人人消受得起的幸福，出来混，总是要还的。

早点还，恐怕比晚点还，要来得好些。这个俊美男生过山车一般的人生，本身就是一枚戏味十足的催泪弹。

是枝裕和当年拍《无人知晓》，多位儿童演员，包括柳乐在内，是不看剧本的，完全靠是枝裕和当场讲戏，当场给戏，所以，拍出来的感觉极新鲜，极灵，不死板，这种拍法亦真是适合是枝裕和那种碎。吃巧克力豆，煮咖喱饭，涂蔻丹，搜自动售货机里遗忘的零钱，梳辫子，看野眼，等残饭，等等。后来，在 2016 年的《海街日记》里，是枝裕和再度演绎镰仓老屋里，四姐妹的碎屑故事，最年幼的妹妹，亦是采了同样的方法，拍出来的。演妹妹的广濑铃，16 岁，海选选来的，连名字，都跟片中角色的名字巧合，是枝裕和称，是不可思议的完美人选。该片在戛纳献映，掌声雷动，是枝裕和携四姐妹谢场，场面如粉樱缤纷，真真春色无限。

是枝裕和的佳作，下次接着写。于电影这一业，希望关心明星八卦，少一点，关心天才和佳作，多一点。

毕竟，电影圈，是一个天才们的斗兽场。

出门就好

姑苏寻茶记

    黄昏，随女友去苏州寻茶。

    司机一边开车，女友一边导航，干将路五卅路的交叉路口。

    我在车内听着这两条路名，兴叹个半死。干将路，于1935年，改筑成近代马路。五卅路，筑于1926年，取名纪念五卅惨案。两条都是民国的老路了。干将路是苏州最重要的东西贯通的主路，在古城的中轴线上。听听干将路这种路名，多么豪迈霸气。如今每趟到苏州，必然会在这条干将路上横行而过，没有一次，不心惊肉跳。

    而今天，是去寻茶。

    到了交叉路口，跳下车来，一栋至少二十年楼龄的老式工房楼，中国任何城市都很容易找到这种一模一样的房子。颤巍巍的电梯搭上去，旧时代的走道，长长的，惨淡走过，一边走，还一边想着虚廊受月那样的风雅，要去哪里寻得回来，然后就进了门。

    是一间铁灰色的茶室，坚冷，空廓，黯淡，一看就了然，是男人的茶室。茶桌上略略凌乱，铺陈着各色茶具，一盆子插得很没水平的潦草的花。立进去，咣当掩上防盗门，就到了另一个时空了。

看不见主人家，女友哇哇叫，主人家，顾晓地，苏州茶人，在厨房里洗云南番薯，要蒸给我们当茶食，满嘴嚷，你们先坐，我弄好番薯就来了。我们的心思根本没在番薯上，继续不住嘴地哇哇叫，冷死了啊，开空调啊。主人家被逼得跳脚，湿着一双手，匆匆过来开空调。苏州的俗世美名之一，叫做东方威尼斯，那种深秋的湿寒，蚀骨万分，两个与江南的阴湿寒冷缠斗了半辈子的上海女人，终究不是老天的对手。没有空调温暖，任你再好的古茶，谁有那个心思饮？

折腾了二十分钟，屋里渐渐有了暖息，气氛酥融起来，我们亦总算安宁了心神，坐在茶席跟前，静心吃茶。三层楼的旧工房，主人家开了一面墙的长条框窗，刚好框住了院子里的树木们，坐在茶席跟前，便有一幅蓊郁的绿色长卷在眼前，煞是养心滤神。

主人家伸手泡茶，一双手伸出来，吓人一跳，无比巨大的一双手，跟四肢以及五官，都失却比例的那种巨大。顾晓地，从前做古董生意，兴致勃勃给各大甩卖行提供拍品，女友干脆叫伊顾古董。这几年不弄古董了，改弄茶，成了有名有姓的天下茶人。人是长得相貌奇诡，单薄高亢的身躯，于苏州人里，绝对是出类拔萃的身高了，短脸，大耳，眼神炯炯，精气十足，一望即知，是茹素经年的素食者。素食者，怎么望出来？另篇再说。忍不住先啰嗦一句，最烦的，是一眼望不出来的素食者，一身荤腥气味，偏偏自称是吃素的。这种人，男女都有。

是特地来寻茶的，曾经在厦门饮了一泡好茶，据说，此茶是顾晓地手上来的，便辗转跑到苏州跟顾要。顾晓地神情怡然地泡了来，滚茶递到心口之间，三道饮过，女友始终无语。顾晓地切切道，此茶，哼哼，你到你们上海的大可堂去吃吃看，天价都不见得有得吃。

女友默默良久，终于说，没有我在厦门吃的好。这茶，怎么这么炸？是水的问题吗？

炸，这个字，在上海话里，是个很深邃的字，比嗲，作，赞，都难描难画得多，而上海人自己用熟用惯了，就觉得一字胜却千言万语，再稳准狠没有了。企图解释这个炸，是比较吃力的。杂，不安，不纯，闹，种种意思，都有。靠当时语境判断，基本上，是个十万恶毒的贬义词。

某女很炸。这个女人，千般的好，都粉碎在这个炸字上了，没得救。

这种颜色炸是炸得来，哪能穿得上身？意思是，村姑才穿这么乡气难看的颜色。

某某唱功是好的，就是声音炸了一点。这种四两千斤的艺术评论，也只有懂经的老江湖，听得出其中的促刻分量。

回来讲这句，这个茶，怎么这么炸？

我在旁边，听得心头一凛，呵呵，懂经的上海女人，厉害，亦只有吃素的女人，讲得出这种话来。

顾晓地呢，呆了一呆，二十秒之后迅速回过神来，微微颔首，侬结棍的。一边洗杯换盏，重新泡茶，一边再来一遍，侬结棍的。刚才那一泡，里面是掺了一点点别的叶子，一点点而已，被侬吃出来了。

女友一副受骗上当的恨，吼吼，再没想到，到你这里吃茶，还有这种上当事体。我还一直检讨自己，以为是厦门喝的水不同。

中国人开门七件事，柴米油盐酱醋茶，其中的米，茶，酱，盐，都是极端麻烦的东西，越吃越刁，吃过了好东西，犹如走上不归路，再也拧不回来了。长年茹素的人，舌尖灵敏，味觉清秀，于米事、茶事上的挑剔，非常的可怕。

顾晓地重泡了茶来，这一泡，终于，不炸了。而云南番薯蒸上来，女友勉强吃了一小个，鄙夷道，哪里比得上熊本的番薯？我是干脆不碰，吃桌上的生巧克力，伴陈年熟普，比想象的，好很多。

茶过数巡，请顾晓地换绿茶来饮，碧螺春啊碧螺春，苏州人的独门看家茶。天下茶人亦兴致盎然来了茶瘾，于冰箱内，翻出冷冻的顶级碧螺春，小小一玻璃瓶，啧啧着捧过来，接过来闻个香，腰细了，冷冻柜里取出来的碧螺春，一点点香气都没有。泡开来，茸茸的浅绿，碧莹莹的，清淡娇嫩，一盏入喉，乳香袅袅。顾晓地翻翻白眼，说个吓死人的贵价给我们听，纯粹的洞庭碧螺春啊，太不好保存的娇贵东西。

此人的观点，茶道茶道，道在日本，茶在中国。一句话，把两个地方，都得罪完了，倒是名副其实的一箭双雕。

关于碧螺春的茶事茶屑，太多了，随便说个苏州才子车前子的。

车前子讲，碧螺春三个字，拿苏州话来读，柔波荡漾。呵呵，这是一个吃茶的男人，亦是一个吃字的诗人。据诗人讲，苏州话，是适合搞阴谋的方言，阴雨绵绵，能把刀子藏进鱼肚。

车前子多年前，跑去东山紫金庵吃碧螺春茶。当年的生产队，在紫金庵里开了个茶馆，每年碧螺春上市，生意格外兴隆。那时计划经济，手头有钱，市面上也断断买不到碧螺春。好这一口鲜的苏州人，都跑到紫金庵去吃茶，此地是碧螺春传统产地之一。始料未及的事情是，紫金庵的泡茶方式，意外地留在了很多人的记忆里，紫金庵茶馆，用饭碗泡茶。

交钱之后，茶馆负责人给你一小纸包的碧螺春，叫你自己拿只饭碗头过去，饭碗，在苏州话里，叫饭碗头。饭碗很大，看得出东山人的饭量之大，其他地方的人，把这样大的饭碗称为菜碗。饭碗白粗瓷，很干净。有关紫金庵茶馆用饭碗泡碧螺春，不屑者批评说，恶器糟蹋了碧螺春，匪夷所思。赞美者却认为，赵飞燕是轻骨头里的轻骨头，碧螺春是嫩中之嫩，饭碗的碗口大，散热快，容易守住嫩，属于匠心独运那一流。

车前子讲，伊一个人独坐方桌，手捧饭碗，桌上还有一只竹壳热水瓶，竹壳热水瓶平添了我们都是村里人的秘密的喜悦。

苏州人吃茶的冷噱，于非常时期的非常碧螺春里，亦是闪闪发出智慧的光芒的。

碧螺春之后，顾晓地再泡了一道古茶来，普洱老茶泡出浓郁的枣香，女友不吃碧螺春，接了此茶，赞不绝口，而我，却觉得碧螺春之后，再饮如此浓郁的枣香茶，未免浊重。顾高人便颔首，是的是的，各茶人各眼，吃茶都是吃自己那一泡。

天黑尽，酒市帘收，笛家门掩，楼台万家秋深。辞过主人家，推门出来，继续穿越二十年楼龄的破敝走廊，爬上车车，回上海的家。

255

第一夫人杰姬

  2016 年的重要电影 *Jackie*，中文翻译成《第一夫人》，实在是俗里俗气的势利败笔，原来的意义彻底丧失，译成《杰姬》才对。电影讲述美国前第一夫人杰奎琳·肯尼迪，人称杰姬，在丈夫约翰·肯尼迪遇刺身亡到举行国葬之间，仅仅四天内的心路历程，奥斯卡影后娜塔莉·波特曼出演传奇女子杰姬，这也是杰姬第一部传记电影。如此的主题，如此的女主，当然是年度重要出片。

  我对波特曼小姐不是很有兴趣，九成的影评都在议论纷纷她的演技，这种事情，多说无益，杰姬这种女子，就算你演到九分九相似，亦根本无可追随本人的风神余韵，绝对是吃力不讨好的苦活。然而，全世界的女星，恐怕都抵挡不住演一回杰姬的诱惑。就像当年梅丽尔·斯特里普携一生隆誉，兴致勃勃出演撒切尔夫人，是一回事。通常这类演技派女星，一演这种历史名流，必全力以赴，亦就必定犯下用力过猛的低级错误。波特曼下的功夫有目共睹，模仿杰姬的种种细节举止，都算很到家了，不过呢，成就亦不过如此，得个中上之评，而已。而斯特里普当年演撒切尔夫人，恐怕评价还更苛刻一点。

　　让我十分感兴趣的，是此片的导演，40岁的智利才俊 Pablo Larrain，此人比较不得了，通部《杰姬》在他的处理下，充满南美的审美趣味，无论镜头的摇曳方式，场景调度的推拉，色以及音，都跟美国电影大异其趣，叙述杰姬这种传奇女子，实在是很赞，很梦，很飘。想想看，如果来个美国导演，以强劲的美式风格，拍这个片子，会多么剑拔弩张，会多么粗狂毛糙。这位智利导演，拍片不过十年，一共执导过五部电影，其中两部得过金球或者奥斯卡最佳外语片提名。这样一位震惊世界影坛的年轻导演，真真耀眼非凡。其实，杰姬当上美国第一夫人，流连白宫，不过短短三年时间，她的夫君，没有来得及完成一任总统任期就被刺身亡，偏偏是这转瞬即逝的三年，非凡地点缀了美国历史，亦非凡地成就了杰姬。第一夫人何其多，而杰姬始终是美国人心目中，最美，最神的一位，尽管，杰姬论容貌，根本算不得美人，骨骼豪阔，脸是方的，双眼距离异乎寻常地远，等等。而若干年后，由一枚智利导演，献上有史以来唯一一部杰姬的传记电影，此中的诡异，颇令人唏嘘。想想看，杰姬半辈子恶魔一般的情敌，玛丽莲·梦露，美国总统约翰·肯尼迪公开且长期的情人。梦露小姐的某部传记片，是不是，日后会由非洲导演来贡献呢？我的天啊……

闷 片

写两部很闷，但是很好看的电影。

2008 年，日本导演是枝裕和的《步履不停》，以及，2011 年，伊朗导演阿斯哈·法哈蒂的《一次别离》。

名气是《一次别离》更煊赫些，奥斯卡最佳外语片，金球最佳外语片和柏林金熊，统统扫荡了一遍，导演当年年方四十，真真春秋鼎盛，耀眼非凡。以 30 万美元的成本，拍出票房 2000 万美元的电影，说是人间奇迹，恐怕一点也不过分。这枚伊朗才俊，时隔不过数年，于 2016 年，再度问鼎奥斯卡最佳外语片，片子是《推销员》。以如此高频率袭击奥斯卡最佳外语片，探囊取物，如万人丛中取人首级一般，无论如何，比较惊人。

《一次别离》几乎从第一个镜头开始，就是夫妇离婚争执，一句铺垫都没有，直接撕开脸吵吵吵。全球困境，中年危机，来来去去就是那么些花样，倒也不突兀，亦不需要新意，谁看谁深刻明白，完全没有民族鸿沟宗教隔阂。妻子想要带着学龄女儿移民国外以求光明未来，丈夫执意不允，要留在国内照顾老年痴呆的老父亲。要走你一个人走，女儿我不会给你。这种耳熟能详的离婚绝句，古今中外高度一致。然后是妻子搬回娘家居住，丈夫不得不请女佣照顾老父亲，然后是有孕在身的女佣，意外流产，牵出一堆坐监保释倾家荡产等等的麻烦。几乎是，看到三分之二处，依然觉得没什么深刻看头，一边操练瑜伽，一边当零嘴茫然看看。比较有意思有质感的，倒是那个伊朗的人间烟火，拍得绵密，扎实，稳静，细节饱满，跟纪录片似的，人物个个本色家常，该干什么干什么，弄得观众不像在看电影，倒像是在窥视人家的起居。一共就两三个场景，家里，法院里，学校课堂里，简单，省钱，跟肥皂剧有得一拼。后面三分之一开始发力，是故事发力，也是导演发力，前面埋的伏笔，一枝一叶开出花来，还是黑色大丽花，影片情绪一点一点推进死角，人人无一例外落入困境里。洋葱一层一层剥，从道德剥到宗教，复杂得像一枚千层酥，脆弱亦如千层酥，一手指碰过去，崩溃得很难看。把一个貌似平淡如白开水的故事，拍到这么有张力，导演确实是有本事的。只是，我不喜欢这种步步为营的情节，简直如一个圈套，导演机心太重，用力猛得噎人，那种猛，还不是刀劈斧削的猛，是一根针的猛。希区柯克是前面那种阳猛，伊朗才俊是后面这种阴猛。不少伊朗电影，都有这种气质，于世界影坛，绝对别具一格。好莱坞一向以阳刚阳光二阳雄冠全球，好莱坞最不会，是这一手阴，于是亦就最吃这一套。

全片看完，很辉煌的成绩是，里面的人物，从吵着离婚的妻子丈夫，到女佣，以及女佣失业焦躁的丈夫，甚至连老年痴呆的老父亲，一概不可爱，不喜欢，不同情，唯一的例外，是离婚夫妇11岁的女儿特梅，演得恰如其分，适度的无奈，适度的焦虑，适度的质疑父母的道德，最动人的镜头，亦是结尾处，半大的女孩子，立在法官跟前，千难万难，濡泪回答，父母分离以后，自己选择跟哪一方过。那一点点小小的，并不滂沱的眼泪，真的是一箭穿心的哀婉。其实，这个角色，是导演默默投射离婚夫妇，各自内心的无奈焦虑与难舍，吵得那么凶，离得那么毅然决然，其实，各自的内心，有说不出口的难舍难分，宛然表现在了特梅这个立面上。

最有意思，是妻子在片中，有个一闪而过的短短镜头。一边开着车，一边对着副驾驶座上茫茫然的痴呆老父亲，轻诉丈夫，连一句慰留的话都没有。言下之意，只要丈夫开口慰留，事情恐怕尚有挽回的余地。心底最深处的真心话，无处诉说，只能对着个失智老者诉一诉。女人的这种委屈，静水深流，难解难懂，当事人的男人，一定是最不懂的一个。这个片段，导演拍得极为模糊，生怕观众看穿这个底细，而不拍这层意思，导演又百般不甘心。

是枝裕和的《步履不停》，获奖成绩单并不那么灿烂，我却觉得，是是枝裕和作品里，极为不错的一部佳作。远比美女纷呈的《海街日记》来得深沉悠长。

横山家的老父亲，是开家庭诊所德高望重的医生，老母亲是家庭主妇。大儿子若干年前，为了救溺水儿童，不幸身亡，老父亲失去长子，家族衣钵亦失去传承。二儿子跟父亲很拧，不愿意继承家业，跑去大城市，做了油画修复师，工作断断续续相当辛苦。于大儿子的祭日，二儿子阿部宽带着妻子儿子，女儿 You 带着丈夫孩子，回父母的家，过一日假期。这种家庭，看似祥和，静好，不愁吃不愁穿，其实，一家不知一家事，满腔的欲说还休。整部片子，始终在老房子的厨房与起居室内徘徊，儿女回家省亲，做一桌子好吃的，三代同堂，普天同庆。说来说去，就是这点景致，却给是枝裕和拍得高度好看。

说说他的几位御用演员。个个精彩，好得没缺点。

演女儿的 You，是是枝裕和的爱将，是枝成名之作的《无人知晓》里，You 演那个抛弃孩子们的烟花母亲，而《步履不停》里，You 演宛转蛾眉苦心扶母，亦苦心维持祥和气氛，不让大局崩于一溃的女儿。You 小姐讲话有一种特殊的咬文嚼字，娇软烂漫，在全片僵涩的推进中，涂一层极淡的蜜色，非常厉害，亦非常煎心。这种姿色中等，却拥有殊异气质的演员，到了是枝裕和的手里，真是光芒万丈耐看极了。

演二儿子的阿部宽，亦是是枝裕和的超级爱将，演过多部是枝裕和的佳片。阿部宽演这种尴尬中年，一点点不得志，一点点不肯放弃，一点点我其实很累了，都很拿手，演得跟不演似的，半点力气都不用，那种松弛松软松花蛋，像极尴尬中年，亦就更绝色了。

演老父亲的原田芳雄，是泰斗级的老演员，演德齿兼备的老医生老父亲，自然样样要端着，没有大开大合，只靠小动作不动声色地演，那真是见功夫的。最赞一镜，是老头子泡在浴缸里，老太太在外间准备替换衣衫，隔着浴间的门，老头子觉悟到，原来若干年前，大儿子溺亡之日，老太太到处找老头子，找到情妇家的门外，听到屋内一曲爵士乐《步履不停》，老太太一声不吭走了，屋内的老头子一无所知。老太太一边收拾衣衫一边毫无火气地讲往事，哦哦哦，你跟那个女人……老头子泡在热水里，羞愧后怕得双目一闭无以复加。

而全片，最精彩，是演老母亲的树木希林，这个演员，实在是太厉害了，是枝裕和大部分的片子，都跟她有关，堪称第一老妇。光是这个片子，树木太太获得了一共五个最佳女配角。她演的老母亲，有一个共同的特点，个个都是，一堆小缺点的老母亲，一点不高大，一点不正确，却非常非常稳准狠，把母亲这种角色，母爱这种爱，演绎得层次丰富，骨肉停匀，让人看落眼中，长吁短叹，一肚子的闷愁难排遣。这个片子里，树木太太从头至尾忙忙碌碌操持家庭的餐聚，琐碎家常得，跟所有的母亲一模一样。她跟儿子叹，啊，啊，很盼望你买车啊，买了车，我么，就可以坐着儿子开的车，去超市买牛奶了，啊，啊，人生梦想啊，多么体面啊。而每一年，大儿子的祭日，老太太总是记得，把当年获救的那个孩子，叫到家里来，看看，这个用我的儿子的命，换来的家伙，他活得像不像话。连自己儿女，都觉得自己的妈，年复一年地这么做，有点刻薄有点恶毒，劝妈，明年就不要叫那个孩子来了吧，那孩子多尴尬啊。老太太一口回绝，我当然要叫他来，一年来一次，又不过分，那是我儿子的命换来的。这种母爱，过目难忘。二儿子阿部宽临走时候，从并不宽裕的手里，挤出一点钱，悄悄塞给母亲，给妈的零花钱。树木太太呵呵两声，用儿子的钱了，真好真好，就不客气了哈，收进贴身衣袋里。树木希林不光点亮是枝裕和的片子，在李相日的《恶人》里，河濑直美的《澄沙之味》里，都有她的精彩出演。

　　顺便写一笔，《步履不停》，还有翻译成《不停地走》《横山家之味》，即是你走啊走，统统词不达意，应该翻译成，《行行复行行》。原曲于 20 世纪 60 年代红极一时，*Blue Light*（《横滨》），原唱是石田亚由美，行行复行行，是其中一句唱词。

听得懂的歌　看不懂的舞

　　上海国际艺术节如今有一个特别优的优点，国际两个字，不是随便贴的金子，是高度名实相符，非常非常国际，这个真真难得，绝对不是简单的事情。比起每年国际艺术节，费尽力气，将几枚世界大牌光荣"押解"到场，整顿出若干场顶级交响乐团的重磅音乐会，上下齐心咬牙切齿，发誓要把世界十大二十大乐团一个一个弄过来，更将世界顶级芭蕾舞一台一台打遍，弄得浑身绷紧一幅奥运精神，我好像，更钟意看一些别具一格特别小众特别角角落落特别四两拨千斤的艺术家和艺术品。这类稀奇古怪的小东西，不是借着艺术节的大力，平日里，恐怕至难有机会从世界各个角落淘宝一般淘来。而上海国际艺术节办了这些年，终于慢慢成熟起来，有头角峥嵘的大牌，亦有密密麻麻的小牌，层次绵密，角度丰富，精致与精彩，大致都不缺。这一点，我尤其喜欢。一个艺术节过去，家中玄关的瓷盘里，丢满了大大小小的票根，细细检点，还是，小牌居多。

　　之一，当时，看到今年国际艺术节公布戏码，飞快扫一遍，第一印象中，特别特别想看的几场戏里，有一场，是南部非洲"犀鸟之声"无伴奏三重唱，这是一场完全不起眼的小戏，我却一眼就看上了。想想看，在上海，要买一本津巴布韦的小说，恐怕问遍所有书肆，都不太可能办得成。而在上海，看一场津巴布韦原汁原味的无伴奏三重唱，居然举手可得，是多么不可思议的事情。

"犀鸟之声"在上海音乐厅开唱，粉蓝雅痞的音乐厅，跟荒漠纵横的津巴布韦三重唱，极端不搭调，门口连黄牛票都没有，因为实在太偏门，连黄牛都觉得没钱赚。其实当晚上座率还不错，小小音乐厅亦有七成左右的听客。

三位津巴布韦天才歌唱家款款走上台，轻松自如，朴朴素素，一点不紧张，一点不花哨，一手拎条白毛巾，一手提瓶矿泉水，上台如同下地干农活，自带毛巾自带水，而且，这个意思，是不唱完，不打算下台了。三人一开口，果然天籁。温暖，远阔，层次绵密，收放自如，以三条男嗓，以及奔腾的非洲手鼓，载歌载舞吟唱出津巴布韦各色民间歌咏，或歌颂太阳，或殷勤祈雨，农事繁忙，非洲吉祥。这种浩荡大自然里熏陶出来的歌唱，跟排练厅中千锤百炼出来的精准，完全两种滋味。一年四季，唱片里听得太多的，是排练厅的精准无瑕疵，冰冷，坚挺，气息吞吐，控制严密。而这种原始野放，无拘无束，这种非洲男人与生俱来的歌唱性，举重若轻，一下子，就将一片非洲大地带到眼前。

三位歌唱家极是谦虚，反反复复地询问听众，你们感觉还好吗？你们觉得舒服吗？坐在第二排的我，听他们反反复复这样问，忽然被一种能量感染到，唱歌唱到舒服，是艺术最高境界，其他艺术指标，什么气息什么音准什么控制，统统变成假正经。艺术经常如此，往往是走到某种险凛凛的边沿，忽然，就豁朗撑开一扇门，让你顿悟到一种开天辟地。所以，人生很多时候，不必拼命挤向中心，边缘地带徘徊一下，跟群众离得远远的，自有一种疏朗的获得。

其实，这个"犀鸟之声"，近年在欧美得到过不少瞩目，获过法国电台音乐大奖，英国奥地利德国美国都有登台，还出过金唱片，拍过纪录片，在北美卖得尤其好。我在百度上搜来搜去，完全搜不到他们的歌。还有一个没想通的是，为什么叫南部非洲三重唱？而不是直接叫津巴布韦三重唱？是不是叫津巴布韦三重唱，观众还要减少三成？

之二，蒙特卡洛芭蕾舞团献演《仲夏夜之梦》于文化广场，这个团，这出剧，亦是今季艺术节我的必看。蒙特卡洛芭蕾舞团来历相当传奇，它的前身是 20 世纪世界顶级舞团佳吉列夫俄罗斯芭蕾舞团，1909 年开始扎营于蒙特卡洛，之后几十年间，舞团生生死死血泪得腰细，到 1951 年，舞团已经彻底销声匿迹。一直到 1985 年，摩纳哥公主主持重建了舞团，1993 年，公主钦点了 Jean-Christophe Mailot 担任掌门，这个舞团终于再一次一步登天，跨入顶级豪门之列。公主钦点的这位 Mailot，是个惊世的天才，是一个人成就一个舞团的当代传奇，短短 23 年的时间里，他为舞团创造了 30 部芭蕾作品，其中不少，如今已是世界各家大牌舞团的保留剧目。这位 1960 年出生的 Mailot 先生，在摩纳哥公主的主持下，还创立了芭蕾舞艺术节，芭蕾舞论坛和芭蕾舞学院，简直精力魄力眼力惊世骇俗。

说回《仲夏夜之梦》，这是一个何其复杂的芭蕾舞故事，跟传统芭蕾舞剧的真善美人与仙王子与公主的套套，大相径庭，竟然有三维空间，开演之前，坐在冷冰冰的包厢里，阅读完厚厚一册中英文

虢国夫人游春图细节之二／张萱

说明书，跟身边戏伴喟叹，Darling 啊，腰细了，今夜我不一定看得懂 Mailot 这出戏，很没自信啊。戏伴整顿好望远镜，安慰我，你看不懂的话，我也不会看得懂的，放心吧。真实情况是，一场舞下来，精美绝伦，舞技，音乐，舞美，服装，舞台调度，大气磅礴美到观止，几位主演，实在是精致得罕有，女妖简直每一寸肌肉都勾魂舞动，望远镜端得我手臂都小酸。然而，我是真的没有看懂。Mailot 的另一部名作，芭蕾舞剧《成为一个明智的国家》，估计我也不大可能看得懂。深夜散戏回家，心里好生落寞，如今是，好莱坞的电影，我有一小半是看不懂的，现在连芭蕾舞剧，亦出现了看不懂的了。我的天啊，真的是，人不进步，天诛地灭。

女刺客聂隐娘

　　这个世界上，大导演有两种杰出方式，一种，拍极好看的电影，另一种，拍完全没办法看下去的电影。偏偏华人大导演，比如侯孝贤王家卫，都是后一类。不过这个事情并不妨碍他们稳居大导演的成就地位。这个不是笑话，是肺腑真心话。这种人杰，他们有太多的内心澎湃以及丰富的技巧与万般的追求，根本不是当今两三个小时的大银幕电影，可以呈现的。我们常常是在他们的盛名之下，看到一阕支离破碎不知所云的糟糕电影然后长叹看不懂吃不消是不是疯了。还好，有一种书，叫做电影拍摄侧录，详细记录整部电影，从起念到剪清的全部过程，不是脑补，是书补。这类书，通常比较大部头，野心琳琳琅琅，想法枝枝蔓蔓，细节密密麻麻，一本翻完，才明白，大导演究竟要干什么，亦才懂得，这帮老妖，究竟是厉害在哪里。
　　春日缠绵，浪掷大把时间，翻完《行云纪》，是侯孝贤执导的《刺客聂隐娘》的拍摄侧记，作者谢海盟，聂片三位编剧之一，另外二位是朱天文和阿城。此书最早于上海的无印良品旗舰店内，看见的是台湾版，现在手边这本，是 2015 年广西师范大学出版社的版本。还好，300 页，只是书制作得极厚重极原始，跟当今轻薄便携的装帧原则背道而驰，倒是颇符合侯孝贤的那种浑厚劲头，抱着阅读，苦费力气。当然，看完全书，不免找来《聂隐娘》，重温一遍全片，书与影对照，终于明白很多冰山之下的东西。

《聂隐娘》的唐传奇本只有 1734 字，叙述中唐藩镇割据时期，大家闺秀聂隐娘如何幼年被道姑携走，费十三年学成顶级刺客，于乱世中穿行，其人其技其爱情。听起来，真是一段拍大片猛赚钱的绝好材料，却被侯孝贤弄成如此晦涩难懂的超小众超文艺的片子。书中自己亦讲，剧本建构时，不少地方以《教父》为蓝本。这一句，看得我笑出来。一样是大导演作品，《教父》好看得一个世纪不褪色，《聂隐娘》却被叹看不下去，侯孝贤与科波拉的不可同日而语，亦就不必说了。

舒淇演聂隐娘，据说在侯孝贤心目中，是不二人选，舒淇亦确实了不起，从头至尾一身黑衣，大部分镜头面无表情飞身上树上屋檐，身患深度恐高症，简直有冒死的意思，这份敬业无话可讲。只是片中聂隐娘的刺客身手，实在滞重笨拙，根本演绎不到万人丛中，取人首级如探囊取物的俊逸洒脱，跟《一代宗师》里章子怡的宫二，差距太遥远。章子怡的舞蹈功底，成就了王家卫的唯美，与侯孝贤的审美趣味，走向两个极端。

无论影片还是书，日本文化的内质，都实在太太太太太浓重了。故事本身拍的是唐朝故事，整部片子，从衣饰到置景，全部是日本东西，大部分外景，在京都借人家的寺庙拍戏，大觉寺，东福寺，清凉寺，平安神宫，为了成功借到寺庙，甚至不惜引入日方投资，因为日本人寺庙根本不借给外国人拍电影。拍戏全过程，都有和尚和日方投资人在旁边监场。某日一场追打戏，张震演的节度使不慎擦伤栏杆，留下两道基本看不见的擦痕，弄成晴天霹雳，日方制片们不等收工列队去向庙方道歉谢罪，最高领导亲自提笔写下悔过书保证绝不再犯，才避免被赶出去。

这个还是借景，书中坦陈，片子的很多片段，干脆就是直接拿的日本的剑侠小说来拍，舒淇饰演的隐娘最后拜别师傅，许宜芳饰演的道姑，谢罪之余，亦是绝恩。书里写，忽一下，落叶飒起，道姑在背后袭来。隐娘本能反手，匕首一出不回身，师徒交手于瞬间。瞬间过后，道姑收势站定。望着隐娘不回首地直走出道观去，悲与欣，大片殷红，道姑白衣襟前迅速渲染开来，像一枝牡丹。这一节，完全与日本剑侠小说大师五味康佑的成名作《丧神》情节如出一辙，五味曾因此篇获得过芥川奖。侯孝贤的打，是一剑两剑就结束，王家卫的打，是翩然起舞，打完再打生生不息。侯孝贤是日本的剑侠打法，王家卫是金庸的书剑恩仇录打法。侯孝贤那种凝静不动的武侠，只有去日本文化里寻。侯孝贤讲，演员能量够，即便招式失之简单都无所谓。你看体育台的慢速播放，面对那么快速飞来的球，费德勒的神情还是可以那么专注，他的表情一点变化都没有，这就是武侠。看到这种地方，觉得侯孝贤还是厉害的。

张震演节度使，其妾胡姬，由谢欣颖演，侯孝贤心目中，这个亦是不二之选，因为"她与男人对戏的能耐太厉害了"。结果呢，拍到张震与胡姬的亲密戏，"与其是张震抱着她关切，还更像是抓着她翻来翻去，从头到尾决不让手肘以上的身体部位碰到她。看得工作同仁们都傻了，真想向张震喊话，这是你唯一真正爱的女人啊，请

269

你亲近她一点行不行?"侯孝贤骇异之余,连忙追问张震助理,他家
老板是啥星座啥血型啊?助理老实答张震是天秤座 O 型,侯孝贤呼
天抢地道惨了惨了,这种组合要怎生浪漫得起来?这一段,初看喷
饭,再思,亦确实大导演大智慧。挑人,是天下最难的事情之一,
人力用尽,基本是枉然,还是顺天,比较靠谱。

再来一段侯孝贤轶闻。某日清晨外景,侯孝贤看见栖了一树的
大黑鸟与水禽,极欲拍树上鸟群惊起,水禽低掠过湖面的镜头,偏
偏那整批鸟,打算睡一整个白昼,根本不起飞。"侯孝贤不怕丢脸地
哦哦啊啊发出各种怪鸟叫,自觉可能选错了鸟种语言不通,改撇着
上海腔(侯导与所有语言不通者的沟通方式)喊话,你们飞起来,我
付你们每个一百块人民币!见鸟们不为所动,加码到三百元,五百
元。最后只好使出杀手锏,制片飞车回镇上买了烟火回来,烟火一
放,鸟群应声惊飞走,一整座湖的鸟类空路水路逃离现场,场面壮
观极了,侯孝贤满意的镜头到手。"呵呵,付你们每个一百块,好像
不一定是戏语,以侯孝贤的身手,付得起也说不定。"

现在的影片中,根本不存在的一段片子,看书中记录,倒是十
分想看的。张震演的节度使,夜间出浴一场戏,据说,这场戏,张
震气势磅礴,暴戾,跋扈,于日常起居里,尽显一国之君的派头。
好吧,片子看不到,抄一段文字吧:水汽氤氲里,不停步让婢女以
缁棉布巾一披换一披地印干身体,出屏风外,已穿上便衣,系好襟
带,走阁廊,一路烛照进了胡姬寝处。

女　荡

　　日本一国，杂志业之蓬勃，编纂水准之高，读者之深耕细分，排名世界前三绰绰有余，每次到日本旅行，无论消耗多少时间精力在书铺杂志跟前，皆意犹未尽怅惘有恨。以如此小众一种语言，竟拥有如此庞大深沉的杂志阅读人群，这算得上是日本这个国家，第101条不可思议之处。

　　日本杂志《太阳》，有多么厉害，就不写了，写写手边这册，1999 年 7 月号，第 465 卷，《太阳》杂志，封面故事是《木村伊兵卫的眼》。

　　木村伊兵卫，人称日本的布列松，日本现实主义流派摄影大师，以拍一手绝妙绝色快照出名。这期《太阳》狂掷将近 120 个页码，呈现木村大师里里外外，非常流金，非常过瘾，非常说明问题。

　　开卷一个整版的黄页，罗列大师一生底细。此人 1901 年出生的射手座，家里经商，专做纽襻生意，独子一枚。小小年纪入东京第一贵族幼稚园庆应义塾，按着祖父的意思，是要走精英路线的，结果呢，身体太弱，读小学开始，就不太讲究贵族名门，读读玩玩，貌似相当纨绔。幼年理想，是长大了，能当上相声艺人或者能给艺妓背化妆箱。渐渐成年，家里长辈发话，差不多，也可以做点事情了。木村一听头皮发麻，先想什么事情做起来比较不累，想来想去，想到开照相馆比较轻松，就开了。一直到邂逅第一台莱卡相机，这个混沌沉睡着的天才，才醒了过来，从此走上锦绣正途。

据说，木村一辈子，从来不用大型相机，只用莱卡小相机，这在大师级的摄影家里，属于大型异类。成名之后，莱卡东京专卖商一有新机器到埠，首先捧到木村府上，供他使用品鉴，等着听木村的用后感。木村的感言，常常是宣传推销莱卡相机，最好的广告词。据说，有一年送去的新机子，木村爱不释手，说，连空气都拍得出来。一语风靡天下，至今为人津津乐道。

这期《太阳》请了木村多位大弟子撰文，几乎人人都提到，跟随大师出去拍照，是绝对不容错过千金难买的学习经历。此人拍照，看似漫不经心一路晃过去，却一拍就有，从来不回头补拍，一个闪身之间必定搞得铁定，这种一发必中的稳准狠特技，在摄影界传得神乎其神，比眨眼还快的节奏，确乎神技。而木村自己讲，有什么好奇怪的，按快门之前，你就要预测到，拍摄对象的下一个举止，不是等对象举止停当了，你才按快门。

弟子北井一夫回忆，1972年田中角荣访问中国之后中日恢复邦交，次年木村大师率领一支十三四人的摄影家代表团，往中国交流，旅费全额由摄影家自己负担，高达四十多万日圆。当时北井刚刚崭露头角，几乎倾家荡产跟随木村而去，全部动力，就是想跟在大师身旁，看看那个一发必中的神话究竟如何操作成真。

非常好看的一篇回忆文章，出自绝色女优高峰秀子，她是日本跨越战前战后红极一时的名优，是木下惠介、小津安二郎等巨匠导演的御用女星。1956年正当高峰秀子三十多岁的黄金时期，某杂志邀请高峰小姐拍一组写真，摄影家是木村。高峰小姐回忆，当日，木村亲赴高峰家里，高峰去应门，以为会有一个连的人马开进来，结果就看见木村一个人，穿件简单西装，手里连相机都没有一台，轻若浮尘地站在那里。高峰小姐还思忖，大概，一大票弟子学徒，都留在门外的车里伺候着吧。高峰小姐自己，只穿了家常衣衫妆容亦简白，心里的打算是，反正拍照的时候，要按照摄影家的意思再换衣打扮。木村在客厅里坐下，屋里光线淡淡的，高峰奉了茶上来，拣了个面对木村的沙发坐下，刚一定神，木村忽然从衣服口袋里掏出相机啪啪啪拍起来，就那个光线，就那个衣衫和妆容，一口气拍了三十分钟，然后木村站起来，谢过高峰，收工走了。高峰还没入戏，戏已经落幕了。杂志出来的结果，是四个整页的专辑，黯淡的背景光线里，高峰小姐说，自己简直像珍珠一样，盈盈浮现在面前，看见如此美女，高峰说自己：仰天长叹。然后，再来一句绝的，我想，这个木村伊兵卫，是个女荡吧。女荡，中文译做淫棍，不是很妥，只堪意会。这是全部专辑里，写得最灵光的一篇。高峰小姐，太会写了。而木村的稳准狠，贴身较量过一次，也确实终身难忘的说。各行各业的顶尖人物，无一不是，超级人精。

木村擅长拍女子容颜举止，拍市井风物，拍过的东京冲绳秋田巴黎罗马，皆是垂青史的名卷。这期《太阳》，请荒木经惟重走木村最爱的浅草沿线，导读木村作品。对着木村名作《那霸的女子》，那霸一位欢场女子的写真，蒙娜丽莎一般的朦胧微笑，荒木大叹：好女子，好女子。再叹：再好的岁月，没有遇上好女子，终是惘然。

呵呵，前后两代摄影大师，看起来，都是女荡。

专辑中，亦有摄影大师桑原甲子雄撰文回忆，1974 年 5 月某日，他正在主持召开一个摄影纪念会，下午六点半左右，传出木村故世的消息，会场上立刻走掉一半的来宾。

木村一生，视摄影为无限乐事，多少带有一点少爷脾气，而且，十分幸运，一生没有竞争对手，这是十分不可思议的事情。1973 年在中国访问拍照，某日于人民大会堂拍摄，木村手里的莱卡突发状况，不能用了，此公毫不犹豫跟身旁的摄影家讨人家手里的相机，抓过人家的相机，啪啪啪拍完，连胶卷都不记得卷，顺手还给人家，长出一气，叹，啊啊啊，舒服了。拍出来是什么，根本不关心，在乎的，只是目睹关键的瞬间，要按快门，没有快门可按，那一刻，要心肌梗塞，要疯掉。

顺便写一笔，这期《太阳》刚好发布第 36 届太阳赏，这是日本最重要的一个摄影竞赛，第一届的大赏获得者，正是荒木经惟，而这一届，获奖者，是中国人冯学敏，主题是云南。

不快乐是很重的罪

事到如今，伊朗电影，作为一种奇崛的风格，一种别出心裁的叙述角度，一种令人心服口服的才华横溢，于世界影坛，早已不容置疑。写几笔伊朗大导演，伊朗电影的灵魂，阿巴斯·基亚罗斯塔米。

阿巴斯 1940 年出生，2016 年逝于癌症，当时逝世于巴黎，遗体运回德黑兰安葬，76 岁。此人一生拍片丰盛，短片长片数量不少，佳作琳琅满目，是欧洲各大电影节的常胜客。

略写两部阿巴斯的名作，1987 年《何处是我朋友的家》，以及 1997 年《樱桃的滋味》。

阿巴斯的电影有一个共同的特点，乍一眼看过去，会深度怀疑，这种故事居然也能拍成电影？导演是不是疯了？取才之奇，亏伊想得出。可是，不得不承认，阿巴斯这种天才，长着第三甚至第四只眼睛看人类。倒亦不是拍外星人生化异类或者灵与鬼那一路好莱坞的血淋淋，人家就是在日常清简的流水日子里，随便拣拣，拣出一个根本不可能拍的故事，一点，一点，耐心极好地拍给你看，还让你看得不碎屑，不小家气，反而，看得雄浑厚远，欲罢不能。这种东西，通常的导演，一辈子偶尔拍一部两部，奇巧得手，并非不可能，但要一而再再而三地如此往复，恐怕是不可能完成的任务。而阿巴斯一生，彻头彻尾，就拍这种东西，永远游走在你能够想象的限度之外，这就有一点伟大了。

《何处是我朋友的家》，讲小学生阿穆德，不小心，放学时候把同桌同学的作业本带回了家，而老师规定，作业一定要写在作业本上，不许写在零碎的纸张上，不遵守的学生，会被开除。阿穆德在那个黄昏，开始在银幕上不断飞奔，寻找同学的家，要把作业本送回给同学。历尽各种辛苦，直到深夜，还是找不到同学。小学生阿穆德只能回家，默默替同学写了作业。第二天上学，胆战心惊等待老师检查作业，结果呢？结果是，一举通过。

这样的故事，拍成电影，是不是听起来匪夷所思？岂不是要闷死人？然而，大师手笔，拍得行云流水一气呵成，一点疙瘩都没有，从头至尾，笔致淋漓饱满，绝不断气，细节密密麻麻，遍地真理。非职业演员的小男孩阿穆德，演得纯粹，清澈，不卑不亢，动人不已，那双眼睛，任何电闪雷鸣勾魂摄魄的大明星，都没有他厉害。而阿巴斯电影里，一贯的孤独主题，于此片中，亦是渗透得极为平静，极为从容，极为撼动人心。阿穆德于荒村之中的跋涉，于寻求大人帮助时的冷漠，于暮色四垂中的无助，影射着一个男人，于一生成长路上的孤单，阿巴斯实在是拍得有水平，那种不动声色，不宣泄，不崩溃，看上去，不像是导演克制有方，而像是，天生有那种器量，这个亦就是后天与先天的区别。不知阿巴斯是真的天赋才情，还是修得了如先天一般的后天。到了我这个年纪，我愿意相信，阿巴斯的才华是天赋。

《何处是我朋友的家》是阿巴斯第一部引起世界瞩目的作品，1987 年获得德黑兰国际电影节奖项，1990 年获得戛纳电影节艺术奖，这部作品开启了伊朗电影儿童题材的一脉。伊朗电影审查制度严格，儿童题材比较安全，日后成长为伊朗电影的一支重要脉络，打动世界影坛至今。顺便说一句，这部 1987 年的电影，查了一下，一直到 2000 年，才呈现于香港大银幕。

1997 年的《樱桃的滋味》，讲述中产人士巴蒂，厌世，打算自杀，开着车，于荒野里孜孜寻找一位能够帮忙掩埋他的帮手。库尔德士兵，神学院学生，博物馆标本制作师，非职业演员的本色出演，纪录片兮兮的陈述，阿巴斯风格浓郁得不得了。要命的是，场景始终在荒野里游走，无穷无尽的荒，一点缤纷都没有，什么暴力，美女，情色，速度与激情，统统没有，一路看下来，是相当吃力的。阿巴斯一点技巧都不讲，就是单一的长镜头，一路摇到底。这样的片子，天，要怎么看得下去？然而，居然也看了下来。一心赴死的中产阶级，一遍一遍地重复，我要死我不要活，我知道自杀是很重的罪，但是不快乐也是很重的罪。我不需要告诉你自杀的理由，我知道你会同情我，但是你怎么可能理解我究竟有多么痛。大概世界上九成九的导演，会去拍自杀的理由，只有一个阿巴斯，会来拍这种不必告诉你自杀的理由，这个好像就是天才与庸才的分水岭。博物馆的标本制作师铿锵地训斥中产阶级，我亦曾经计划自杀，深夜跑出来，把绳索挂到樱桃树上，准备上吊，可是我试着吃了一颗樱桃，然后吃了第二颗，然后吃了第三颗，然后太阳出来了，然后上学路过的小学生们，央我摇一摇樱桃树，然后我带着樱桃回家了，我妻子睡得很安稳，然后我现在在这里。百般求死的中产阶级，深夜躺进墓穴里，仰望充满哲学意味的樱桃树，然后就活了下来。

仍然是寻觅主题，仍然是孤独。阿巴斯这样的天才，想必是极度孤独的。立于孤独这种高度，俯瞰众生俯瞰世界，一切的电影元素，暴力情色雷霆万钧，仿佛统统都不值一提了。通常的电影，都是在解决孤独，畏惧孤独，而阿巴斯，是根本不解决孤独，是勇于孤独，以这种无以伦比的孤独，静静摧毁你的常识。

无惧孤独的人，是这个人世上，最勇的。

《樱桃的滋味》获得 1997 年戛纳金棕榈奖，这一年的金棕榈，同时获奖，还有一部日本电影，今村昌平的《鳗鱼》，另外找时间写一写。

阿巴斯在这一年的戛纳领奖台上，亲吻了颁奖嘉宾，法国国宝凯瑟琳·德纳芙的面颊，此举在伊朗引发轩然大波，伊朗禁止于公众场合亲吻妻子以外的女性，阿巴斯为此遭封杀，一代大师，欧洲流连，避风头长达十年之久。

吃吃笑了一个寒夜

　　八九月里，就看见广告，说是十一月底，保罗·纳尼要来上海登台，丹麦的喜剧大师，演他的拿手好戏《天外飞鸿》，是一种肢体剧，通俗一点讲，差不多就是哑剧的意思。这种另类小戏，几年也难得看到一回，更不要说，世界水准的。顺手就拿了一枚广告单子，顺手就贴在家里玄关，提醒自己几个月后记得去看。几个月眨眼就过去了，临到开演之前一个礼拜，顶着阴霾，匆匆跑去兰心大戏院买票，售票小姐亲切告诉说，连最便宜的戏票，都还没有卖完，你要不要啊。我的心亦沉亦冷，垂首沉吟千秒，跟小姐讲，我还是买比较贵的那种吧，抱着票子走回家，一路唏嘘个不止，到家呆呆宽坐半天，想想这种事情，亦不是我在沙发上唏嘘，就会有解的，无奈放下。

　　开戏当晚，阴冷个半死，戏伴真真知己，穿件齐膝长袄，横跨半个上海，不辞山长水远，早早站在兰心大堂等我。问伊晚饭是不是吃了，答是长乐路上匆匆吃了一碗难吃至死的馄饨垫饥，害我呜呜心疼半天。可怜兰心，大堂里服务人员比观众还多，怎么会啊？

这么好的戏，卖这么惨淡？如此跟服务小姐抱怨，年轻的小姐穿着笔挺的呢大衣，朝我微笑耸肩，表示这种事情，Darling 啊，岂是我们管得着的。然后亲切请我们今晚随便坐就好了。因为观众太过寥落，兰心的衣帽寄存，冷清清地，根本就没有开张。戏伴深情厚谊，拎着一捆紫皮枫斗给我，我呢，拎着两只白天刚在朱家角买的新鲜肉粽给戏伴，结果，我们两个面面相觑，只好默默拎着枫斗和肉粽，心情复杂地蹒跚步入戏院。

戏院里，终究是女客为多。上海无论何种演艺，一向是女客为主，零星几枚男客，基本上，亦是被女伴拉夫一样硬抓来的。当晚，而且是年轻女客居多，我想，我和我的戏伴，大概是戏院里，数一数二的高龄看客了吧。

戏呢，真是功夫戏，全部功夫，统统在保罗老头子一个人的肉身上。空荡荡的舞台，布景，灯光，道具，服装，一概极简，宜家算花团锦簇繁复至极的，保罗老头子自己背个双肩包就可以一网打尽。故事亦是简单到不能再简单，喝点小酒，写封家信，贴上邮票，才回味过来，咦咦咦，写信的笔，好像有问题，没有墨水还是怎么的，根本就是没写下字迹啊，格么，就是白纸一笺，只字没有，天外来书了。哦哦，我的天啊，自我绝倒一个……如此这般，简白到一分钟可以讲三遍的故事，哼哼，保罗老头子铁了心要炫技，用 15 种方式呈现给你看。分别是惊奇版，懒惰版，粗俗版，醉鬼版，一心二用版，梦境版，西部牛仔版，恐怖版，无声电影版，马戏团版，没有双手版等，15 个版本，15 遍反反复复密集看下来，非但不觉枯燥啰嗦句句重复，而且一遍比一遍扎实，一次比一次爆笑如雷，层层递进，高潮迭起，密密麻麻的细节前赴后继，举止质感绵密浓郁，一气呵成绝无踏空，舞台节奏之佳，保罗控制之无痕，都是十分让人口服心服的。

看完 15 个版本，笑完一整个寒夜，数一数，保罗拥有的几种厉害天赋。

一是模仿能力之强大，学什么像什么，演什么有什么。无声电影那个版本，模仿的是卓别林的腔调，呈现得十分高清保真，小动作淋漓尽致，深得卓氏精华。黑白，温暖，小人物，古旧，件件都有，用旧人的语汇，开自己的篇章，以他人之酒，浇自家块垒，观众看起来，来有来头，去有去处，十分的好。这种模仿，最忌用力过度，太要讨好，太要逼真，便成下品。保罗演来挥挥手就有，不吃力，不狠，举重若轻，看似轻松好笑，其实水很深。

二是澎湃腴润的想象力，以梦境版最为拔尖。梦游，西方艺术里常常爱弄的手法，我国传统艺术里亦常见，《牡丹亭》里不在梅边在柳边那种，汤显祖也曾经擅长。而现代，科技太强，手段太多，梦游这种古老原始的手法，就很少用到了。所以，偶有机会，在戏院里人盯人地看保罗演梦游，深觉别具风味，像咀嚼风干牛肉一般，有劲道。而梦游之水准，自是体现在想象力上，奇峰突起的意境，让正常的日常，显得苍白，可耻，味同嚼蜡。喜剧达到悲剧的高度，才是极品。

三是高度的调动身体的能力，一个人撑一台肢体戏，没有一句台词，全部依赖高度的身体表达能力，那是真功夫了。没有双手那个版本，保罗简直炫技炫到眼花缭乱，不用双手，完成全部故事讲述，从眼神到唇齿，无不全力以赴，技艺堪比杂耍分子。能力是高强，戏感亦十足，我却并不十分喜欢。反而是，西部牛仔版本，醉

號国夫人游春图之三／张萱

鬼版本，几种挥洒自如，恶得神髓的演绎，口感更为佳美。

保罗是意大利人，后来移居丹麦，在丹麦成名成家，半生获奖无数，除了经营他自己的保罗剧团，还是丹麦和冰岛两个国家的国家剧院的艺术指导。学习了一下他的网站，保罗只演三台看家戏，每月演 10 到 12 场不等，跑遍欧洲码头，整个 2016 年，只到亚洲演 6 场，两场在大阪，四场在上海北京。这种工匠式的戏剧家，穷半生精力，精雕细刻三本戏，果然大有匠人精神。保罗还在丹麦自己的剧团内，开设工作坊，传授他的独门本领给后辈同行。这样的生活编排，看起来，像是一个中年艺术家，至为理想的状态。

于一台戏，窥见一个人的生存方式，感知他与人世送往迎拒的悲欣嬉戏，是我，笑完一夜之后的琳琅所得。

听琴记

午后，风紧密，晃去浦东听琴。

喜马拉雅大观舞台，启用至今，不过屈指数年，已经破敝陈旧灰扑扑的样子，地板亦好扶手椅亦好，处处剥落，黯淡不堪。看落眼里，非常惊诧。此地是剧院深闺，还是街头摊档，莫名恍然。剧院内，洗手间的指引，间距巨大到瞠目的地步，闻所未闻，见所未见，目睹之下，又是一惊。

如今到东到西，最难遇见，Darling，是斯文两字。

明明写清楚，午后两点三刻开演，全堂听众默默等到三点半，方始开幕。主办方上台致辞，表扬听众耐心可嘉，亦呵呵道，我们等的是西班牙乐队嘛，大家知道，呵呵，西班牙人，以下省略五百字。

全世界再大的牌，亦没有豹子胆，敢让观众等三刻钟的，即便卡拉扬再世，霍洛维茨还魂，亦绝无可能。

格么，中国人，我们为什么不生气？

西班牙 Aupa Quartet 弦乐四重奏，一堂向迈克尔·杰克逊致敬的演奏会，登台之前的那个三刻钟里，我是当真好奇得不行，这是何方神圣，貌似比迈克尔·杰克逊本尊还豪气干云。四个前中年的男生，分别来自马德里、巴塞罗那、巴斯克地区以及古巴，两把小提琴，一把中提琴，一把大提琴，玩电声。上台先开电声开关，穿成酒吧小弟规格，第一小提琴的皮鞋后跟，磨移得缺了几乎一半。这样子的蒙尘皮鞋，穿了上街骑摩拜送外卖合适，上台拉琴，成何体统？坐第一排，一大把细节，蜂拥到眼睛里，不想看都不行。

琴一拉，就在心里叹，完了完了。水平呢，说好听一点，音乐学院硕士生水平，说不好听一点，二流酒吧都有点说多了。演绎的，基本都是迈克尔·杰克逊的名曲，却是荒腔走板得让人坐立不安，*Beat It* 这种铿锵经典，到了这四位兄弟手下，没一板是踩对头的，坐在下面听，一粒心，真真七上八下吃力得无比。还记得当年有位美艳女子陈美吗？那个拉电声小提琴的女孩子，拖一头长发，蹬白色长靴，在舞台上满台疯跑着拉小提琴。顺便百度一笔，这位泰中混血的小姐，曾经名噪天下的小提琴玩家，最新的新闻，是代表泰国，于 2014 年出征索契冬奥会，这回玩的不是小提琴，是高山滑雪女子大回环，半年之后爆出操控比赛之类的丑闻，被禁赛若干年。回过来讲西班牙四重奏。这一台呢，就像四个男版陈美碰头在一堆，前中年男人，拿不出陈美的饱满血气，听来听去，总是温吞，缺一大把力拔山兮的力气，更没有陈美的姿色飞溅。菁英亦不是，落拓亦不是，实在不是我刻薄，去二流酒吧应聘，要拿到三个月合同，绝对有难度。

再来一个吃不消，是这四位男生，把所有曲子，统统拉成一个样子，这个我最头大了。小野丽莎那种，把天下曲子一网打尽，统统唱成一个曲子，简直肉麻得杀人不眨眼。然后么，然后小野小姐就流落街头，成为街头小贩最爱贩卖的车载 CD 的热销爆款。从前每次走过吴江路路口，必有一曲小野丽莎亦沙哑亦嘹亮地飘过来，不得不咬紧牙关加快步伐埋头赶紧走。这四位男生，背景介绍资料上，力荐他们古典功底扎实，无论爵士、放克、古巴颂乐以及弗拉明戈，都深具心得。现场事实是，这四位男生，把爵士放克古巴颂乐和弗拉明戈，统统统一成了一个曲子，乏善可陈四个字，实在贴切不过。而感动，是无从谈起的。呆坐在剧院内，无法感动，这种经验，Darling，是超级坏的。

倒是有一招，四个男生很爱玩，就是取悦献媚听众。这个也不是这四位的独爱，劣等音乐家们，都很爱。听过看过太多的音乐会之后，真可以写一篇献媚听众完全指南一二三四五六七。比如，唱歌的，经常搞一搞大家一起来这种游戏，弄成万众欢腾的样子，自我高潮奔腾，很废很无耻。拉琴的呢，通用两招。一招，拉着拉着，漫步到台下，于听众堆里，搞亲民演奏。一边拉得龇牙咧嘴，一边跟老的小的挤眉弄眼。再一招，请听众鼓掌打拍子。这四位男生，亦很娴熟玩这一招，放下琴，邀请全堂听众起立，一起鼓掌一起蹬脚，三分钟之后，场面呈现为室内广场舞的局面。说真的，当时，很想拍下此情此景，日后说不定剪得出一部纪录片。献媚听众还有重要一棋，曲目安排上，最后一曲，演当地群众喜闻乐见的曲子，呵呵，这日，西班牙男生们的最后一曲，是《西游记》片尾曲。曲子摇摇晃晃一出来，我的感受真的是很八戒。

记得好多年前，帕瓦罗蒂生前最后一趟到上海公演，在万体馆，帕胖胖已经走路都吃力了，从头至尾是坐着唱的。安可自然不会少，

水仙／赵孟坚

开唱安可之前，帕胖胖用英文警告广大嗨不自禁的听众，请你们，千万不要鼓掌打拍子，我最恨这个了。结果呢，结果是，帕胖胖宝嗓一亮，我城听众依然没能克制住，也可能是没听懂英文的警告，万众齐心，狂打拍子，把帕胖胖这辈子留在我城的最后绝响，挥手淹没掉……当时，坐在体育馆里，我的震撼与难忘，平生少有。

这一件教养，容我再啰嗦一遍。在剧院内，除了曲终鼓掌，致谢致敬艺术家，任何掌声，都是噪音。

若到江南赶上春

　　窦福龙，1940年生，虚岁78，瘦得轻凛，一件帕克大衣，穿着气派如大氅，偌大的戏园子里，一眼望过去，绝无仅有的醒目。暮冬午后，与这位海上名票友，评弹编剧家，听戏超过一甲子的大前辈，静静对坐。吸烟，饮茶，讲戏，一忽儿唐明皇，一忽儿西门庆，情不自禁亦声亦色扮给我看，说至精绝处，双目炯炯，云蒸霞蔚。黯淡小屋里，气象刹那万千，十分地杀霾。

　　吾听风雨，吾览江山，常觉风雨江山外，有万不得已者。这个，做词的话，是词心；论戏，便是戏胆了。

　　窦福龙年轻时代，与王伯荫家是近邻，旧法租界，南京西路石门一路附近。王伯荫是评弹一代宗师蒋月泉的大弟子，当年王伯荫孤身一人在浙江曲艺团，家眷在上海。七十年代初，实在无戏好演，王伯荫这种曾经不可一世的轰天大响档，亦在时代的随波逐流里，沉寂无奈聊落不已。王回沪省亲，必至窦家，三五好友，聚于一屋，关起门来，听王讲《玉蜻蜓》。台上能说的不能说的，各位宗师各色流派，一概细细周全倾倒而至，听得窦辈们瞠目结舌无限过瘾，阖

287

干拍遍，大腿拍遍。抄家抄得四大皆空，读书人说书人，连一把折扇都不存的日子里，依然会，想方设法弄了各路好茶来，闭紧了门，啸聚品茶。我么，我给他们讲《基督山恩仇记》，一口气讲八个钟头。即便是半个世纪之后的今日今时，我亦听得神往，八个钟头，基督山恩仇记可以讲得相当有细节了。

原来，上海的七十年代，有关紧了门拼命琢磨素描油画线条明暗的，有藏在深厚窗帘之后偷听贝多芬推敲狐步伦巴华尔兹的，亦有将四百年的评弹精华咀嚼回甘不绝如缕的。上海，这是一座如何生生死死百折不挠的华城？

王伯荫最没办法说传统书的年代，曾请窦福龙帮忙，把当红的滑稽戏《满意不满意》改写成评弹剧本。窦写一回，用复写纸誊写一回，邮寄到浙江给王。写一回，寄一回，如此往复。如今听起来，那种清贫简白，真真风雅古静，是难以再有的纯粹。那一日，漫漫说到最后，窦福龙淡然一句，我对《玉蜻蜓》的熟，都不是戏园子里听来的。淡白一句闲话，我却在心里盘桓久久。千言万语，到此止语。

窦福龙少年时代听戏，顶顶仰慕，是评弹大家杨振雄。杨的脾气，入后台，一向是从观众席里穿行而入，人头簇拥中，春秋鼎盛的杨振雄，丰神玉貌，倜傥无比，令窦福龙倾倒再三，亦从未曾料到，若干年后，窦与杨，会成为生死至交，相差二十年纪，一个是老夫子，一个是福龙兄。

1967年头上，窦福龙家在凤阳路，每日下班，路过上海评弹团，顺脚弯进去，看大字报看各帮派吵架，自然亦，看见杨振雄杨振言兄弟被批被打得狼狈不堪。某日，窥见杨振雄颤颤巍巍被批驳得话不成篇，年轻小窦竟于万众丛中，暴喝一声，毛主席说的，好话坏话，要让人家把话说完。说起这神奇一幕，今日老窦摇头不止，杨振雄当然不会记得那点事，万人之中，一天世界……

　　一直要到八十年代，窦福龙应苏州电台之邀，写一套《金陵十二钗》的评弹开篇，老窦淡淡讲，写十二钗，我是连《红楼梦》原著都不用翻的。"文革"年里，看得最熟的，就是《鲁迅全集》和《红楼梦》了。是啊，上海人，《红楼梦》看得倒背如流的，岂止一个张爱玲？因了这套开篇，杨窦相识，彼此叹赏半辈子。

　　杨振雄人称杨老爷，孤高绝决，寡言，桀骜，派头十足，魁得腰细。他的戏，以曲高和寡出名，听不懂？吼吼，我又不要他们懂。一意孤行的高邈，远离时代，远离群众，弄出来的东西真是无可复制的逸品，杨派后继乏人，亦是不奇怪的必然。为写一出《长生殿》话本，杨振雄称，"月余不与人语"，完全沉浸于戏里。1990年，在兰心，做一场艺术生涯60周年纪念演出，朱屺瞻应野平俞振飞们，半个上海的风雅之辈，齐齐坐在台下仰望不止。"文革"之前，某年杨振雄被安排上京，为京城的文化艺术界诸君子做一表演。老夫子择一折《长生殿·絮阁争宠》，起唐明皇，华美非凡，艺惊四座。演毕，京里的那票懂经观众们，长时间掌声雷动。杨老爷这一趟，是真称了心愿。回到旅舍房内，四方团团踱步，兴奋地捧着脸，连呼开心煞了开心煞了，刚巧走过旅舍门口的年轻赵开生，目睹此景，惊得目瞪口呆。老夫子招手叫伊进去，开心煞了，来来来，我翻只跟斗给侬看。

　　弄艺术的，遇了知己，高山流水，是有如此的灵魂飘举。

　　窦福龙何其有幸，于那样的江南，邂逅那样的锦春，饱览一肚子的好戏，让后辈如我，兴叹不已。窦论评弹，蒋月泉与杨振雄，是双峰。蒋月泉譬如美玉，浑然天成，费尽一切心力，打磨得让你看不见任何人工痕迹，行云流水，如若无物。杨振雄亦如美玉，此玉不同彼玉，是极尽鬼斧神工之美玉，嶙峋奇崛，幽不胜幽。蒋与杨，浑如京剧的梅与程，一路是大方清正，一路是幽咽婉媚，亦如国画之中的写意与工笔，皆是高山仰止的巅峰之艺。亦只有中国人，能同时弄出这两路丰神迥异的品格来。通常是，空前繁荣的鼎盛时期，必会一对一对地成双出现。实在是，上帝的杰作。

　　窦福龙于杨振雄故世之前三个月，精心操办了一场邢晏芝拜师杨振雄的仪式，当时邢晏芝早已是苏州评弹学校的校长，倾慕杨振雄，得入杨之门庭，了却一大心愿。暮年杨振雄的满腹欣悦，更是不足与君说。当时，窦福龙遍邀戏苑高朋，让杨老夫子，在生命的边缘，尽享人间的荣华。老窦讲，我这是，给杨振雄，开了一个活着的追悼会，让他活着，听见所有的赞美，等他死了，再也听不见了。

　　窦福龙流连戏苑一生，自己亦是评弹编剧好手，《金陵十二钗》之外，《四大美人》《林徽因》等，亦都出自其手。一生痴爱评弹的人，却说，我现在，什么戏，都不看了。沉吟良久，淡淡续一句，曾经沧海难为水了。目光邈远，于暮冬的黄昏，起万种萧瑟。